데스마치에서 시작되는
이세계 광상곡
26

루루
쿠보크 왕국 출신. 아리사의 언니.
포치
강아지 귀 종족의 소녀.
타마
고양이 귀 종족의 소녀.

세라
테니온 신전의 무녀.
사토
이세계를 헤매고 있는
서른 줄 프로그래머.
아리사
쿠보크 왕국의 옛 왕녀.
전생에 일본인.
금색 가발로 변장중.
미아
과묵하고 음악을 좋아하는 엘프.
나나
무표정한 호문클루스.

“축하해, 리자.”
“네, 주인님.”
리자
주황 비늘 종족의 소녀.
리자는 그렇게 말하고,
부케를 들며 살며시 미소를 지었다.

데스마치에서 시작되는 이세계 광상곡 26

아이나나 히로

Death Marching to the Parallel World Rhapsody

Presented by Hiro Ainana

C O N T E N T S

Death Marching to the Parallel World Rhapsody 26

말려든 일본인

"사토입니다. 이야기에는 장르에 따라서 「약속」이라고 불리는 정해진 흐름이나 전개가 있습니다. 물론 그것을 뒤집는 반전 패턴도 있으니 방심할 수 없어요."

"히카루, 저기 봐!"

옅은 보라색 머리칼을 흔들며 활기차게 말한 사람은 일본인이었던 전생자 아리사다.

아리사가 가리킨 곳에는, 구름 거인 아이들과 놀아주는 성해거신의 모습이 있었다. 전에 성해거신과 헤어졌을 때는 자기수복을 위해 석화를 하고 있었는데, 석화는 풀린 모양이군.

"……하늘 구르기."

그런 성해거신을 보고, 히카루가 감격하여 말문이 막혔다.

긴 검은 머리칼이 고개 숙인 히카루의 얼굴을 가렸다.

『아~! 작은 사람이 왔어!』

『나나다~! 놀아줘~!』

우리를 발견한 구름 거인 아이들이 들뜬 목소리를 내며 달려왔다. 언뜻 천진난만한 모습이지만, 신장 20미터가 넘는 거체가 다가오는 모습은 상당히 박력이 있다.

“마스터, 커다란 유생체들과 놀고 온다고 고합니다.”

무표정하면서도 들뜬 느낌을 감추지 못하는 목소리로 허가를 바란 것은 금발 거유의 나나였다.

그녀는 겉보기에 고등학생 정도이지만, 실제 연령은 한 살인 호문클루스라서 이 자리의 누구보다 어리다.

『어라~? 나나가 잔뜩 있어~.』

“““유생체! 우리는 나나의 자매라고 고합니다.”””

오늘은 나나의 자매 일곱 명도 함께 왔다.

얼굴은 나나와 똑같지만, 머리모양이 달라서 구별하기는 편하다.

“포치도 같이 노는 거에요!”

포즈를 취하며 선언한 것은 다갈색 머리칼을 보브컷으로 정돈한 강아지 귀 강아지 꼬리의 어린 소녀 포치였다.

천진난만한 그녀의 발언에, 구름 거인 아이들도 환성을 지르며 기뻐했다.

“타마도 같이 가는 거에요!”

“아이아이 서~?”

포치의 말에 마이페이스로 답한 것은 하얀 머리칼을 단발로 정돈한 고양이 귀 고양이 꼬리의 어린 소녀 타마다.

척후 역할을 맡은 그녀는 벽령에 도착한 뒤로 줄곧 주변의 소리에 귀를 기울이며 색적을 하고 있던 모양이다.

—LYURYU,

달려가는 포치의 가슴팍에서, 작고 하얀 어린 용 류류가 나타났다.

"류류인 거예요! 류류도 같이 노는 거예요."

―LYURYU.

류류는 평소에 포치가 가진 「용면 요람」 속에서 잠들어 있지만, 즐거워 보이는 포치의 마음에 이끌려 눈을 뜬 모양이다.

『미아, 음악 연주 해줘. 신나는 거.』

"응. 맡겨둬."

구름 거인 여자아이에게 요청을 받아 요정 가방에서 류트를 꺼낸 것은 어린 엘프 소녀 미아다.

류트를 연주하는데 방해가 되는지, 미아가 트윈테일로 묶은 옅은 청록색 머리칼을 등 뒤로 넘겼다. 머리칼을 뒤로 넘겨서, 엘프의 특징인 뾰족한 귀가 조금 드러났다.

『루루, 루루. 꼬치구이 해줘. 잔뜩.』

먹보 남자애가 꼬치구이를 희망한 것은 요리사로서 쑥쑥 실력이 오르고 있는 팀의 요리사, 긴 검은 머리의 미소녀 루루다. 평소에도 미인이란 말이 걸맞은 미모지만, 이렇게 무방비하게 웃는 모습은 성을 넘어서 나라까지 기울 정도로 존귀하다.

"좋아요. 다 되면 부를 테니까 그때까지 다 같이 놀고 오세요."

『알았어! 놀고 올게!』

먹보 남자애가 다른 애들이 노는 쪽으로 달려갔다. 아이들은 기운이 넘치네.

"루루. 혼자서 굽는 건 힘들 테니까, 저도 돕겠습니다."

늠름한 목소리로 루루를 돕겠다고 나선 것은 주황 비늘 종족인 리자다. 꼬리나 손목에 있는 오렌지색 비늘은 백은색 갑옷에 가려져 안 보인다.

인사를 하는 루루와 함께, 거대 가옥의 조리장으로 갔다.

『—구세주 나리.』

나를 구세주라고 부른 것은, 성해거신에 깃든 구름 거인「하늘 구르기」다.

그는 수백 년 전에 고대 프루 제국과 마왕이 이끄는 오크 제국의 전쟁에서 동족을 수없이 잃고, 절망에 빠져 자포자기 상태에 빠졌었다. 나와 테니온 신전의 무녀 세라가 그를 구해냈는데, 그 이후로 나를 구세주라고 부르게 되었다.

『나는 그냥 사토라고 불러도 돼.』

『그럴 수는 없소. 내 동포가 받은 은혜를 생각하면, 그리 가볍게 이름을 부를 수는 없는 법.』

의리가 있는 인물이네.

"……하늘 구르기."

『그 소녀는— 설마, 용사 시가 야마토인가?』

—어라? 성해거신과 히카루는 왕도에서 만났었지?

"역시, 그때는 눈치 못 챘구나."

『폭주하고 있을 때 말인가? 미안하지만 기억이 안 난다.』

그때는 시가 왕국에서 반란을 꾸미던 샤로릭 제3왕자 탓에 유적에서 발굴된 성해거신이 폭주하고 있었단 말이지.

"그건 됐어. 그보다, 미안해. 누구도 방해하지 못하는 잠을 자게 해주겠다고 큰소리를 쳤었는데……."

『상관없다. 그 덕분에 구세주 나리와 만나고, 이렇게 동족의 아이들을 만날 수 있었다.』

"……응. 축하해, 하늘 구르기. 사과보다 먼저 축하의 말을 했어야 했네. 정말 축하해. 설마 아이들이 벽령에 숨어 살고 있을 줄은 몰랐어."

성해거신과 히카루가 즐겁게 노는 아이들을 보았다.

『그것도 모두 구세주 나리 덕이지.』

"그렇구나. 고마워, 이치로 오빠."

이번에는 성해거신과 히카루가 나에게 감사의 말을 했다.

"운이 좋았던 거야."

찾으러 갔던 것도 아니고, 아이들이 이 도시를 발견해서 놀러 온 것을 발견한 것뿐이니까.

그런 이야기를 한 다음, 용건을 떠올렸다.

"그렇지. 왕도에서 쓰러뜨린 성해종자의 잔해를 회수해왔는데, 어떡할까?"

성해종자는 성해거신을 모함으로 삼는 함재기 같은 존재라서, 취급에 대해 물어봤다.

제3왕자의 앞잡이로서 왕도에서 날뛰었기 때문에, 동료들과 시가 8검을 비롯한 왕국군이 쓰러뜨렸단 말이지.

『어떻게 취급하든 상관없다만, 반납해준다면 회수하지.』

"쓸 방법이 있어?"

옆에서 전개를 지켜보고 있던 아리사가 물었다.

『반파 정도라면 아공간 격납고 안에 있는 자동 수리 기구가 고쳐준다. 완파된 것이라도 분해해서 부품이나 소재로 재이용될 거다.』

성해거신 말에 따르면, 프루 제국의 기술자들이 보급 없이 싸우기 위해 지혜를 쏟아 부었다고 한다.

"몇 대정도는 시가 왕국의 왕립 연구소가 확보한 모양인데, 괜찮을까?"

『상관없다. 구세주 나리의 뜻대로 하게.』

성해거신이 돌려달라고 하면 히카루를 통해 국왕에게 명령할 셈이었는데, 그럴 필요는 없나 보군.

"맞다, 이치로 오빠. 이 도시 어딘가에 영묘를 만들어도 될까?"

"영묘?'

"응. 왕자가 장비했던 성해동갑주를 안치해주고 싶어서."

왕자가 장비하고 있던 성해동갑주는 히카루가 회수한 모양이다.

『시가 야마토여. 그럴 필요는 없을 것이야. 놈은 너와 함께 하는 것을 바랄 것이다.』

"그런, 걸까?"

『그래. 이미 말은 잃은 모양이지만, 서로 살아있는 몸을 버리고 이런 몸이 된 동류로서, 어느 정도의 마음이 전해진다.』

"알았어. 함께 있을게. 이제 전장에 데리고 갈 일은 없으니까."

히카루가 가슴 앞에 손을 대고, 조용히 묵념을 바쳤다.

그것은 사지(死地)를 함께 달린 전우에 대한 기도일지도 모른다.

◆

"다행이야. 거점은 무사한 모양이네."

히카루와 성해거신의 재회를 지켜본 다음, 나는 아리사와 함께 벽령 안에 만든 고우엔 씨 일행의 거점을 보러 갔다.

범죄노예 부대 무라사키가 반란을 일으키지 않을까 걱정했지만, 문제없이 운영되고 있는 모양이다. 이것도 고우엔 씨의 인덕이겠지. 우리가 참견한 거점 환경이 그것에 기여했다면 기쁘겠군.

“어느 정도 전진했어?”

“아직 지반을 다지는 단계야. 지금은 주변 토지를 조사하는 모양이네.”

왕국의 최종목표는 벽령의 해방이지만, 고우엔 씨 일행에게 내려진 지시는 가장 가까운 도시 터까지 경로를 조사하는 것이다.

물론 한 번에 이루어질 수 없다는 것은 왕국도 잘 알고 있다. 일단 거점을 재확보하고, 그곳을 항구적으로 사용할 수 있도록 하는 것이 제1단계였다.

“비공정이나 비룡 기사는 안 써? 하늘에서 조사하는 게 편하지 않아?”

“벽령은 비행형 마물이 많으니까.”

비공정은 물론이고, 일기당천의 비룡 기사라도 비행형 마물이 구름처럼 달라붙으면 위험하다.

귀중한 비공정이나 비룡 기사에게 피해가 생기는 짓은 안 하겠지.

“조사가 특기인 사람을 도시 터에 파견 보내는 건?”

“중계지점도 없이 파견하면 중간에 죽거나, 길을 잃은 걸로 꾸며서 도망치지 않을까?”

무라사키의 구성원은 범죄자가 많으니 고우엔 씨 말고는 왕국에 대한 충성심 따위 없을 테니까.

"당분간은 지도를 만들면서 중계지점을 구축할 장소를 찾지 않을까?"

징검다리처럼 중계지를 만들어서, 안쪽으로 나아가는 조사 형식이 될 거라고 생각한다.

"몇 년 지나면 가장 가까운 도시 터— 벽7도시에 도착할 것 같아."

"하지만 벽령의 수해를 헤치고 도착한 도시가 이미 해방되어 있으면, 엄청 실망하겠지."

아리사가 걱정스레 말했다.

"괜찮아. 벽7도시는 그들이 도착하기 전에 다시 개방할 생각이니까. 부지 안의 마물을 전부 사냥한 것뿐이지, 다른 건 손을 안 댔어."

도시 해방을 이룩하면 고우엔 씨에게 은사가 내려 가족과 함께 살 수 있게 될지도 모르니까.

"괜찮아?"

"딱히 왕이 되고 싶은 것도 아니고, 재이용하려는 사람의 손에 넘어가는 편이 좋잖아?"

"그것도 그렇네. 기왕이면 도시 해방전은 강대한 적이 기다리고 있는 게 재밌을 거야!"

"그렇네. 적당한 상대를 찾아둘게."

흑룡 헤일롱에게 부탁하면 신이 나서 해줄 것 같지만, 사망자가 나오거나 피해가 커지는 미래가 떠오르니까 기각이다. 벽령에는 적당한 마물이 잔뜩 있으니 그중에서 적당한 시련이 될만한 마물을 데리고 오면 되겠지.

누가 들으면 놀이 감각이라고 할 것 같지만, 난적을 쓰러뜨리고 쟁취하는 게 달성감이 있다고 생각하거든.

"그러고 보니, 일본인 애는 어쩔 거야?"

"일본인 애라면 신 군 말이니?"

제3왕자의 모반 이후에 일본인 한 명과 인연이 생겼다.

신은 세라의 언니이자 용사 하야토의 예전 종자인 「천파의 마녀」 린그란데 양이 데리고 온 일본 출신의 남자 중학생이다.

"요청받은 대로, 아오이랑 유이와 만남을 주선할 거야."

"그 두 사람을 만나도, 그 시건방진 꼬맹이는 전혀 안 바뀔 것 같은데~."

탄식하는 아리사의 말을 듣고, 나는 신과 만났을 때를 떠올렸다.

◆

성해거신의 폭주를 진정시키고 왕도에 돌아온 나와 세라 앞에 린그란데 양이 나타났다.

비공정에서 내린 그녀와 세라의 투닥거림을 지켜보고 있을 때—.

"우왓, 엄청 미인!"

사양 않는 목소리에 시선을 돌리자, 린그란데 양 뒤에 있던 중학생쯤 되는 검은 머리 소년이 **루루를 보고** 눈이 동그래졌다.

그렇다. 대륙 전반의 인간족이 미인 취급을 안 하는 루루를 보고서.

"린그란데 님, 그는 혹시."

"그래, 이 애는—."

린그란데 양이 소년을 손짓해 불러, 우리들에게 소개해 주었다.

"이 아이는 신. 용사 소환 의식으로 찾아온, 용사의 나라 『일본』의 소년이야."

그녀답지 않게 뭔가 걸리는 것이 있는 말투가 신경 쓰여 확인해 보니, 신은 「용사」가 아니라 「말려든 이세계인」이라는 칭호를 가졌다. 레벨도 한자리 수고, 스킬도 없었다. 용사나 전생자 같은 유니크 스킬은 물론 없다. 말은 번역 반지를 쓰는 모양이군.

"린그란데 님—."

부르긴 했지만, 신이 용사가 아닌 것을 물어보기 전에 린그란데 양이 검지로 내 입을 막았다.

"나중에 저택으로 놀러 갈게."

린그란데 양이 윙크를 하며 말하고, 신을 데리고 마차로 왕성에 가버렸다.

우리들은 제3왕자가 일으킨 반란 소동의 뒤처리를 돕거나, 식사 배급용 식량이나 피난소에 물자를 제공하면서 날을 보냈다. 구조 활동 같은 건 히카루가 솔선해서 했기 때문에, 우리는 뒤에서 지탱하는 일을 담당했다.

린그란데 양이 찾아온 것은 이튿날 점심 전이었다.

“역시, 루루가 탄 차는 맛있네.”

“이상한 색의 차네—. 뜨거!”

우아하게 컵을 기울이는 린그란데 양의 옆에 앉은 신이, 방금 타온 청홍차를 단숨에 마시려다가 뜨거움에 놀라 컵에 담긴 차를 테이블에 엎었다. 계속 루루에게 눈길을 빼앗겨 주의가 허술해졌기 때문이겠지.

루루가 황급히 손수건을 내밀려고 했는데 방에서 대기하고 있던 왕도 저택의 메이드가 막았다. 메이드가 신의 옷에 묻은 차를 닦아내고, 다른 메이드가 테이블을 깨끗하게 닦았다.

“쳇, 아줌마보다 저쪽 예쁜 애가 좋았는데.”

신의 말에 방의 분위기가 변했다. 아줌마라고 불린 메이드의 표정은 변함이 없지만, 명백하게 눈이 웃고 있지 않아.

참고로 그녀는 아직 20대 중반이니까 아줌마라고 부르는 건 실례라고 할 수밖에 없다.

“입 다무세요.”

린그란데 양이 신의 머리를 찰싹 때렸다.

“아파! 뭐 하는 거야!”

“불평을 말하기 전에 실수한 걸 사과하는 게 먼저 아니니? 그리고 그녀에 대한 무례한 발언을 사과하세요.”

“에~. 손님이 더럽힌 테이블을 닦는 건 종업원의 일이잖아?”

일본의 패밀리 레스토랑이나 카페에서는 그런 서비스를 해주는 가게가 많지만, 그래도 수고를 끼친 것에 대해 사과를 하거나 화상을 배려해준 것에 대한 인사는 평범하게 할 것 같은데.

뭐, 아직 어린애다. 부모나 주위의 행동을 보고 자란 느낌일까?

"됐으니까 사과하세요."

"……미안."

신이 반발했지만, 린그란데 양이 노려보자 마지못한 느낌으로 사과의 말을 했다.

입 속으로 중얼거리듯 말했으니, 메이드들의 귀에는 안 들린 것 같은데.

"쩨쩨한 프라이드네~. 아직 반항기야?"

내 옆에서 묵묵히 지켜보던 아리사가 입을 열었다.

반항기라기보다, 사춘기라고 생각하는데.

"이 꼬마는 뭐야?"

"꼬맹이한테 꼬마라고 불리기 싫은걸."

"뭐라고! 이 망할 꼬맹이! 한번 해볼래!"

아리사가 부추기자 신이 지저분하게 대꾸했다.

그때는 흘려듣고 있어서 잘 기억이 안 나는데, 만화라도 읽고 공부를 좀 하라고 말하고 싶을 정도로 어휘가 부족했다

"아리사, 그쯤 해둬."

"미안. 조금 어른스럽지 못했어."

신이 흥분해서 일어난 참에 말렸다.

"조금 머리를 식히고 오렴."

린그란데 양이 말해서, 신은 메이드의 안내를 받아 정원을 산책하러 갔다. 그는 언동이 조금 위태로우니까 마커를 달아 행동을 지켜봐야겠다.

안내하는 메이드는 루루에게 호신술을 배웠으니 파렴치한 행동에는 그에 걸맞은 대처를 할 수 있는 여성이다.

"정말이지. 도저히 용사 같지 않은 언동이네."

아리사가 의미심장하게 말했다.

"저 애는 평범한 소년이야. 용사의 나라에서 온."

린그란데 양이 힐끔 방의 메이드들을 보길래, 눈짓을 하여 퇴실시켰다.

"그는 용사가 아니란 거군요?"

메이드들이 퇴실을 마친 뒤에 핵심을 찔러봤다.

"그래, 맞아. 사토는 처음 만났을 때 눈치챈 낌새였지."

"그에게서 하야토 님을 만났을 때의 박력이라고 해야 할지, 카리스마를 느끼지 못했으니까요."

내가 그렇게 말하자 린그란데 양이 동의하는 웃음을 지었다.

"신은 사가 제국의 용사 소환에 말려들었어."

"그런 일이 있을 수 있어?"

"처음 있는 일이라고 해."

그건 또 특수한 케이스군.

신과 소환된 용사는 아는 사이이긴 하지만, 용사가 아닌 자신에게 열등감을 품은 탓에 용사들과 관계가 삐걱거린다고 한다.

"그러니까, 시가 왕국에서 잠잠해지길 기다리러 온 거군요?"

"그것도 있지만, 자기랑 같은 처지인 애들이 있다는 말을 듣고, 신이 흥미를 가졌거든."

"같은 처지— 아오이와 유이 말인가요?"

내 물음에 린그란데 양이 수긍했다.

아오이 소년과 유이는 르모크 왕국에서 소환된 일본인이다.

"그래, 맞아. 지금 왕도에 있지?"

"아오이도 유이도 기운차게 일하고 있어요."

린그란데 양이 확인하길래, 두 사람의 근황을 전했다.

"뭐?! 일하고 있는 거야?!"

산책에서 돌아온 신이 놀라서 소리쳤다.

"지금 말한 두 사람은 나랑 비슷한 나이지? 미성년한테 일을 시키는 거냐!"

"여기는 일본이 아냐. 학교에 다니는 아이들 자체가 적고, 연령에 따른 노동 제한 같은 것도 없어."

불평하는 신에게 아리사가 대답했다. 목소리가 조금 차갑군.

"어째선데! 아이들은 공부하는 게 일이잖아?!"

"용사님의 나라는 멋지군요. 시가 왕국도 장차 아이들이 학교에서 공부하는 것이 당연한 일이 됐으면 좋겠습니다."

어쩐지 일본을 추켜세우는 말이 됐지만, 이건 내 본심이다.

아직 미궁도시의 탐색자 학교나 사립 양육시설에서 시도해보는 정도지만, 생각 이상으로 문자나 계산에 흥미를 가진 아이들이 많다.

지금은 사립 양육시설의 아이들을 왕립 학원의 유년 학사에 유학 보내는 정도지만, 그 대상을 넓히고 싶다. 물론 사무 작업이나 선발은 귀찮으니까 신뢰할 수 있는 자에게 위탁할 거지만.

"날 바보 취급하는 거냐?!"

"아뇨. 유감스럽게도 현재로서는 용사님 나라의 상식은 시가 왕국의 상식이 아닙니다."

대드는 신에게 말의 의도를 해설했다.

"그리고, 아오이도 유이도 자기 의지로 하고 싶은 일을 찾아서 장래를 향해 노력하고 있습니다."

"그리고, 일본에서도 미성년이지만 일하는 사람은 잔뜩 있잖아."

"없거든."

"있다니까. 아역 탤런트나 학생 작가나 학생 만화가."

"그, 그건 그렇지만! 그런 건 일부 재능 있는 녀석들뿐이잖아!"

"아니야. 동영상 사이트에서 수익화를 실현한 학생이나 기업을 세우는 초등학생도 있어. 기회는 누구에게든 열려있지. 실패를 두려워 하지 말고, 한 걸음 앞으로 나아갔는가 아닌가의 차이야."

보통은 실패한다. 오히려 한 번에 성공하는 게 드물다. 실패를 양식삼아서, 포기하지 않고 매진했기에 승리의 여신이 미소를 보여주는 거라고 생각한다.

그렇지만—.

"아리사, 이야기가 엇나갔다."

"미안미안. 어쨌든, 아오이랑 유이가 일하고 있는 건 본인의 의지야."

아리사는 나에게 사과한 다음, 신에게 다시 한번 중요한 말을 했다.

"왜 일하는데? 어차피 부자한테 착취당할 뿐인데……."

"본인한테 물어볼래?"

어른의 의견에는 무심코 반발해버리는 사춘기지만, 동년배의 말은 생각보다 순순히 받아들일지도 모른다.

"알았어."

아리사가 「잘난 듯이 군다」고 불평하려고 했지만, 성가셔질 것 같아서 재빨리 입을 막았다.

"사토, 미안하지만 면회 준비를 부탁할 수 있을까?"

"네. 맡겨주세요."

동향인 아이를 위해서니까, 이 정도는 간단한 일이지.

◆

"일단 동성이 이야기하기 쉽겠죠."

린그란데 양에게 부탁받은 다다음날. 그리고 벽령에서 성해거신과 히카루가 만난 다음날, 나는 아침부터 신을 데리고 아오이를 찾아갔다.

물론 린그란데 양도 함께 갔다. 제나 씨는 상사가 불러서 세류 백작 저택으로 돌아갔고, 다른 동행자는 없다.

"메이드 카페?"

"헤~, 이게?"

신이 중얼거리는 소리를 들은 린그란데 양이 희한한 기색으로 말했다.

"그의 직장은 기밀 정보를 다루는 일이 많아서, 이쪽에서 만나기로 했습니다."

에치고야 상회의 회의실을 빌려도 되겠지만, 밀실에서 만나거나 하면 사가 제국과 유착을 의심할지도 모르니까 장소에 신경을 좀 썼다.

그리고, 이런 장소가 재상 각하의 첩자가 정보 수집을 하기도 쉬울 테니까.

“어라? 젊은 나리임다!”

“넬 씨. 오늘은 이쪽에서 근무하나요?”

메이드 카페에 들어가자마자 놀라서 소리를 낸 것은, 에치고야 상회에서 일하는 붉은 머리의 넬이었다.

그녀는 본점 근무일 텐데, 오늘은 카페에서 지원 근무를 하는 모양이다. 힘차고 밝은 그녀라면 메이드 카페에서도 인기가 많겠지.

“그렇슴다! 세 분이네요. VIP룸으로 안내하겠슴다~.”

“아뇨, 오늘은 사람 만날 약속을 했거든요. 아오이는 있나요?”

“아오라면 좀전에 와서 기다리고 있슴다.”

넬이 「이쪽임다~」라고 하면서 선도했다.

주변 메이드들이 「젊은 나리다」, 「엄청 미인」, 「혹시 린그란데 님?」하면서 소란을 피웠다. 손님들도 「마왕 살해자」, 「펜드래건 자작님이다」, 「린그란데 님이다아」 하고 말하며 술렁거렸다.

이야기를 차분하게 할 수 없을 것 같아서, 아오이에게 가볍게 인사를 한 다음 VIP룸으로 자리를 옮기게 되어 버렸다.

“처음 뵙겠습니다. 아오이 하루카입니다.”

“……하루카. 귀엽다.”

방금 전까지 옆을 지나는 거유 메이드를 보며 헤벌레 웃고 있던 신이, 아오이 소년의 미소녀 얼굴을 보고 얼굴을 붉혔다.

아마, 지금 그건 무의식적으로 중얼거린 거겠지.

가끔 잊을 것 같지만, 아오이 소년은 목소리도 높고 「낭자애」 장르에서 정상에 설 수 있을 만큼 미소녀 같은 분위기란 말이지.

"저기, 보기는 이렇지만 저는 남자입니다. 그리고 『하루카』가 성입니다."

아오이 소년이 쓴웃음을 지으며 신에게 말했다.

"남자? 정말로?"

"네, 정말입니다."

아오이 소년이 말하고, 옷의 가슴팍을 당겨서 평평한 가슴팍을 보여줬다.

신의 얼굴이 새빨개졌다. 사춘기 소년은 어렵구만.

"주문은 뭘로 하실검까?"

넬이 테이블에 물수건과 찬 물이라는 에치고야 명물 서비스를 하면서 주문을 받았다.

물론 이 서비스는 상담관인 아리사의 발안이다. 꽤 호평이라고 티파리자가 말했었지.

"메뉴 없어? 메이드 카페는 오므라이스 말고 뭐가 있지?"

신이 방만한 느낌으로 넬에게 물었다.

"메뉴라면, 이검다. 읽을 수 없으면 대독도 하고 있슴다."

"필요 없어!"

문자를 읽지 못해 난처해하는 신에게 넬이 친절하게 제안을 했더니, 그것을 창피하다고 느낀 건지 신이 기분 틀어진 기색으로 고개를 확 돌렸다.

신은 번역 반지로 말은 이해할 수 있지만, 시가 왕국의 문자를 읽을 수 있을 리 없어서 메뉴를 노려보기만 하고 주문을 못하고 있었다.

당혹스러워 하는 넬에게 제스처로 신경 쓰지 말라는 뜻을 전하고, 내가 대신 제안해보기로 했다.

"식사 세트가 있으니까, 그쪽을 부탁하죠. 음료는 뭐가 좋을까요?"

"나는 커피. 블랙으로!"

말을 걸자 신이 표정을 꾸미고 말했다. 감정 기복이 심한 소년이군. 그러고 보니 중학생쯤 되면 괜히 블랙 커피를 마시려 든단 말이지.

브랜드는 여러 가지 있었지만, 특별히 좋아하는 브랜드는 없는 것 같아서 만인에게 평이 좋은 브랜드를 권했다.

"커피? 그런 쓴 흙탕물은 사양하겠어. 나는 청홍차."

린그란데 양은 홍차파로군.

아오이 소년도 청홍차를 부탁하길래, 나는 신에게 맞추어 커피를 주문하기로 했다. 지쳤을 때 말고는 설탕이나 크림을 안 넣지만, 이번에는 신이 실패할 것 같은 예감이 들어서 설탕 단지와 크림 피처를 추가해달라고 주문했다.

자기소개를 하지 않았던 린그란데 양이 아오이 소년에게 자기소개를 한 참에, 음식이 실린 케이크 스탠드와 음료가 나왔다. 꽤 빠르군. 다른 테이블 주문보다 우선해준 모양이야.

"오~, 어쩐지 세련됐는데."

그렇게 말하면서, 신의 시선은 테이블 세팅을 하는 메이드의 가슴팍에 고정되어 있었다.

"나는 커피에 까다롭거든."

그렇게 말하면서 블랙 커피를 마셨다.

예상대로 커피의 뜨거움과 쓴맛에 뿜어내려고 하길래, 말없이 설탕 단지와 크림 피처를 그쪽으로 밀어주었다. 혼자서는 쓰기 어려울 테니까, 나도 커피에 설탕과 크림을 넣었다.

—달군.

"그래서, 오늘은 무슨 일인가요?"

아오이 소년은 신의 반응에 고개를 갸웃거리면서, 나에게 용건을 물었다.

만날 약속을 잡았을 때, 선입견을 가지지 않도록 「일본에서 소환된 소년이 있으니까 만나주면 좋겠다」라고만 했단 말이지.

"신의 처지는—."

"들었어요. 저나 유이랑 마찬가지로, 지구에서 소환된 사람 이죠?"

린그란데 양의 물음에 아오이 소년이 답했다.

"너도 용사 소환에 말려든 거야?"

"아뇨, 달라요. 어떤 소국에서 소환됐습니다."

아오이 소년이 르모크 왕국의 이름을 꺼내지 않고 설명했다.

"진짜냐. 역시 이세계는 심각하구만. 온갖 나라에 유괴범이 있어."

"그 발언에는 동의할 수 없어. 사가 제국의 용사 소환은 상대의 동의를 얻어야 소환되는 거야."

"나는 동의 같은 거 안 했어!"

"그래. 당신은 불행한 사고였지."

흥분해서 외치는 신에게, 린그란데 양이 차갑게 말했다.

용사 소환을 업신여기는 발언에 화가 난 모양이다.

"사고로 소환된 건가요? 운이 없었네요."

아오이 소년이 신경을 쓰며 말했다.

"너도, 하루카도 사고였어?"

"사고라고 해야 할까요? 저는 랜덤 소환 같은 느낌이었어요. 어쩌다가 게이트가 열린 곳에 있어서 소환됐다고 해요."

아오이 소년이 이 세계에 온 상황을 이야기했다.

"진짜냐! 최악이잖아!"

"뭐, 낙뢰나 교통사고로 죽는 사람도 있으니까 화를 내도 어쩔 수가 없어요."

"아~니거든! 유괴범에겐 그에 걸맞은 대가를 치르게 해야 수지가 맞는 거야!"

신이 일어서서 빠르게 말했다.

"대가라면 이미 치렀어요. 나를 소환한 사람들은 죽어버렸고, 그 혈연인 분이 독립할 때까지 여러모로 지원을 해줬으니까요."

"독립? 너 아직 초등학생 아냐?"

"초등학생? 유치사를 말하는 건가요?"

"아무리 그래도 유치원은 아니지 않아?"

"교육 제도가 다른 거군요."

"무슨, 말이야?"

신은 아오이 소년이 하려는 말을 이해 못한 모양이다.

"신 군. 아오이는 너와 다른 세계의 일본— 오오야마토토요아키츠시마 제국 출신이야."

"다른 세계의 일본?"

그는 패러렐 월드라는 개념을 모르는지, 의미불명이라고 말하는 표정이었다.

"본론에서 벗어났지만, 연령이라면 11세입니다. 원복[#1]에는 조금 이르긴 하지만, 무가(武家)라면 그렇게 드문 일도 아니니까요."

아오이 소년은 전부터 나이치고는 어른스럽다고 생각했는데, 자란 환경이 여러모로 다른 모양이군.

"원복? 무가라니, 무슨 시대극이야?"

신이 「대체 뭔 소리야~」라면서, 방만하게 좌석에 기대어 머리를 뒤로 젖혔다.

"너는 무슨 일을 하고 있니?"

"에치고야 상회에서 박사들을 돕거나, 마법 도구의 개발을 하고 있어요."

생각하는 것을 포기한 신 대신에, 린그란데 양이 아오이 소년에게 물었다.

"마법 도구?"

"네. 본래 세계에 있던 가전— 편리한 것을 마법 도구로 재현하면 좋겠다 싶어서요."

#1 원복 옛 일본의 성인식.

"어, 진짜? 천재냐? 스마트폰은? 스마트폰 있어?"

아오이 소년의 발언에 신이 반응했다.

"없어요. 집적회로를 만드는 건 너무 어려워서요."

시가 왕국에도 진공관이나 트랜지스터에 상당하는 마법적인 기술은 있겠지만, 그건 마력을 엄청나게 소모하고 사이즈도 너무 커진단 말이지. 엘프의 기술을 전해줄 수는 없지만, 다음에 쿠로로서 만났을 때 힌트는 가르쳐 줘야지.

"없는 거냐~."

신이 토라졌다.

"이 사람과 함께 소환된 사람은, 그랑 아는 사이인가요?"

"네. 그의 선배랑 클래스메이트라고 해요."

선배와 클래스메이트. 다시 말해서 이번에 소환된 용사는 두 명 이상이란 거군.

"그러면 괜찮아요. 이야기할 수 있는 상대가 있으면 괜찮아요. 저도 유이랑 전하가 함께여서, 향수병에 안 걸릴 수 있었으니까요."

아오이 소년은 신의 처지를 걱정했던 모양이군.

정작 당사자인 신은 아오이 소년에게 흥미가 없어졌는지 VIP석 근처를 지나는 메이드들의 어여쁜 모습을 보고 있었다. 마이페이스라고 할지 시야가 좁다고 해야 할지. 당사자 의식이 낮은 소년이군.

"유이하고도 만나는 건가요?"

"이 다음에 그녀의 네일 살롱에 갈 예정이야. 아오이 군도 갈래?"

"네! 유이에게 개업 축하도 하고 싶고, 오랜만에 만나고 싶어요."

"유이라면, 여자야? 귀엽냐?"

신의 버릇없는 물음에 아오이 소년이 당황했다.

"그렇네요. 귀여운 편이라고 생각해요."

"그래! 아~, 하지만 초등학생은 귀여워도 어쩔 수 없나."

"유이는 당신과 비슷한 연령인데요."

"좋아! 가자!"

신이 아오이 소년의 손을 끌고 자리에서 일어섰다.

난폭한 행동에 아파하는 아오이 소년에게서 신의 손을 떼어내고, 린그란데 양을 재촉하여 가게를 나서게 되었다.

"어라? 벌써 돌아가는 건가요? 젊은 나리."

"다음에 또 와서 느긋하게 실례할게."

아쉬워하는 넬에게 사과하고, 계산을 마친 뒤에 가게를 나섰다.

점장이 날 보고 무료로 해준다고 했지만, 특별 취급을 받으면 미안하니까 평범하게 지불했다.

그것이 신기했는지, 신이 의문스런 표정으로 나에게 캐물었다.

"당신, 정체가 뭐야?"

"린그란데 님의 지인?"

"얼버무리지마! 그런 걸 물어보는 게 아니잖아!"

신이 위축되지 않도록 작위나 직함은 말하지 않았는데, 그게 그의 신경에 거슬린 모양이군.

"그쯤 해두렴. 그는『마왕 살해자』. 선대 용사 하야토와 함께 마왕을 토벌한 검호야."

"저는 하야토 님을 도왔을 뿐입니다."

나는 바로 정정했지만, 린그란데 양은 쓴웃음을 짓기만 하고 흘려버렸다.

"이런 마른 녀석이? 마왕은 약한 거야?'

"약할 리 없잖니. 하야토나 우리들이 전멸 직전까지 몰리는 상대야. 만약, 여기에 나타난다면 시가 왕국의 왕도라고 해도 순식간에 괴멸해버릴 정도로 강해."

"—멋대로 멸망시키지 말아줄래?"

끼어든 목소리에 돌아보자, 린그란데 양에게 뒤쳐지지 않는 미인이 있었다.

"오랜만이네, 미나."

린그란데 양이 시가 8검의 「총성」 헤르미나 양에게 스스럼없이 말을 걸었다.

"왕도에 왔으면 내 저택이나 성기사단 주둔지에 얼굴이나 비치러 와."

오늘 헤르미나 양은 평소의 갑옷 차림이 아니라 성기사단의 제복이었다. 여성용의 제복은 롱 스커트인 모양이군.

"오자마자 사토를 꼬시고 있었어?"

헤르미나 양이 뒤에서 나를 끌어안고, 내 어깨 너머로 린그란데 양을 견제했다.

좋은 취향의 향수 냄새와, 등의 부드러운 감촉이 멋지군.

"어라? 그쪽 애들은 사토랑 동향인 애들?"

헤르미나 양이 아오이 소년과 신을 보았다.

아오이 소년은 헤르미나 양에게 예의 바르게 인사를 하고, 신은 헤르미나 양의 미모에 넋이 나가 있다.

“조금 사정이 있어. 캐묻지 말아줘.”

“그래? 뭐 좋아. 그 대신, 오늘 밤은 같이 마시자. 좋은 비스탈 와인이 생겼거든.”

“좋아. 나도 사가 제국에서 산 명주를 가져갈게. 요리는 사토에게 부탁할까?”

“상관없습니다. 나중에 보내죠.”

미인의 부탁이라면, 음식 배달 정도는 기꺼이 서비스해야지.

“물론, 당신도 오는 거야.”

헤르미나 양이 나에게 말했다.

기껏 불러줬지만, 오랜 친구의 재회를 방해하기는 싫으니 단장의 심정으로 거절해야지.

“나도! 나도 가고 싶어요!”

신이 분위기를 모르고 소리쳤다.

신을 보는 헤르미나 양의 눈동자가 무기물을 보는 것으로 바뀌었다.

“린, 이제부터 어디 갈 거야?”

“네일 살롱이라고 했었지?”

헤르미나 양이 신의 발언을 없었던 걸로 한 모양이군.

린그란데 양이 확인을 하길래, 유이가 점장을 맡은 아카사키 네일 살롱에 갈 예정이라고 말했다.

“어라, 목적지가 같구나.”

“그러면 같이 가자.”

린그란데 양과 헤르미나 양이 즐거운 기색으로 담소하면서 걷기 시작했다.

신은 어떻게든 대화에 섞이려고 분투했지만, 두 사람이 완전히 무시하여 포기했다.

"어서와요, 사토 씨!"

네일 살롱에 도착하자, 유이가 맞이해 주었다.

"아오이잖아! 잘 지냈어?"

"오랜만이야, 유이. 난 잘 지냈어."

르모크 왕국에 소환된 두 사람이 오랜만의 재회를 축하했다.

그때, 신이 버릇없이 끼어들었다.

"유이유이! 아이돌인 유이유이잖아!"

"어? 누구?"

유이가 기겁했다.

"그는 신. 너희들과 마찬가지로 일본에서 소환된 소년이야."

"아아! 이 애가! 혹시, 이 애가 여덟 명째야?!"

유이가 말하는 「여덟 명째」라는 건 르모크 왕국에 소환된 마지막 인물로, 소환 직후에 마족이 납치했다고 했었지.

"여덟 명째, 그래. 내가 여덟 명째야."

신이 유이에게 동조하는 발언을 했다.

그는 사가 제국에서 용사 소환에 말려들었으니까 르모크 왕국에서 소환된 여덟 명째일 리가 없다.

"신!"

린그란데 양이 다급하게 신을 제지했다.

"리쿠 선배랑 카이 선배, 그리고 다른 사람들과는 달라서 나만 용사가 아니었어."

"용사? 무슨 말이야?"

유이가 당황한 표정으로 아오이 소년에게 물었다.

"잠깐, 린! 사가 제국은 용사를 일곱 명이나 소환한 거야?"

헤르미나 양이 놀라서 물었다.

"그래, 맞아. 미안하지만 사가 제국이 정식 사자를 보낼 때까지 비밀로 해주지 않을래?"

"관직에 몸을 담고 있는 몸으로서는 그럴 수 없지만…… 뭐, 좋아. 빚으로 해둘게. 사토도 알겠지?"

시가 왕국과 사가 제국의 정쟁에 말려드는 건 사양하고 싶으니까 순순히 수긍했다.

"유이, 신 군은 르모크 왕국에서 소환된 여덟 명째하고는 다른 사람이야."

"그렇구나. 드디어 행방을 알아낸 줄 알았는데, 아니었네."

"그러고 보니, 세류 시에서 일본인 같은 소년의 목격 정보가 있었다고 해."

유이에게 존이 세류 튀김이라는 이름의 크로켓을 보급한 에피소드를 가르쳐줬다.

"헤~, 한번 만나보고 싶네."

"왕도 근처에서 목격 정보가 있었으니까, 인연이 있으면 만날 수 있을 거야."

히카루랑 나나 자매가 왕가 직할지에 인접한 젯츠 백작령에서 만났다고 했으니까, 왕도 근처까지 와 있다고 생각하거든.

"서서 얘기하기도 그러니까 응접실에 안내할게."

그렇게 말한 유이의 안내를 받아, 우리는 응접실로 갔다. 헤르미나 양도 따라오려고 했지만, 린그란데 양의 지적을 받아 예정대로 네일 아트 시술 부스 쪽으로 갔다.

"후~응. 말려들어서 소환됐단 말이지~."

"마, 맞아. 유이유이."

"아까도 말했는데, 유이유이라는 건 뭐야?"

"뭐냐니, 애칭이잖아? 아이돌 유이유이 맞지?"

"분명히 아이돌이었지만, 유이유이라고 불린 적은 없는데?"

"어? TV에서도 그렇게 불렀잖아."

유이와 신의 대화가 일치하지 않는다.

"다른 일본 아닐까? 유이는 남일본 연방 출신이지? 신 씨 출신은?"

"남일본, 연방? 그게 뭐야? 오사카나 교토에 수도가 있어?"

"수도는 서도쿄야. 당신의 출신지는 뭐라고 하는데?'

"이, 일본이야. 남쪽이나 북쪽이 안 붙는 일본."

아무래도, 유이는 신이 있던 일본에서도 아이돌로 존재하는 모양이군.

"후~응. 남북으로 갈라지지 않은 일본이라. 분명히 평화롭겠지~."

"평화? 전쟁은 없지만, 평화롭지는 않은 장소야. 아빠는 최악의 쓰레기 자식이고, 빚만 남기고 사라졌어. 엄마는 내가 어렸을 때 아빠한테 정이 떨어져서 다른 남자랑 도망갔어. 나 같은 꼬맹이는 아무도 키우고 싶어 하지 않아서, 친척들 사이를 돌아다녔지. 어딜 가도 나는 방해꾼이야."

신이 물어보지도 않은 신상 이야기를 시작했다.

말하는 사이에 혼자서 뜨거워지기 시작했다. 그에 반비례하여 유이의 눈동자가 온도를 잃었다.

"후~응? 가엾다고 동정해주면 좋겠어?"

"—동정 같은 거 필요 없어!"

신이 흥분해서 일어섰다.

유이에게 손을 뻗으려는 그를 재빨리 억눌렀다.

"이거 놔!"

레벨 312의 근력은 별 힘 없는 중학생이 떨쳐낼 수 있을 정도로 낮지 않다.

꿈쩍도 안 하는 손에 겁을 먹었는지, 나를 올려다본 다음에 고개를 숙이고 힘을 뺐다.

사춘기라고 해도 정서불안이 심하네. 그에게는 친밀하게 상담해주는 카운슬러의 도움이 필요할지도 모르겠다.

"진정했어?"

내 물음에, 신이 입 속으로 우물우물 뭔가 대답했다.

"조금 심술 궂게 말을 했을까?"

유이가 신에게 말한 다음 「미안해」 하고 사과했다.

신은 토라졌는지 고개를 돌리고 있었다.

"너도."

"뭐라고?"

신이 중얼거리자 유이가 반응했다.

"너도 일하는 거야? 그 녀석처럼."

"그 녀석이라는 건, 아오이 말야? 물론 나도 일하고 있어. 왜냐면 이 가게의 점장인걸."

신은 네일 살롱에 오기 전에 린그란데 양과 대화한 것을 안 들었는지, 유이의 말에 충격을 받은 표정을 지었다.

"달링은 일은 안 해도 된다고 말해줬지만, 집에서 달링이 돌아오기만 기다는 건 나답지 않으니까. 그리고 저쪽 세계에 있을 때도 아이돌로 일했고, 네일 살롱 일은 전부터 해보고 싶었어. 손님이 늘어나서 기뻐."

웃으며 말하는 유이에게서, 신이 눈부신 것을 보는 것처럼 눈길을 돌렸다.

"어째서……."

신이 중얼거렸다.

"어째서, 이런 이상한 같은 상황을 받아들일 수 있는 거야! 유괴잖아, 유괴!"

"아~, 그렇게 받아들이고 있구나~. 나랑 아오이는 노려서 소환된 게 아니고, 게이트가 열린 장소에 우리가 있었다는 상황이었으니까, 조금 다를지도 모르지만—."

유이가 그렇게 말을 시작했다.

"이쪽은 일본이랑 달라. 우리들을 지켜주는 인권이나 법률 같은 게 없어."

이 세계의 사람을 옹호하자면, 본래 세계 정도로 인권 의식은 없지만 인명이 귀중하단 의식은 있다. 가볍지만. 법률도 지역에 따라 다르지만, 제대로 있다. 소국이나 지방 영주 정도면 자의적으로 비틀 수 있을 만큼 느슨하긴 하지만, 그건 본래 세계에서도 나라에 따라 다르니 비슷하지.

"원한이나 괴로움을 잊으라고는 안 할 거고, 용서해 주라고 하지도 않겠지만—."

유이가 말을 이었다.

"감정을 그대로 내보내는 것보다 먼저 자기 위치를 굳히는 편이 먼저일 거라고 생각하거든?"

"여자 주제에 설교하지 마!"

신이 흥분해서 일어서더니, 응접실 밖으로 뛰쳐나갔다.

사가 제국의 첩보 기관 사람들이 몰래 지켜보고 있으니 괜찮을 거라 생각하지만, 일단 신에게 단 마커에 강조 표시를 해두자.

"미안, 조금 말이 지나쳤나 봐."

"그렇지 않아. 같은 입장에서 타일러줘서 고마워."

사과하는 유이에게 린그란데 양이 대답했다.

"저기, 사토 씨. 따라가지 않아도 돼요? 저 사람, 지리도 모르죠?"

사람 좋은 아오이 소년이 신을 걱정했다.

"그렇네. 미아가 되기 전에 따라갈게."

괜찮을 거라고 생각하지만, 너무 방치하면 삐칠 것 같다.

동향 출신의 연장자로서, 사춘기 소년을 보호하러 가야겠군.

"오늘은 고마웠어."

나는 아오이 소년과 유이에게 감사 인사를 한 뒤에, 린그란데 양과 함께 신을 따라갔다.

◆

“정말이지, 어째서 그 애는 그렇게 감정적인 걸까?”

“분명히 감정적이기는 하지만, 그 나이의 소년이라면 평범한 거라고 생각합니다.”

갑작스런 환경 변화도 있겠지만, 선배나 같은 반 애들은 용사로서 힘을 받았는데 자신만 들러리 취급을 받으면 풀이 죽는 게 보통이지.

“하지만, 아까 그 애들은 똑 부러지잖아?’

“그 애들이 특별한 거죠.”

비교 대상이 없어서 깨닫지 못했는데, 아오이 소년도 유이도 자신에 대한 생각을 분명하게 가졌다. 그 나이치고는 드문 일이야.

“그런 걸까?”

“저도 그 정도 나이에는 여러모로 불안정했어요.”

“그 정도의 나이라니, 사토랑 두 살 정도밖에 차이 안 나잖아?”

그랬었지. 지금 내 몸은 16세였군.

“여행에 나서면서 변했어요.”

그런 걸로 해두자.

그런 이야기를 하면서 걷고 있는데, 뒷골목에서 양아치한테 붙잡힌 신이 보였다.

"좋은 옷을 입고 있잖아."

"아가, 돈 좀 주지?"

이 근처는 성기사단의 주둔지도 가깝고 치안이 좋은 장소지만, 골목에는 이런 무리가 있는 일도 있구나.

"나, 나는 돈 같은 거—."

"그러면 옷이라도 괜찮아. 벗어라."

"어린애 상대로 그런 짓은 그만둬."

신의 스트립이 시작되기 전에, 린그란데 양이 뒤에서 말을 걸었다.

"오~, 엄청 미인이시구만."

"이 녀석 대신 당신이 상대를 해주려고?'

"좋아."

린그란데 양이 생긋 웃자, 남자들이 헤실거리는 표정으로 그녀 쪽에 다가갔다.

남자들이 신에게서 손을 놓은 순간, 린그란데 양이 눈에 보이지도 않는 속도로 남자들의 사타구니를 올려 찼다.

—아프겠군.

몸부림치는 남자들을 무시하고, 신을 데리고 그 자리를 벗어났다.

"다친 데는 없니?"

"……없어."

여기에서 이야기를 하기도 그러니 둘을 데리고 근처의 카페로 갔다.

여기도 에치고야 상회의 카페다. 메이드 카페가 아니라, 도너츠나 스위츠를 즐기는 여성 대상의 점포인 모양이군. 점원이 다들 훈남이니까, 집사 카페를 표방한 걸지도 모르겠다.

"……꼴사납다고 생각하지?"

신이 어두운 눈으로 나에게 말했다.

방금 그 일 말인가?

"양아치 둘한테 붙잡혔다고 쫄아버렸잖아."

"덩치 크고 험상 궂은 양아치가 붙잡으면, 겁을 먹는 게 보통 아닐까?"

내가 중학생일 때였다면, 그런 폭력적인 성인 남성 두 사람한테 붙잡히면 무서워서 위축되었을 게 틀림없다.

"강해지면 되잖아."

린그란데 양이 말했다.

"훈련을 해서 강해지면, 양아치 열 명이나 스무 명 정도는 한 손으로 해치울 수 있잖니?"

"후, 훈련이라니, 선배들이 하는 거?"

신이 겁먹은 소리를 냈다.

"그래."

"무리야! 그런 훈련을 하면 죽어!"

신이 안색이 파래져서 외쳤다.

새로운 용사들이 어떤 훈련을 하는지는 모르지만, 신의 반응을 보니 범상치 않게 격렬한 것인 게 아닐까 싶다.

"걱정 안 해도 용사용 훈련을 일반인에게 시키진 않아. 목검을 계속 휘두르거나, 하루종일 달리는 정도야."

"무리라니까! 운동부가 아니라고!"

운동 부족인 사람에게 갑자기 시키는 건 좀 무모하다.

"그러면, 마법사를 목표로 하면 되잖아?"

"그거야! 메라메라나 파이엘 같은 불 마법이 좋아!"

내 조언에 신이 게임에 나오는 마법을 말하면서 반응했다.

"그러면, 일단 이쪽 문자를 배워야지. 용사의 나라 말로 번역된 마법서 같은 게 없으니까."

"어, 공부?"

"그럼. 문자를 모르면 마법서를 읽을 수 없잖아? 2, 3년이면 초급 불 마법 정도는 쓸 수 있게 될 거야."

"아니, 나는 공부는 좀……."

신은 공부가 거북한 모양이군.

"먼저 목표를 세우면 어떨까? 목표가 정해지면, 노력의 방향성도 정해질 거라고 생각하는데?"

노파심으로 조금 조언했다.

"목표?"

"장래에 어떤 자신이 되고 싶은가, 일까?"

"그런 거 몰라~."

신이 토라졌다.

"학교에서도 진로가 뭐냐고 했는데, 이세계에서도 진로냐……."

진로 희망이나 장래 목표를 물어보면 고민하게 되는 나이이니까, 이 거부반응도 이해는 된다.

"그리 어렵게 생각 안 해도 돼. 좀 더 대략적으로, 이런 식으로 되고 싶다는 것 정도면."

마법계, 물리계, 생산계. 그 정도로 대략적인 거면 충분하다.

"뭔가 커다란 일을 하고 싶어!"

어이쿠, 예상 이상으로 심플하군.

"예를 들면?"

"그건……."

구체적인 비전은 없는 모양이군.

나이가 있어도 「뭔가가 되고 싶다」라는 욕구는 있는 법이니까, 그렇게 이상한 바람도 아니겠지.

"그러면, 커다란 일을 하고서, 그다음엔?"

"부자가 되고 싶어! 그리고 여자한테 인기를 얻고 싶어!"

그건 그냥 소원이라고 말하고 싶지만, 목표로서는 흔한 거겠지.

"그러면, 돈을 벌거나, 여성에게 인기를 얻는 커다란 일을 목표로 하면 되지."

"날 바보 취급하냐?"

"바보 취급이 아냐."

비교적 메이저한 소원이라고 생각하니까.

"그걸 장기 목표로 삼고, 그걸 실현하기 위한 중기 목표와 단기 목표를 세우자."

회사에서 흔히 하는 거다.

"중기? 단기?"

"3년 뒤의 목표와 1개월 뒤의 목표 같은 느낌일까?"

사실은 좀 더 긴 기간이지만, 그는 성급한 타입인 것 같으니 조금 짧게 했다.

"장기 목표를 이루기 위해서, 뭘 하면 된다고 생각하지?"

"그런 거 모른다고."

그는 자기성찰을 하거나, 깊게 생각하는 게 거북한 모양이다.

지금까지 인생에서 학습 기회가 적었던 걸지도 모르겠군.

"간단하잖아."

린그란데 양의 말에, 신이 매달리는 시선을 보냈다.

"강해지면 되는 거야. 강해지면 마물 사냥이나 미궁 탐색으로 얼마든지 돈벌이가 되고, 여성들에게도 인기야."

"나, 용사 아니거든."

"사토도 용사가 아니야."

죄송합니다. 사실 용사입니다.

"그는 용사가 아니지만 부자고, 여성에게 인기가 많거든?"

린그란데 양이 신에게 보란 듯이 내 팔을 껴안으며 가슴을 들이댔다. 오늘은 갑옷이 아니라서 다이렉트로 행복한 감촉이 전해지는군. 세라보다 두 사이즈 정도 크다.

"그러고 보니, 얼굴이 훈남인 것도 아닌데 어딜 가든 인기 있었어. 훈남이 아닌데!"

사실이지만, 훈남이 아니라는 걸 괜히 강조하는 건 좀 관두자.

"그렇지? 그리고 부자야. 자기 힘으로 성공해서, 지금은 왕도에 저택까지 가지고 있어."

"굉장하다~! 그 나이에 집도 있는 거냐! 그러고 보니 처음 만났을 때 엄청 미인인 메이드를 데리고 있었어!"

루루를 떠올렸는지, 신이 흥분해서 소리를 질렀다.

"강해지면, 나도……."

"그런 거야. 열심히 하렴."

아무래도, 의욕이 생긴 모양이군.

◆

"정말이지. 불평밖에 안 한다니까!"

신을 안내한 날의 밤, 나는 약속대로 음식 배달을 하러 헤르미나 양의 저택을 방문했다. 호위 역할로 리자도 같이 왔다. 처음에는 아리사와 미아가 따라온다고 말했지만, 밤중에 어린 소녀를 데리고 다니는 건 좀 그러니 리자가 감시 역할로 따라왔다.

"린은 젊은 애한테 너무 기대해. 귀족 자제도 절반 정도는 그런 느낌이거든?"

거칠게 말하는 린그란데 양과 대조적으로, 헤르미나 양은 느긋하고 차분한 느낌이다.

내가 오기 전부터 술을 마시기 시작했는지 이미 살짝 얼굴이 붉었다. 눈매도 좀 내려가 있고, 조금 러프한 실내복도 어우러져서 분위기가 있다. 가슴팍은 좀 너무 무방비하다고 생각한다.

나는 가슴에 시선이 가지 않도록 주의하면서, 권하는 소파에 앉았다.

"리자도 앉으렴. 사토한테 호위는 필요 없어."

"아뇨, 그럴 수는—."

"됐으니까 얼른 앉아."

헤르미나 양이 리자를 앉히고 술잔을 건넸다.

리자가 시선으로 물어보길래, 음주를 허가했다. 리자도 가끔은 좀 풀어져야지.

"그러고 보니, 린, 당신의 사랑스런 여동생은 괜찮아? 샤로릭 옛 전하에게 가담한 혐의로 성에서 심문을 받고 있다고 들었는데."

"세라는 괜찮아. 할아버님이 같이 있고, 바보 샤로릭이 부추긴 걸로 넘어갈 애가 아니라는 건 폐하도 알고 있어."

세라는 테니온 신이 내린 신탁으로 샤로릭 제3왕자 곁에 몸을 맡기고 있었는데, 그 제3왕자가 반란을 일으켰기 때문에 반역의 뜻을 의심받아 왕성에 연금되어 있었다.

히카루가 국왕에게 누명이라는 걸 설명했고, 성해거신의 폭주를 막은 것은 세라 덕분이라고 용사 나나시도 말을 해뒀으니 얼마 안 있어 석방될 예정이다.

"그리고 세라가 연금되어 있는 진짜 이유는 잠복하고 있는 바보 왕자의 지지자한테서 세라를 지키기 위해서야."

과연. 어쩐지 구속 기간이 길더라니.

"다행이네, 사토."

어째선지 헤르미나 양이 나에게 말했다.

"미나, 어째서 사토한테 말하는 거야?"

"성기사단 주둔지까지 데리고 올 정도인걸. 사토의 진심이 틀림없다고 성기사들이 내기를 했어. 지금 진심 레이스는 카리나 양이 제일 인기고, 세라 양, 제나 양, 나나의 순서네. 의외로 아리사랑 미사날리아 님에게 거는 사람도 많아."

헤르미나 양이 「나는 『그중에는 진심이 없다』는 거에 걸었어」라고 말했다.

정답입니다—라고 말할 수는 없으니, 나는 애매한 웃음으로 얼버무렸다.

"리자는 누구라고 생각해?"

"주인님의 비밀을 폭로하는 불충은 저지를 수 없습니다."

고기 요리를 먹고 있던 리자가, 조용한 어조로 깔끔하게 거부했다.

"리자도 어울릴 것 같은데, 어때?"

"저는 그러한 소망이 없습니다. 전장에서 주인님께 도움이 된다면 충분합니다."

리자가 늠름한 표정으로 말하지만, 시선의 방향이 이상하다.

"저의 창은 주인님을 위한 것. 제 무용을 모두 걸고 주인님을 섬길 것입니다."

리자가 진지한 표정으로 선언했다— 관엽식물을 보면서.

아무래도 리자는 이미 취해버린 모양이군.

"조금 장난이 지나쳤나?"

헤르미나 양이 술병을 흔들면서 혀를 내밀었다.

리자의 컵에 술을 더한 모양이군.

"리자는 그다지 술에 익숙하질 않아서요."

꾸벅꾸벅 졸기 시작하는 리자에게 물을 먹이고, 나한테 기대도록 했다. 마법약으로 그녀의 취기를 깨워도 되지만, 가끔은 취한 기분을 느끼는 것도 좋으니까.

내 팔에 몸을 기대고 어리광 부리는 리자의 머리칼을 쓰다듬으며, 헤르미나 양이 말하는 린그란데 양의 옛날 이야기에 귀를 기울였다.

사이 좋은 두 사람의 이야기를 듣고 있으니 나까지 같은 시대를 살았던 것처럼 느껴지는 신기한 기분이 들었다.

그런 식으로 흐뭇하게 듣고 있었던 것은 처음뿐이고, 중간부터 이성에게 들려주기 좀 그런 적나라한 한 가족 토크가 시작되길래 나는 종소리를 신호로 철수했다.

두 사람의 명예를 위해서도, 젊은 날의 실수는 듣지 않은 것으로 해야지.

◆

"이치로 오빠! 도와줘!"

잠들어버린 리자를 업고 돌아가자, 히카루가 다급한 기색으로 저택에 뛰어들어왔다.

"히카루, 왜 그래?"

"존 군이 죽을 것 같아."

세라나 성해거신에 무슨 일 있었나? 그렇게 생각했는데 예상 밖의 대답이 돌아왔다.

존은 히카루와 나나 자매의 지인이다. 세류 시의 마법병 제나 씨의 친구인 릴리오의 예전 남친이며, 르모크 왕국에서 소환된 세 명째 일본인이란 소문이 있는 소년이다.

"알았어. 어떻게든 할게."

치료 행위가 될 것 같으니까, 잠든 미아를 깨워 동행해야지.

나는 미아와 함께 히카루의 저택— 미츠쿠니 공작 저택으로 갔다.

"사토 씨!"

""""마스터!""""

미츠쿠니 공작 저택에 세라와 나나 자매가 있었다.

세라는 왕성에 연금중이었을 테니, 히카루가 억지를 부려 데리고 온 거겠군.

"환자의 상태는?"

복도를 이동하면서 물었다.

"존이 갑자기 괴로워했다고 고합니다."

"눈을 떴을 때는 평범했는데, 의수를—."

자매들이 제각각 다른 이야기를 했다.

"당신들은 말하지 마세요. 무녀 세라, 마스터에게 설명을."

"저주 떨치기나 치유계 마법으로 치유했습니다만, 증상이 재발해서 점점 쇠약해지고 있어요."

아진이 말하자, 세라가 존의 상태를 가르쳐 주었다.

"우웅."

환자의 방에 들어가자마자 미아가 표정을 찌푸렸다.

넓은 방에 커다란 침대가 있고, 검은 머리 소년— 존이 누워 있었다.

"독기."

그 말에 독기시로 확인해보니, 존의 왼손을 짙은 독기가 덮고 있었다.

AR표시를 통해서 그의 이름이 존이 아니라 존 스미스라는 걸 알았지만, 그런 것보다 더 신경 쓰이는 것이 있었다.

"의수구나. 성해동갑주?"

성해좌완이라는 고유명을 가진 성해동갑주의 부품이라고 표시가 떴다.

그러면, 그의 상태는—.

"성해거신의 심장부와 같은 건가?"

"네. 아마도."

세라도 같은 의견인가 보다.

성해좌완의 심장부에는 「용염옥의 조각」이라는 이름의 무지갯빛 불꽃이 있고, 그 주위를 마신 잔재와 같은 성질을 가진 칠흑의 오염이 덮고 있었다. 그것이 폭주 상태가 되면, 오염이 풀려 소유자를 괴롭히는 모양이군.

"의수를 떼어낼 수는 없어?"

"이미 육체와 융합해서 일체화된 것 같아."

히카루가 괴로운 표정을 지으며 고개를 옆으로 저었다.

"그래……."

그렇게 간단한 방법은 이미 검토를 해봤나 보군.

"이치— 사토."

"괜찮아. 어떻게든 될 거야."

걱정하는 히카루에게 고개를 끄덕였다.

이번에는 유체이탈을 했을 때처럼 이미지너리한 환경이 아니지만, 할 일은 같았다.

나는 평소 쓰는 성비 회로를 넣은 마법진 장갑을 양손에 끼고 작업을 시작했다.

일단 성해좌완의 정비용 해치를 전부 열고서, 술리 마법 「투시」로 성해좌완을 투시해서 그 「용염옥의 조각」이 담겨있는 마력로를 조사했다.

어마어마하게 정밀한 회로였다.

고무줄로 움직이는 장난감을 열어봤더니 초정밀 기계식 손목시계였던 것 같은, 그런 기분이다.

엘프의 마을에서 본 마법 장치와 비교해도 손색이 없어. 오히려 엘프들의 오버 테크놀러지를 쓰지 않은 만큼 복잡해졌군.

"여기다—."

발견했다.

쌀알보다 훨씬 작은 「용염옥의 조각」을 담은 심장부. 섬유처럼 가는 오염을 물질화시킨 소재로 덮고 있으며, 그것이 불안정하게 일그러져 있었다.

나는 정밀 조작에 적합한 마술적인 염동력인 「이력의 실」을 써서 오염을 제거하려고 했지만, 아쉽게도 간섭할 수 없었다.

"끄으으으으으으."

존 스미스가 괴로워하기 시작했다.

방금 전보다 오염이 크게 일그러져 있었다. 시간이 없군.

나는 결단했다.

성해거신의 심장부를 수선했을 때 얻은 오염의 결정을 스토리지에서 꺼내, 손가락 끝으로 반죽하듯 가공하여 머리카락보다 가는 바늘 모양으로 만들었다. 그것을 핀셋 대신 쓴다.

—되겠어.

이력의 실로는 간섭하지 못했던 오염도, 동질의 결정을 가공한 바늘이라면 접근이 가능한 모양이군.

나는 쌀알에 정밀화를 그리는 것처럼 섬세하게, 오염을 조정했다.

넘치는 오염이 내 손가락 끝을 침식하여 죽을 만큼 아프지만, 무표정 스킬의 도움을 빌어서 어떻게든 표정에 드러내지 않고 버텼다.

여기서 아픈 티를 내면, 히카루와 세라를 무의미하게 불안하게 하니까. 흘러나오려는 땀마저 억누르고, 시원스런 표정으로 작업을 진행했다.

"—술식 완료."

조금 익살을 부린 목소리로 작업 완료를 보고했다.

고통 탓에 조금 하이해진 모양이군.

손가락 끝에 침식한 오염은 지난번처럼 손톱 끝에 모여서 결정화되길래 바늘과 함께 스토리지로 보냈다.

"괜찮아?"

미아가 걱정스럽게 나를 바라보았다.

"물론이지."

그런 미아의 머리를 쓰다듬으며 대답했다.

억지로 참은 걸 들킨 모양이군.

"고마워, 사토."

"얼마간 쇠약 상태일 거라 생각하지만, 영양제를 먹고 자면 회복할 거야."

그렇게 말하고, 요새도시 아카티아에서 양산한 용사 상점 영양제를 테이블 위에 놓았다.

"""마스터, 감사하다고 고합니다."""

나나 자매들이 나에게 말했다.

그녀들에게도 존 스미스는 전우 같은 존재인가 보군.

"그렇지. 히카루, 이거."

"스마트폰?"

"전에 어둠의 옥션에서 입수한 물건이야. 그가 잠금 해제를 할 수 있으면 돌려줘."

기껏 낙찰한 물건이지만, 나는 잠금 해제를 못한 물건이다.

상황을 생각해 볼 때 그의 소유물일 가능성이 높고, 히카루나 나나 자매들의 모습을 보니 근본이 나쁜 소년은 아닌 모양이라 반납하기로 했다.

"그가 스마트폰의 주인이 맞으면, 이것도 같이 줘."

"응, 알았어."

나는 수제 벼락 광석 충전기와 웨스트 파우치형 소용량 「마법의 가방」을 함께 건넸다.

마법의 가방 안에는 공개할 수 있는 범위에서 신들의 금기에 관한 주의 사항을 적어서 넣어 놓았다. 이걸로 섣부른 행동은 자중해주겠지.

그리고 또 하나 전언이 있군—.

"그렇지. 존 스미스의 전 여친이 미궁도시에 있으니까, 그가 건강해지면 만나러 가라고 말 좀 전해줄래?"

"응, 알았어."

나는 그것을 말하고, 릴리오가 있는 숙사의 지도를 히카루에게 건넸다.

"밤도 깊었고, 나는 이만 돌아갈게. 세라 씨는—."

머무르는 곳까지 바래다줄까 생각하여 세라에게 말을 걸었는데, 중간에 히카루와 함께가 아니면 돌아가지 못한다는 사실을 깨닫고 말을 멈추었다.

"저는 아침까지 환자의 상태를 볼게요."

책임감이 강한 세라를 남기고, 나와 미아는 방을 나섰다.

맵으로 확인하니, 머무르고 있는 줄 알았던 반이나 무쿠로를 비롯한 전생자들이 아무도 없었다.

무쿠로가 미궁 밖을 어슬렁거리는 게 신들에게 걸리면 「신의 사도」가 찾아온다고 했으니, 용건이 끝난 뒤에 미궁으로 돌아간 거겠지.

"뭐, 또 만날 수 있으니까—."

사건 뒤 금방 들렀을 때 인사는 했지만, 조금 더 여러모로 이야기를 하고 싶었는데 조금 아쉽다. 시간이 생기면 그들이 은거하는 세리빌라의 미궁 하층에 실례해야지.

◆

"""어서오십시오, 쿠로 님!"""

존 스미스를 치료한 다음날, 나는 쿠로의 모습으로 에치고야 상회에 왔다.

기분 좋게 인사해주는 간부 아가씨들한테 쿨하게 인사를 하고, 지배인과 비서 티파리자에게 보고를 받았다.

"요전 반란 소동 건입니다만—."

지배인이 반란의 규모를 잘못 파악한 탓에 나한테 연락하는 게 늦어진 것을 사과한 다음, 쿠데타 주모자들의 처우에 대해 알려주었다.

쿠데타를 꾸민 샤로릭 제3왕자의 처우에 대해 한껏 의견 대립이 있었지만, 최종적으로 독배를 통한 자결이 아니라 공개 처형이 결정되었다. 다른 주모자들도 마찬가지다.

처형 리스트 안에 소켈의 이름이 없는 걸 보니, 쿠데타 와중에 사망한 모양이군. 맵 검색으로도 걸리지 않았으니까.

"역시, 사건의 흑막은 제3왕자였나?"

"네. 반란을 주도한 것은 샤로릭 전하가 틀림없는 것 같습니다."

지배인이 뭔가 걸리는 것처럼 말했다.

"그렇게 유도한 자가 있다고 생각하나?"

"증거는 없습니다만, 벽지의 수도원에 칩거된 제3왕자가 꾸몄다고 하기에는 반란까지의 흐름이 너무 빠릅니다. 큰 그림을 그린 제3자가 있다고 생각하는 것이 자연스럽겠죠."

"마왕 신봉 집단이나 제3왕자 파벌의 인간인가?"

마족이 꾸몄다고 생각하긴 어려워.

"혹은 외국의 세력이라고 볼 수도—."

"외국의 세력?"

"족제비 제국입니다."

어이쿠. 뜻밖의 이름이 나왔네.

"멀리 있는 나라가 시가 왕국의 반란을 유도했다? 뭘 노린 거지?"

내 질문에 비서 티파리자가 대답했다.

"아마도 노림수는 동방 소국이나 동남 국가군에 대한 침공을 시가 왕국이 방해하지 못하도록 혼란을 일으키는 것이 목적이라고 에치고야 상회의 전략부가 분석했습니다."

—티파리자?

전략부 같은 게 있었나?

스토리지의 자료를 검색해보니, 꽤 전에 지배인에게 받은 자료 안에 있었다. 당시는 비상근 인원 한 명뿐이었는데, 지금은 꽤 많은 수로 늘어난 모양이군.

"반란 사건 직전에 스아베 상회의 회장 호미무도리가 타르투미나에서 배로 출항한 기록도 있습니다. 도리스 왕녀에게 보낸 비취새에 붉은 밧줄의 마물을 심은 범인도, 스아베 상회라는 보고가 있었다고 합니다."

히스이 건도 얽혀 있다는 거군.

그러니까—.

"족제비 제국은 제3왕자가 반란에 성공할 거라 생각하지 않은 거군?"

"혹은, 반란이 성공하든 실패하든 어느 쪽이든 좋았던 것이겠죠."

그렇군. 그래서 전략부는 그렇게 분석한 거구나. 납득이 된다.

"스아베 상회는 비어있나?"

"아뇨. 점장 한 명과 종업원들은 남은 모양입니다."

종업원들은 시가 왕국의 체면을 세워주기 위한 산 제물이 된 모양이군. 스아베 상회는 철거되고, 상회나 건물이나 인원은 왕국 정부가 철저하게 조사를 하는 모양이다.

쿠데타 건이 어느 정도 끝난 참에, 다음 보고가 나왔다.

"쿠로 님, 피핀의 보고서가 왔습니다."

"피핀이?"

피핀은 파리온 신국의 소동을 일으킨 현자 솔리제로의 제자 세레나와 함께 현자가 생전에 대륙 각지로 파견한 다른 제자들의 발자취를 추적하고 있었다.

대충 훑어보니, 세류 시에 파견된 현자의 제자 파사 이스코에 관한 보고서였다.

"수상한 기색은 없다라."

세류 시의 제자는 연구 바보 타입인지, 몇 시간이나 전문적인 이야기를 들어서 질색한 피핀이 원망의 말을 적어놓았다. 대륙 서방의 피아로오크 왕국에서 「따르지 않는 것」을 부활시킨 현자의 제자 바잔 같은 난처한 녀석은 그리 많지 않은가 보군.

"왕도의 부흥에 필요한 자재를 쿠로 님이 옮겨주신 덕분에, 생각보다 빠르게 이민이 시작될 것 같습니다."

에치고야 상회 지부에서 건축 자재를 비축시켜둔 덕분에, 이번 조달도 매끄러웠단 말이지.

제3왕자의 쿠데타나 성해거신의 폭주로 피해를 입은 왕도지만, 피해 보고를 읽어보니 연말의 붉은 밧줄 사건 때처럼 적은 피해로 넘어간 모양이다.

"무노 백작과 의논은?"

"이미 마쳤습니다."

무노 백작과 니나 로틀 집정관은 먼저 소형 비공정으로 백작령에 돌아가 수용 준비를 최종 확인하고, 카리나 양이 가문을 대표하여 이민선단에 동행한다. 선단이라고 해도, 이민에 쓰는 대형 비공정은 두 척뿐이다.

"오유고크 공작령에 기항하는 건가?"

"네. 공작령에 기항하는 것은 물의 보급 때문입니다. 후지산 산맥을 우회하면, 아무래도 날짜가 걸리기 때문에 물의 보급이 불가결합니다."

"화물실에 이민을 대량으로 태우는 탓에 고도를 높이지 못하고, 후지산 산맥을 넘을 수 없게 됐다고 합니다."

인원이 많으면 필요한 물의 양도 늘어나니까.

그래서 대형 비공정이 두 척으로 늘어난 거구나.

"공작 일행도 타는 건가?"

"네. 귀빈실이 비어있고, 거절하면 그들의 귀환이 우선되어 이민이 미뤄질 테니까요."

이세계에서 원격업무를 할 수도 없을 테니, 공작령의 정무를 생각하면 그쪽이 우선되는 것도 이해는 된다.

"알았다. 달리 확인할 일이 있나?"

"네, 이것을—."

나는 이민의 최종 확인에 이어서 에치고야 상회 통상 업무에 관한 것을 정리하고, 마지막으로 아오이 소년과 박사들의 연구소에 방문하여 기분 전환을 했다.

"왜 여기에 성해종자의 잔해가 있지?"

"왕립 연구소에서 양보해줬습니다."

내 질문에 아오이 소년이 대답했다.

"왕립 연구소에서?"

연구 자료를 독점하는 이미지가 있었는데?

"네. 쿠로 님이 공개를 허가해주신 연구 자료의 제공을 조건으로 입수했습니다."

"나도 따라갔다마는, 아오이의 교섭은 참으로 무시무시했다오. 영혼까지 털려버릴 만큼—."

"—박사님."

아오이 소년이 얼굴에 미소를 붙이고, 말실수를 한 박사의 어깨를 두드렸다.

"뭐, 그렇게 됐소. 교섭은 아오이한테 맡겨두면 만사해결이란 거구먼."

박사가 얼버무리듯 말하며 아오이 소년을 추켜세웠다.

실제로 공개 예정인 연구 자료를 제공한 것뿐이니까 에치고야 상회에 손해는 없다.

"잘했다, 아오이. 달리 필요한 소재가 있으면—."

목록을 만들어 두라고 말하기 전에, 박사들이 먹이 앞의 잉어처럼 일제히 모여들어서 제각각 소재를 요청했다.

창화나 엘릭서처럼 다루기 어려운 물품은 기각했지만, 대부분의 소재나 기재는 스토리지에 스톡이 있으니까 나중에 아오이 소년이나 티파리자 경유로 제공할 생각이다.

갑자기 건네지 않은 것은, 박사들의 뒤에서 아오이 소년이 제스처로 말렸기 때문이다.

나중에 이유를 물어보니, 요청을 받고 바로 건네면 요구가 점점 심해지기 때문이라고 했다.

이거 참. 아오이 소년은 똑 부러지네.

◆

"오랜만입니다, 제나 씨."

7일만에 왕도 저택을 방문한 제나 씨는 어쩐지 어두운 분위기였다.

"왜 그러시나요?"

"사토 씨, 저—."

고개 숙인 제나 씨가 중간에 말문이 막혔다.

"—세류 백작령으로 귀환 명령이 나왔습니다."

"꽤나, 갑작스럽군요."

제3왕자의 쿠데타 소동에서 세류 백작의 명령으로 내 호위 임무를 맡아줬는데, 불과 7일만에 갑작스런 방향 전환이다.

"사실은 요전 소동에서—."

제나 씨의 말에 따르면, 쿠데타 소동 때 너무 활약을 했는지 세류 백작이 「영내 최강 키고리 경과 견줄 수 있는 인재를 계속 놀려둘 수는 없다」라고 했다는 모양이다.

세류 시에 돌아가면, 이번 활약의 포상으로 명예 사작 서훈을 받는다고 했다.

"제나 씨는, 전부터 사작님이 아니었나요?"

"아니야, 루루. 제나는 사작 가문의 영애니까 본인은 작위가 없어. 아마, 제나의 급성장을 알게 된 세류 백작이 제나를 주인님에 대한 미인계 요원으로 두는 게 아깝다고 느껴서 영지에 불러오는 방침으로 바꾼 게 아닐까?"

뒤에서 듣고 있던 아리사와 루루가 그런 대화를 한다.

아리사의 예상이 뜻밖에 정곡을 찌르는 것 같았지만, 섣불리 동의할 수도 없으니까 둔감한 러브코미디 주인공처럼 안 들린 척 했다.

"그래서, 언제 귀성하시는 건가요?"

"오늘 오후에 출발해요."

"꽤나, 갑작스럽군요."

"네. 백작님과 함께 소형 비공정으로 돌아가게 되어서……."

제나 씨가 출세하는 사람 같지 않게 어두운 표정으로 말했다.

"저희들도 이민선단에 동행하여 무노 백작령으로 돌아갑니다."

"그렇군요. 다들, 흩어지게 돼서—."

"그러니, 이민 사업이 일단락되면 세류 시에 놀러 갈게요."

우울한 발언을 하려던 제나 씨의 말을 끊으면서, 해야할 말을 전했다.

"정말인가요?!"

"네. 미궁도시에서 수련을 마치면 세류 시를 재방문할 예정이었으니까요."

포치랑 타마를 문전 여관의 유니와 만나게 해주고 싶고, 리자도 지인들과 만나고 싶겠지.

나나 자매를 데리고 「요람」 터에 꽃을 바치러 가는 것도 좋겠어.

"저, 기다릴게요! 계속 기다릴 테니까요!"

드디어 제나 씨가 웃음을 지었다.

평소의 해님 같은 미소와는 거리가 멀지만, 역시 제나 씨는 웃는 표정이 제일이야.

우리는 제나 씨를 공항까지 배웅하고, 소형 비공정의 작은 창에서 하염없이 손을 흔드는 제나 씨가 보이지 않게 될 때까지 크게 손을 흔들어 배웅했다.

"사토!"

공항으로 돌아가자 여행 준비를 갖춘 린그란데 양이 있었다. 신도 함께였다.

"린그란데 님. 벌써 사가 제국에 돌아가시는 건가요?"

"아니야. 국왕 폐하께서 드디어 세리빌라 미궁의 사용 허가를 해주셨으니, 선행 조사를 가는 거야."

"사용 허가, 인가요?"

“그래. 이번에는 용사의 수가 많으니까 육성할 장소가 부족하거든.”

용사가 일곱 명이나 있으면 사가 제국에 있는 미궁만 가지고는 용량 오버가 되는 것도 어쩔 수 없지.

—그렇지만, 세리빌라의 미궁은 동료들의 레벨 올리기로 상층과 중층의 오지까지 거의 다 사냥을 해버려서 마물 자원이 부활했을지 모르겠다.

“옛 지인들도 만나고 싶고, 신의 훈련에 쓸 수 있을 법한 장소가 있는지도 찾아볼 거야.”

“그에게 미궁은 이르지 않을까요?”

“괜찮아. 갑자기 미궁에 보내지는 않으니까.”

지금은 익숙해졌지만, 세류 시의 미궁에서 마물을 처음 만났을 때는 무서웠으니까.

“세라 씨하고는 만나셨나요?”

“그래. 왕성에서 잠깐. 하지만, 세라하고는 더 느긋하게 이야기를 하고 싶으니까 세리빌라의 일이 끝나면 미궁 유적 조사를 할 겸 공도에 갈 거야. 사토도 놀러 와. 공도의 명소를 안내해줄게.”

“기대되네요. 이민선단 예정이 맞으면, 부탁드립니다.”

린그란데 양의 인사치레에, 나도 인사치레로 대답했다. 누가 술자리에 부르면 「갈 수 있으면 갈게」라고 하는 그거다.

뭐, 린그란데 양이 정말로 안내를 해준다면 기꺼이 명소 순례에 동행할 거야.

◆

제나 씨와 린그란데 양을 배웅하고 며칠 뒤, 드디어 이민선단의 출발일이 되었다.

어제는 왕성 앞의 광장에서 샤로릭 제3왕자를 비롯한 반란의 주모자들 공개 처형이 있었지만, 그런 악취미한 행사는 사양이다.

"자작님, 손님입니다."

카리나 양과 함께 이민용 대형 비공정의 함장과 회의를 하고 있었는데, 카리나 양의 메이드인 신입 아가씨가 부르러 왔다.

그녀가 가리킨 방향을 보자, 연금 상태에서 해방된 테니온 신전의 무녀 세라가 있었다. 뒤에는 오유고크 공작을 비롯한 공도의 귀족들도 있었다.

이번에는 나나의 자매들이 동행하지 않는다. 히카루를 도우면서 왕도에 머무른다.

"세라 씨. 오늘은 잘 부탁드립니다."

"네. 사토 씨랑 함께 여행을 할 수 있어 기대돼요."

히카루의 저택에서 만난 뒤에도 몇 번인가 용건이 있어 왕성에 갔을 때 그녀가 머무르는 영빈관에 들렀으니, 오랜만이란 느낌은 아니다.

"사토 공. 공도에 기항했을 때는, 부디 내 집으로 오게."

"어허, 기다리게. 사토 공은 내 집의 주방에 어울리지."

먹보 귀족 로이드 후작과 호엔 백작이 내 앞에 나타났다.

"두 분, 싸우는 사람 집에는 사토 씨가 가지 않아요."

"어허어! 그것은 안 될 일!"

"그렇군. 그러면 중간 지점으로 공작성의 주방인가?"

"어쩔 수 없구려."

내가 주방에서 요리하는 건 결정 사항인가 보군.

왕도에서 성대하게 축하를 해줬으니, 수제 요리를 대접하는 것도 싫지는 않아.

"어라? 토르마 공은?"

"아저씨라면 『오랜만에 왕도를 조금 더 즐기고 올게』라면서 어딘가에 가버렸어요."

안 보인다 싶어 세라에게 확인했더니, 그런 대답을 했다.

자유인 토르마답군.

"무녀 세라!"

도전적인 울림의 목소리에 돌아보자, 바퀴 의자에 앉은 파리온 신전의 무녀 라비니아가 있었다.

"안녕하세요, 라비니아 님. 회복하셔서 다행입니다."

"파리온 신께서 용사 나나시를 병상에 쓰러진 제 곁으로 보내주셨답니다."

무녀 세라의 시선이 한순간만 나를 향했다.

성해거신을 움직이기 위한 부품으로 제3왕자에게 이용되고 버려진 무녀 라비니아는 본인의 말처럼 내가 심야에 몰래 방문하여 마법약으로 치료했다.

그녀는 치유의 전문가가 모여있는 신전 관계자라서 처음에는 방치하려 했지만, 조금 염려되는 게 있어서 치료했다.

다행히도 무녀 라비니아는 심각한 쇠약 상태긴 했지만, 내가 염려했던 마신 잔재와 같은 성질의 오염에 침식되지는 않아서 내 걱정은 기우로 끝났다.

“과연 용사님이시군요. 오늘은 그걸 자랑하러 온 건가요?”

세라가 조금 심술궂네.

어느샌가 세라가 내 손을 쥐는 힘이 강해진 것을 보니, 조금 질투를 품은 걸지도 모른다.

“아뇨. 오늘은 무녀 세라에게 예전의 무례한 발언을 사과하러 왔어요.”

무녀 라비니아가 종자의 부축을 받아 바퀴 의자에서 일어서더니, 넘어질 것 같으면서도 깊숙히 고개를 숙여 세라에게 사과의 말을 한 다음, 조심조심 질문의 말을 이었다.

“세라 님, 당신은 날뛰는 거인의 마음을 진정시킨 거군요?”

“저 혼자의 힘이 아닙니다. 소중한 사람이 함께였기 때문에 이룩한 일이죠.”

세라가 쥐고있는 손의 손가락을 사랑스럽게 얽었다.

“……정말로 그 시련을 뛰어넘은 거군요.”

무녀 라비니아가 감탄한 목소리로 중얼거렸다.

“저는 도저히 당해낼 수 없어요. 아뇨, 경쟁하는 것 자체가 틀린 것이었을지도 몰라요.”

무녀 라비니아는 깨우침을 얻은 것처럼 예전의 까칠한 느낌이 빠져나가고 무녀다운 차분함을 갖추게 된 것 같았다.

“무녀 세라, 당신이야말로 진정한 성녀입니다.”

그 말을 듣고 세라는 조금 당황한 표정을 지었지만—.

"아뇨, 저는 아직 미숙합니다. 성녀란 것은 유 테니온 무녀장님 같은 분을 말하는 거라고 생각해요."

두 무녀가 온화한 표정으로 미소를 지었다.

사이 좋은 것은 아름다운 일이라는 거군.

"얍."

어느샌가 나타난 미아가 세라와 잡고 있던 손을 수도로 분리하고는 자기가 그 손을 쥐었다.

"바람 금지."

볼이 빵빵하고 삐친 표정으로 말했다.

"사토, 이제 그만 승선을 해달라고 해요."

카리나 양이 말을 걸어서, 왕도의 지인들과 헤어지는 걸 아쉬워하는 동료들을 불러 최신형 대형 비공정에 탔다.

이른 아침부터 시작된 이민들의 승선이 드디어 끝난 모양이군.

"사토 님. 부디 또 왕도에 와주세요."

"나와 히스이도 기다릴게."

—삐삐이, 삐리, 삐리.

시스티나 왕녀와 도리스 왕녀, 그리고 신조 히스이가 배웅을 해준다.

히스이는 새장을 빠져나와 무노 백작령까지 놀러 올 것 같지만, 도리스 왕녀가 걱정하니까 좀 자중해라.

"자작님. 저도 기다리겠습니다."

핑크색 머리칼을 가진 르모크 왕국의 메네아 왕녀가 내 손을 쥐고 요염한 목소리로 작별을 아쉬워했다.

"그만하세요. 미인계는 금지야~."

"응, 금지."

즉시 반응한 아리사와 미아의 철벽 페어가 나에게서 메네아 왕녀를 떼어냈다.

두 사람의 재촉을 받아 대형 비공정의 트랩을 올랐다.

조금 떨어진 장소에서 포치와 타마의 지인들— 예전 시가 8검 고우엔 씨의 딸인 쉐린 양을 비롯한 왕립 학원의 절친들과 아우들이 배웅을 해준다.

그 너머에는 왕도의 귀족들이나 바쁜 와중에 배웅을 하러 온 에치고야 상회의 넬과 아오이 소년 같은 지인들의 모습도 많았다.

모르는 사람들은, 「마왕 살해자」를 보러 온 걸지도 모르겠군.

그래도 우리를 배웅하러 와준 건 틀림 없으니, 탑승 해치가 닫힐 때까지 배웅하러 온 사람들에게 손을 흔들었다.

신상의 봉납

"사토입니다. 신사라는 곳은 연시의 참배나 시치고산 정도밖에 인연이 없습니다만, 소꿉친구인 히카루의 집이 신사라서 1년 내내 여러 가지 행사가 있는 것은 알고 있습니다. 카구라마이를 추는 히카루는 마치 다른 사람처럼 늠름하단 말이죠."

"어머? 평소랑 항로가 다르군요?"

동료들과 함께 전망실에서 창밖을 보고 있던 세라가 의문스럽게 중얼거렸다.

"이번에는 객실 말고도 사람을 태우고 있어서, 후지산 산맥을 우회하는 코스입니다."

나는 사전 브리핑으로 들은 정보를 말했다.

우리가 있는 귀빈실이나 일반 객실은 괜찮지만 이민들이 타고 있는 화물실은 후지산 산맥을 넘는 고도에서는 저기압인 데다가 혹한의 냉장고가 되어 버리니까 이번에는 안전을 위해 우회 코스를 선택했다.

"마물~?"

"기사 아저씨가 날아간 거예요!"

"과연 비룡 기사로군요. 순식간에 쓰러뜨렸답니다."

포치와 타마와 카리나 양이 창밖을 날아가는 호위 비룡 기사들에게 크게 손을 흔들었다.

지금까지 몇 번인가 비행형 마물의 습격을 받았지만, 모두 이민선단에 다가오지 못하게 깔끔한 솜씨로 퇴치해 주었다.

"사토 씨. 이민 분들의 상태를 보러 가지 않을래요?"

"나도 가고 싶어!"

"갈래."

세라를 견제하여 내 좌우에 진을 친 아리사와 미아가 나보다 먼저 찬성했다.

나도 슬슬 어떤지 보러 갈 생각이었으니까, 넷이서 화물실로 갔다.

화물실의 문 앞에 무장한 경비원이 서 있었다.

"자작님. 여기서부터는 귀인이 발을 들일만 한 장소가 아닙니다. 부디 돌아가 주십시오."

"이민들이 어떤지 보러 왔어. 들여보내 주겠나? 우리 영지로 오는 이민이라 신경이 쓰이는군."

내가 말하면서, 두 사람에게 소액의 팁을 건넸다.

"알겠습니다. 가시죠—."

그렇게 말하면서 경비원이 문에 달린 핸들을 돌려 기밀 문을 열었다.

"생각보다 어둡네— 미아."

"응, ■……■ ■■ 반딧불 방울(버블 라이트)."

미아 주변에 흐릿하게 빛나는 비눗방울 같은 구체가 여러 개 나타났다.

“가.”

미아가 지팡이를 휘두르자, 광구가 화물실 안쪽으로 전진했다.

그 빛이 이민들을 비추었다. 아이들이나 눈치 빠른 사람들은 빛을 깨닫고 주위를 둘러보았다.

“우웅.”

“너무 비좁잖아!”

이민들은 내 상상보다 훨씬 비좁게 실려 있었다.

희망자가 예정보다 많았겠지만, 그렇다 해도 너무 좁은데.

“이건 심하네요.”

이대로는 이코노미 증후군에 걸릴 것 같으니, 대표자 청년에게 말을 걸어 일정 시간마다 몸을 움직이도록 모두에게 전달했다.

“음울해.”

“주인님, 미아한테 연주 부탁해도 돼?”

“자고있는 사람도 있는 것 같으니까, 나긋한 곡을 부탁할 수 있을까?”

“응, 맡겨둬.”

미아가 류트를 연주하기 시작하자, 음울한 표정으로 앉아있던 사람들이 고개를 들고 미아의 곡에 감동한 표정을 지었다.

정령 마법도 같이 썼는지, 넓은 화물실 구석까지 곡이 닿은 모양이다.

“뉴?”

“사람이 잔뜩 있는 거예요.”

뒤에서 타마와 포치가 나타났다.

"이민들인가요?"

카리나 양도 함께 왔군.

그녀 뒤에는 호위를 겸한 메이드 에리나와 신입 아가씨도 있었다.

"카리나 님, 이민들에게 사탕을 나눠줄까 하는데, 함께 어떠신가요?"

"그건 참 좋은 생각이랍니다! 물론, 함께 하겠어요!"

"포치도 힘내는 거예요!"

"타마도 도와~?"

모두에게 사탕이 든 커다란 주머니를 건네고, 갈라져서 사탕을 나눠줬다.

아이들이나 좋아할지도 모르지만, 조금이라도 기분전환이 되면 좋겠다고 생각했다.

"자, 한 명 당 하나씩입니다."

"죄송합니다. 저는 돈을 낼 수가……."

"무노 백작님이 내리는 것이니, 돈은 안 내도 됩니다."

기왕 이렇게 된 거 무노 백작의 자선사업으로 해버리자.

"아! 마왕 살해자다!"

어린아이의 천진한 목소리에, 가까이 있던 부모가 황급히 아이의 입을 막으며 필사적으로 고개를 숙여 사과했다.

어슴푸레해서 깨닫지 못했던 사람들도 나를 인식했는지, 악수나 허그를 요청하기도 하고 아기나 어린아이를 만져달라고 했다. 후자는 「아이가 건강하게 성장할 수 있도록」 기원하는 것인지, 노인들이나 어머니들이 나한테 절까지 했다.

이민들의 환경은 재고의 여지가 있지만, 큰 문제없이 다음날 오전에는 공도에 도착할 수 있었다.

◆

"와~아~?"

"넓어~인 거예요!"

"너무 멀리 가면 안 됩니다."

계속 실내에 있었던 탓인지, 타마와 포치가 널찍한 공항에 내리자 신이 나서 달려 다녔다.

"데굴데굴."

"여기, 따뜻해."

바다사자 아이들이 햇살로 따스해진 땅바닥 위에 누워버렸다.

"무녀도 하자."

"나나도 하자."

"예스. 유생체."

"—안돼."

나나가 바다사자 아이들과 함께 누우려는 것을 미아가 막았다.

"주인님. 잠깐 루루랑 같이 보급이 어떤지 확인하고 올게."

"죄송합니다. 조금 신경 쓰여서."

"좋아. 다녀와."

아리사와 루루가 보급 물자를 집적하는 장소로 갔다.

그러고 보니, 공도의 공항에 도착하고 꽤 지났는데 아무리 기다려도 이민들이 내리질 않네.

나나 집정관의 부하이며, 이민의 담당하고 있는 관리에게 물어보자—.

"보급하는 동안 이민들의 취급, 말인가요?"

관리가 예상 밖의 일을 물어본다는 표정으로 나를 보았다.

"무노 시에 도착할 때까지 저대로입니다만?"

관리는 그렇게 잘라 말했지만, 에치고야 상회에서 작성한 이민 계획서에는 공도에서 휴식이 명기되어 있었다.

그것을 지적했는데—.

"승강에 시간과 경비가 드니까 생략했습니다. 한나절 빨리 대형 비공정을 반납할 수 있고, 이걸로 아낀 경비는 영지 정부의 예산으로 환원할 수 있습니다."

"기각합니다."

그런 바보 같은 말을 하길래, 딱 잘라 계획 변경을 기각했다.

경비를 아끼기 위해서 무노 백작령에 오는 새로운 영민들의 모티베이션을 끌어내리는 건 너무나도 악수다.

"기각한다고 하셔도……."

"무노 백작령 제3석 귀족으로서 명령합니다. 계획서대로, 이민들을 비공정에서 내리게 해서 휴게소를 설치하세요."

권력을 휘두르는 건 본의가 아니지만, 이민들을 열악한 환경에 방치하는 것보단 낫다.

"그런 횡포를. 무슨 권한이 있어서—."

그는 내 발언을 이해하지 못 했나?

"무노 백작 직신, 펜드래건 자작으로서의 권한이야."

저항하길래, 조금 강한 어조로 말했다.

계획의 입안자이기도 하지만, 그건 쿠로로서 한 일이니 말할 수 없군.

"그, 그렇지만, 이미 공도의 관리에게 휴게소 설치는 필요 없다고 전달을 했기 때문에……."

"그럼 지금 당장 정정하도록. —너희들, 선창에 있는 이민들에게 밖에서 휴식할 수 있다고 전하세요."

꾸물거리는 관리를 무시하고 그의 부하들에게 명령했다.

"월, 월권행위입니다!"

"—주인님, 무슨 일이야?"

히스테릭하게 외치는 관리의 목소리에서 트러블의 낌새를 느꼈는지, 아리사 일행이 모여들었다.

"사토. 이민들이 내리질 않는데, 무슨 문제라도 일어난 건가요?"

카리나 양이 와서, 관리가 변명하기 전에 사정을 전달했다.

"그, 그런 악의적인 방식으로!"

"이 사람, 자기 입장을 모르는 모양이네. 공도의 상급 귀족 출신인가 본데, 지금은 단순한 관리에 지나지 않는 거 알고 있어?"

"다, 단순한 관리라고?! 나는 차기 집정관 후보다! 벼락출세 귀족하고는 다르다!"

신랄한 아리사의 말에, 관리가 되레 성질을 냈다.

"그런 이야기는 들은 적이 없어. 카리나 님은 알아?"

"아뇨. 전혀."

"여자와 아이들이 어른의 일을 알고 있을 리 없지 않나!"

어이쿠. 영주 일족의 공주님을 매도했겠다?

그는 카리나 양의 얼굴을 모르는 모양이군.

"에리나 씨, 로틀 집정관에게 받은 편지를 꺼내세요."

"그랬음다! 카리나 님, 여기."

신입 아가씨에게 지시하자, 메이드 에리나가 카리나 양에게 봉서를 건넸다.

"과연 니나랍니다. 이 분의 차석은?"

"본관입니다."

카리나 양이 묻자, 견실해 보이는 청년이 앞으로 나섰다.

"니나 집정관의 명령서입니다. 이제 당신이 책임자예요."

"그런 말도 안 되는!"

관리가 카리나 양에게서 명령서를 가로채, 절망의 비명을 질렀다.

거기에는 이런 사태가 발생하면 관리를 파면하고 차석 관리를 새롭게 책임자로 임명한다고 적혀 있었다. 과연 니나 씨.

물론 이런 상황이 될 가능성이 높다면, 처음부터 이런 사람을 임명하지 않았으면 좋겠는데.

그렇게 생각하는 건 사치일까?

"네가— 아니, 당신이 무노 백작의 영애인 줄은 미처 모르고……."

"이제와서 태도를 바꿔도 늦었어요."

"신입 말이 맞슴다."

전직 관리인 무직이 뭐라고 변명하지만, 주인이 모욕을 받은 신입 아가씨와 에리나가 매정하게 대응하여 쫓아냈다.

"아직 이야기가 안 끝났습니다!"

새로운 책임자가 무직을 이 자리에서 끌어내려 했지만, 무직은 끈질기게 행패를 부렸다.

"놔라! 내가 책임자다! 영애라면 영애다운 태도를—."

무직이 더욱이 그렇게 외쳤지만, 아무리 그래도 주군가의 공주에 대해 무례가 지나치다.

"거기까지임다! 불경죄로 포박하는 검다. —신입."

"네, 무례한 자는 투옥입니다."

무직이 저항했지만, 미궁에서 카리나 양과 함께 레벨을 올린 에리나와 신입 아가씨 페어에게 저항하지 못하고 밧줄로 둘둘 묶여서 끌려갔다.

"저 바보 관리는, 카리나 님의 교재였던 걸까?"

아리사가 생각에 잠긴 표정으로 말했다.

"그랬을지도."

어쩌면, 나에 대한 교재였을 지도 모르겠다.

무직을 대신하여 책임자가 된 차석은 막힘없이 직무를 수행하여 선창에서 내린 이민들을 하룻밤 숙소가 되는 가설 텐트에 배당했다.

시간제한은 있지만, 희망자는 공도의 구경도 할 수 있도록 스케줄을 짰다. 이제부터 무노 백작령을 개척하는 그들의 목표나 양식이 되어 줄 것을 바라며.

◆

"마스터, 저걸 봐달라고 고합니다."

바다사자 아이들과 놀고 있던 나나가 하늘을 가리켰다.

"사가 제국의 중형 비공정?"

린그란데 양이 타고있는 비공정이다.

"미궁도시에 갔을 텐데, 어쩐 일일까?"

"벌써 그쪽 용건이 끝난 거 아닐까?"

조금 이른 것 같지만, 비공정에서 내린 린그란데 양은 평소와 같은 느낌이었다.

"어머? 사토, 나를 마중 나온 거야?'

"사토 씨는 그렇게 한가하지 않아요."

"세라까지 와주다니, 언니 기쁘네."

바다사자 아이들과 함께 있던 세라가, 린그란데 양에게 까칠한 대응을 한다.

린그란데 양은 그런 태도도 사랑스러운지, 함박웃음을 지으며 세라를 끌어안아서 세라가 싫어했다.

"그런데, 공도에는 무슨 일인가요?"

포옹에서 탈출한 세라가 물었다.

"저거야."

린그란데 양이 가리킨 곳, 사가 제국의 중형 비공정에서 뭔가 커다란 마법 장치를 내리더니 백의가 아닌 하얀 로브를 입은 기술자들이 마법 장치의 세팅을 시작했다.

"독기 농도 측정 장치인가요?"

목소리를 듣고 돌아보자, 타오르듯 붉은 머리칼의 공도 근위 기사 이파사 로이드 경이 있었다.

"오랜만이네, 이파사. 사가 제국의 비공정이 뭘 하러 온 건지 조사하러 왔어?'

그는 나랑 세라가 만났을 때, 그녀를 호위하고 있던 인물 중 한 명이다.

"전에 용사님의 종자 위이야리 공이 마왕 출현의 징후가 없는지 조사하는데 쓴 장치군요. 이번에도 같은 목적입니까?"

"그래, 맞아. 여기서 간단히 조사를 하고, 『황금의 저왕』이 부활한 미궁 유적에 내려가서 정밀 조사를 하고싶어."

"유적의 조사는 공작 각하의 허가가 필요합니다."

"알고있어."

린그란데 양이 이파사 경에게 대답하면서, 독기 농도 측정 장치 쪽을 보았다.

"전에는 늦었지만, 이번에는……."

린그란데 양이 작게 중얼거리는 소리를 엿듣기 스킬이 포착했다.

아마, 세라가 마왕 부활의 산 제물이 되었던 일을 막지 못한 걸 후회하는 걸 거야.

"다행이야. 여기 조사 결과는 양호하네."

장치 앞에 있던 기술자들이 양팔로 커다랗게 원을 그려 린그란데 양에게 알렸다.

"허가를 받고 올게. 또 봐, 사토."

린그란데 양이 그렇게 말하고, 이파사 경을 데리고 공작성으로 물러갔다.

"사토 씨는 이 다음에 어쩔 건가요?"

"공작님께 인사를 한 다음, 만찬까지 시간이 있으니 공도의 지인들을 만날 생각입니다."

가능하면, 오크 가 호우를 만나고 싶다. 왕도 지하에 숨어 사는 오크들의 근황도 알려주고 싶으니까.

그리고, 전에 「원거리 통화」나 「멀리 보기」 두루마리를 입수한 고서점에도 가보자.

"세라 씨는?"

"저도 함께 가고 싶지만, 테니온 신전에 돌아가서 왕도에서 받은 신탁이나 성해거신에 탄 일의 이야기를 하러 가야 합니다."

세라가 아쉬운 기색으로 말하길래, 나중에 테니온 신전에도 들른다고 약속했다.

동료들을 데리고 지인들을 만나러 다녔다. 시간이 없어 조금 어수선한 방문이 됐지만, 시멘 자작 저택에서 토르마의 딸인 마유나의 성장에 놀라고, 두루마리 공방에서 기사 나탈리나 씨와 공방장에게 주문한 두루마리를 받고, 새롭게 장사가 될 법한 주문을 몇 갠가 건넸다.

나탈리나 씨가 덤으로 신작인 「얼음기둥 창」이라는 단일 개체 공격용 중급 얼음 마법 두루마리를 넘겨줘서 나중에 차분하게 마법란에 등록할 생각이다.

스프리건인 유캄 씨가 경영하는 숨겨진 책방에서 몇 권인가 고문서를 입수했지만, 아쉽게도 새로운 두루마리는 얻을 수 없었다.

해가 기울기 시작할 무렵, 나는 혼자서 테니온 신전을 방문했다.

"이것은 무녀 세라의 상, 인가요?"

"아뇨, 세라 님과 닮았지만, 이것은 테니온 신의 신상입니다."

대륙 서방에 있는 꽃과 사랑의 나라, 테니온 중앙신전이 있는 오베르 공화국에 현현한 테니온 신을 봤다는 이야기를 했다.

"소문이 정말이었군요!"

"정말로 무녀 세라와 닮았던 건가요?"

"네. 세라 님보다 어느 정도 연상이었습니다만, 많이 닮으셨습니다."

뭐, 세라를 닮은 건 카리온 신과 우리온 신에게 부탁받아 테니온 신의 조각상을 만들 때 세라를 모델로 했기 때문이지만.

오베르 공화국에서 테니온 신이 신계에 돌아갔을 때, 그릇이 됐던 조각상이 소금으로 변해버렸기 때문에 새롭게 세계수제 조각상을 봉납하기로 했다.

그릇에 테니온 신이 현현해준다면 세라와 직접 대화할 기회도 생길 거고, 그렇게 되면 자신이 무녀 실격이라고 생각하는 세라의 오해를 풀 수 있을 거라고 기대한다.

"그때 그 자리에 있던 조각가가 조각한 신상이 이것입니다. 부디, 인연이 있는 신전에 봉납하고 싶어서 이렇게 지참했습니다."

"아아! 경건한 펜드래건 자작에게 테니온 신의 축복이 있기를."

감격한 신전장이 신께 기도하고, 나에게 축복을 해주었다.

"신상을 성역으로! ―펜드래건 자작님도, 부디 함께 가시죠."

신전장의 요청으로 신전의 성역에 동행했다.

성역에는 세라와 무녀장님도 있으니 인사를 해두고 싶다.

그리고 성역에서는—.

“어머나, 근사해라. 이것이 테니온 신의 모습이군요.”

신전장이 신상을 보여주자 무녀장이 소녀 같은 표정을 지었다.

“보렴, 세라. 당신과 꼭 닮았어.”

“네, 무녀장님. 정말로…….”

감탄하며 바라보는 무녀장 옆에서, 세라가 신상을 보며 눈물을 흘렸다.

“세라, 잘 됐구나.”

“네, 무녀장님—.”

세라가 나를 보았다.

—고맙습니다, 사토 씨.

그녀의 입이 그렇게 움직이고, 비가 갠 뒤의 하늘처럼 밝은 미소를 지었다.

응. 이 미소만으로도 신상을 조각한 보람이 있어.

◆

“후하하하하, 사토 공의 튀김 요리!”

“꿈에서도 그렸던 진미로군!”

먹보 귀족 로이드 후작과 호엔 백작이 주변에 전염될 것 같은 함박웃음을 지으며 튀김 요리를 즐기고 있었다.

거의 울 것처럼 기뻐해주는 건 좋은데, 나를 튀김으로 만들어 먹는 것처럼 말하진 말죠.

"정말이지, 다른 영지의 상급 귀족을 요리사처럼 부리다니……."

그렇게 쓴 소리를 한 것은, 「루루 열매」 건으로 알게 된 에므린 자작이었다. 일부러 태수를 맡고 있는 수트안델 시에서 고속정으로 공도까지 와준 모양이다.

"기뻐해주신다면, 그보다 좋은 보수는 없어요. 에므린 자작 각하도 어떠신가요?"

"각하는 관두시게. 만났을 무렵이라면 모를까. 은인이며, 『마왕 살해자』로 이름 높은 펜드래건 자작에게 각하라 불린다면 오만하다고 보일 겁니다."

에므린 자작은 그렇게 말하면서, 내가 권한 요리에 혀를 내둘렀다.

그도 먹보 귀족 두 사람 정도는 아니지만, 꽤 미식가란 말이지.

루루와 함께 갓 튀긴 튀김을 제공하고 있는데, 인파를 헤치고 젊은 귀족들이 다가왔다.

"또 사용인처럼 아양을 떨면서 우리 영지를 욕보이고 있는가?"

기분 틀어진 목소리에 고개를 돌리자, 무노 백작 자제 오리온 군이 이쪽을 노려보고 있었다.

전에 토르마의 안내를 받아 밤의 가게를 다녔을 때 꽤 친해졌다고 생각했는데, 오늘은 이상하게 말에 가시가 돋쳤군.

역시 귀족으로서는 NG인 행위인 걸까?

"정말 그렇습니다. 『마왕 살해자』가 어느 정도의 미장부인가 했더니, 이런 나약한 소년이라니."

"오리온 님 같은 타고난 귀인과는 태생이 다릅니다."

"자작 가문이라지만, 이런 소년을 태수로 앉히는 것은 어떠한 것일까 싶군요."

오리온 군의 추종자로 보이는 청년 귀족들이 입을 모아 말했다.

전에 만난 오리온 군의 친구들은 추종자들 뒤쪽에서, 어색한 표정으로 나에게 인사를 했다.

"펜드래건 경, 당신은 무노 백작령의 귀족으로서 입장을 어찌 생각하는가!"

오리온 군의 옆에 있던 비싸보이는 옷을 입은 귀공자가 눈썹을 끌어올리며 나에게 삿대질을 했다.

본 적 없는 애군. 공도의 다과회에서도 만난 적이 없을 거야.

"그러니까, 자네는?"

"명문 보비노 백작가의 다이에다. 오리온 님의 곁에서 언젠가 집정관이 된다. 기억해두게!"

종합 슈퍼 같은 이름의 귀공자가 턱을 들면서 큰소리쳤다.

아무래도 오리온 군에게 붙어서 출세를 바라는 모양이군. 현대 일본풍으로 말하자면, 대기업 창업자 사장의 외동 아들에게 붙어서 특채로 정사원에 등용되는 걸 노리는 느낌이다.

"무노 백작령에 사관하는 건가?"

"그렇다! 귀하의 횡포도 이제 끝이야!"

—횡포?

그런 기억이 없는데.

"우리들 일동이 사관하게 되면! 오리온 님을 도와 무노 백작령을 보다 좋은 방향으로 이끌어 나가지!"

귀공자가 자신에게 도취한 표정으로 말했다.

그는 깨닫고 있는 걸까?

주변 공도 귀족들이 싸늘한 표정으로 주목하고 있는 것을—.

"연설은 끝났는가?"

"뭣이?! 내가 누구라고—."

귀공자는 반사적으로 호통을 치려고 했지만, 물어본 상대가 수트안델 태수인 에므린 자작이라는 걸 깨닫고 말문이 막혔다.

"아이들이 하는 말이라 생각하여 묵묵히 듣고 있었네만, 우리 가문의 은인을 우롱하는 것은 흘려들을 수가 없군."

"아, 아니요. 우롱한 것이……."

"횡포라고 한 것이 들렸다만."

"음. 분명히 사토 공이 횡포를 부린다고 말했지."

변명하는 귀공자의 말을 끊으며—.

""우리들의 사토 공에게 폭언을 하다니. 분수를 모르는 어리석은 자로군!""

로이드 후작과 호엔 백작의 말이 겹쳤다.

공도의 중진들 앞에서 귀공자가 슬금슬금 뒤로 물러나고, 오리온 군 뒤에 숨었다.

"차기 나리. 추종자의 고삐는 잘 쥐어야 하네."

"그렇고말고. 추종자의 고삐를 쥐는 것은 주군의 역할."

로이드 후작과 호엔 백작 두 사람이 오리온 군에게 못을 박았다.

"정신을 똑바로 차리지 않으면, 소르나 공이나 카리나 공의 아이를 차기 백작으로 지지하는 자가 안 나온다고 장담 못하지."

이제 막 15세가 된 소년을 위협하는 건 관둡시다.

"각하, 오리온 님의 백작위 상속은 결정되었으니 안심해주세요."

"사토 공은 이렇게 말하지만, 정말인가?"

"네. 그렇습니다."

로이드 후작, 오리온 군의 얼굴을 옆에서 들여다보며 위압하는 것도 관둡시다.

식은땀을 흘리는 오리온 군이 가엾잖아요.

"오리온, 이런 곳에 있었구나. 약혼자인 뮤즈 님을 방치하다니. 신사 실격이랍니다?"

"누, 누님……."

무노 백작 영애인 카리나 양이 뮤즈 라고크 남작 영애를 데리고 왔다.

"가난뱅이 드레스."

"못난 화장이군요."

오리온 군의 추종자 영애들이 등장한 뮤즈 양을 보고 작게 소근거리며 업신여기는 것을 엿듣기 스킬이 포착했다. 뮤즈 양은 소박한 느낌이고 친가도 결코 유복하다고 할 수 없으니, 최신 유행의 드레스를 새로 마련할 수 없었던 거겠지.

뮤즈 양을 업신여긴 영애들은 영주가 되는 오리온 군의 부인 자리를 노리는 거겠지만, 그런 식으로 못난 험담을 하는 건 자기 가치를 끌어내린다는 걸 깨달았으면 좋겠다.

"어머? 무슨 일인가요?"

드디어 주변 분위기를 깨달은 카리나 양이 주변을 두리번거리며 살피고, 불안한 기색으로 나에게 물었다.

"아무것도 아닙니다. 아이들을 조금 상대해준 것뿐이죠."

내 발언을 들은 귀공자가 나를 확 노려보았다.

두루뭉술하게 일을 수습하려고 했는데, 내 옹호가 청소년의 민감한 부분을 자극한 모양이군.

"거기 자네. 조금 더 감정을 겉으로 드러내지 않도록 연습하게나. 속마음도 숨기지 못해서야, 집정관은 맡을 수가 없어."

"뭐라고— 윽……."

귀공자가 반사적으로 시선을 목소리 주인에게 확 돌렸지만, 금방 안색이 파래지며 굳어버렸다.

무녀 세라의 오빠이며 차차기 오유고크 공작인 티스라드 씨라는 걸 깨달았기 때문이겠지.

"괜찮다면, 저쪽에서 조금 이야기를 하지 않겠나?"

"그, 네. 저라도 괜찮다면."

티스라드 씨의 권유로 오리온 군이 발코니에 갔다.

귀공자를 비롯한 추종자들이 따라가려 했지만, 티스라드 씨의 측근이 쫓아냈다.

"괜찮을까요?"

카리나 양이 발코니에서 대화하는 오리온 군을 걱정스레 보았다.

"괜찮습니다. 티스라드 공은 입장이 비슷하니까, 선배로서 여러모로 마음가짐을 가르쳐주는 거겠죠."

엿듣기 스킬이 드문드문 포착하는 대화를 들어보니, 티스라드 씨가 오리온 군에게 쓴소리를 하는 모양이다. 대화의 내용으로 짐작하건대, 오리온 군은 주군가의 후계자인 자기보다 환대를 받는 나를 보고 기분이 상한 모양이군.

"주인님, 그리운 사람을 데리고 왔어."

"사토 님— 아니 펜드래건 자작님, 오랜만에 뵙습니다."

아리사 옆에서 깔끔하게 숙녀의 예를 취하는 소녀는, 구를리안 시의 태수 영애다. 구를리안 성에 숙박했을 때, 미아랑 아리사와 같이 마법에 대해 가르친 적이 있다.

전에는 남장을 했었는데, 오늘은 제대로 된 드레스 차림이군.

"주인님, 저쪽에 고기 기둥이 있는 거예요!"

"깎아서 깎아서, 케밥~?"

로스트 비프 같은 고기가 수북하게 쌓인 그릇을 들고, 타마와 포치가 찾아왔다. 드레스가 더러워지지 않도록 입은 하얀 앞치마가 귀엽군.

"두 사람, 망측합니다."

그렇게 말하는 리자도, 손에 든 접시에 담긴 고기의 양은 두 사람과 다를 바 없다. 그녀는 드레스가 아니라, 군복풍의 예복을 입고 있었다.

"마스터, 도와달라고 고합니다."

나나 뒤에는 눈이 하트 마크가 될 법한 청년 귀족들이 줄을 서고 있었다. 미아가 방파제가 되어준 모양이지만, 그들의 눈은 미

아를 통과해서 나나에게 록온되어 있었다.

"자네들. 미안하지만 그녀가 난처해하니 물러나주지 않겠어?"

"내 사랑을— 아니, 아무것도 아닙니다. 실례했습니다!"

항변하려던 청년 귀족들이, 나를 보고 갑자기 안색이 파래져서 뒤로 돌아 물러갔다.

신기하게 생각하여 돌아보자, 공작령의 중진들이 보였다.

그렇군. 상사의 상사 같은 사람들 앞에서 여자를 꼬시는 건 어색하겠지.

"여러분, 다들 근사한 드레스에요. 저하고는 너무 달라요."

오리온 군의 약혼자인 뮤즈 양이 자기 드레스와 동료들의 드레스를 비교해보고 풀이 죽었다.

"어머, 그렇지 않답니다. 뮤즈 님의 매력을 끌어올리는 근사한 드레스랍니다."

"오리온 님한테 새로운 드레스를 만들어 달라고 하면 되지 않을까? 지금의 무노 백작령이라면, 그 정도는 여유있을걸?"

조금 씁쓸한 커버를 하는 카리나 양 뒤에서, 아리사가 제안했다.

"그, 그건 안돼요! 아직 시집을 간 것도 아닌 제가 그런 사치를 부리다뇨!"

나는 분명히 조르고 싶어서 드레스를 비교하는 발언을 한 거라고 생각했는데, 뮤즈 양은 진심으로 거부하고 있었다.

아리사와 눈짓을 교환했다. 아무래도, 그녀는 나랑 같은 생각을 한 모양이군.

"어라? 오리온의 귀성과 동시에 무노 백작령으로 가서, 그대로 결혼식을 하는 거 아니었어?"

"아, 네. 오리온 님께 그렇게 들었습니다만……."

뮤즈 양이 차츰 고개를 숙였다.

"보잘것없는 남작 영애인 저 같은 게 백작님의 적자인 오리온 님의 정실이 되다니, 너무나 주제넘어서요."

"잘 알잖아요."

"그래요. 얼른 혼약을 해소하세요."

"역시 정실이 될 거라면, 자작 가문 이상의 격은 있어야죠."

떨어진 장소에서 듣고있던 오리온 군의 추종 영애들이 지저분한 말을 속삭이는 걸 엿듣기 스킬이 포착했다.

그게 들렸는지, 뮤즈 양이 고개 숙인 눈가에 눈물이 그렁거렸다.

"그렇지 않답니다!"

카리나 양이 힘찬 목소리로 잘라 말했다.

"당신은 무노 백작령이『저주받은 영지』라고 꺼려질 무렵에, 오로지 홀로, 오리온의 혼약자로 나서주었어요. 그것이 우리들 일가에게, 얼마나 고맙고 자랑스러웠는지!"

"……카리나 님."

"그러니까 고개를 드세요. 당신이 고개숙일 필요는 없답니다."

카리나 양이 뮤즈 양의 턱에 손가락을 대고, 고개를 올려주었다. 참 신사다운 동작이군.

"카리나 님만 멋부리게 둘 수는 없지. 여기서부터 내 턴이야!"

아리사가 기합이 들어간 표정으로 뮤즈 양 앞에 나섰다.

"응, 소재는 나쁘지 않아. 잠깐 휴식용 대기실 하나 빌릴게."

아리사가 당황하는 뮤즈 양을 데리고, 메이드가 준비해준 대기실로 갔다.

그리고 한 시간쯤 뒤—.

"어머나, 참으로 근사하답니다!"

"고, 고맙습니다, 카리나 님."

아리사가 화장을 고쳐주고, 눈썹을 정돈하고, 머리모양을 요즘 풍으로 어레인지한 뮤즈 양에게 주변의 시선이 모였다. 드레스도 아리사가 손을 봤는지, 촌스런 느낌이 줄어들고 품격마저 느껴지는 중후함과 소녀다운 경쾌함이 공존하는 절묘한 드레스로 바뀌어 있었다.

"아리사, 장해."

"흐흥. 더 칭찬해도 돼."

"과연 아리사. 일을 멋지게 하는걸."

아리사가 미아의 칭찬을 들으며 이쪽을 힐끔거리면서 보길래 머리를 쓰다듬으며 칭찬해줬다.

"……뮤, 뮤즈인가?"

"네, 오리온 님."

오리온 군이 새 단장을 한 뮤즈 양에게 새삼 반했나 보군.

정다운 두 사람의 모습에, 오리온 군에게 달라붙으려던 영애들이 손수건이 찢어질 것 같은 표정으로 분을 삼켰다.

그걸 본 아리사가 이상한 포즈로 「꼴 좋다, 완료!」하면서 씨익 웃었다.

"아~, 있다! 사토!"

인파를 헤치고 린그란데 양이 나타났다.

드레스 차림이 아니라, 낮에 본 차림 그대로다.

"어라? 세라는?"

"테니온 신전에 용건이 있다고 해서 불참하셨습니다."

주로 내가 봉납한 신상 탓이다.

"그건 유감이네."

"드레스로 갈아입지 않으신 건가요?"

"응. 방금 지하에서 돌아온 참이니까, 갈아입을 틈이 없었어."

린그란데 양이 말하고, 나에게 손짓하더니 귓가에 다가왔다.

"미궁 유적의 독기 농도는 통상 이하야. 마왕 출현의 징후는 없어."

그렇게 속삭인 린그란데 양의 목소리에는 안도감이 있었다.

"용사와 마왕은 끌어당기는 법이니까, 용사 소환에 호응해서 마왕 부활의 징후가 없는지 조사하러 온 건데 이정도라면 괜찮을 것 같아."

"그건 좋은 소식이군요."

저왕이나 구두 같은 대마왕은 말할 것도 없지만, 레벨이 낮은 보통 마왕이라도 성가신 힘을 가지니까 되도록 만나고 싶지 않다.

"조금 먹고 올게. 나중에 술 한잔 하자."

린그란데 양이 말하고, 내 대답도 듣지 않고 가버렸다.

"펜드래건 자작, 잠시 괜찮을까?"

오리온 군이 다가와 주저하는 기색으로 말을 걸었다.

나는 거부할 생각이 없으니, 오리온 군과 함께 인적없는 발코니로 갔다.

"아까는 미안했다."

오리온 군이 고개를 숙였다.

"아뇨. 저야말로, 귀족으로서 경솔했습니다."

로이드 후작이나 호엔 백작에게 식사를 대접하는 것은, 그들의 저택에 초대를 받았을 때만 해야지.

내 저택으로 초대해서 대접하는 것도 괜찮겠어.

"뻔뻔스런 부탁이지만, 추종하는 자들의 무례를 용서해줄 수 있겠나?"

"오리온 님이 고개를 숙일 필요는 없습니다. 아이들이 하는 일에 역정을 낼 정도로 그릇이 좁지는 않으니까요."

말을 하고서 「아이」라는 NG워드를 말한 것을 깨달았지만, 오리온 군은 반응하지 않고 안도하는 표정이었다.

"부끄러움을 무릅쓰고 물어보지. 귀공이 무노 백작가에 바라는 것은 뭐지? 카리나 누님과의 혼인인가?"

"카리나 님은 매력적이라고 생각합니다만, 혼인을 바라지는 않습니다."

나한테는 보르에난 숲의 하이 엘프, 사랑하는 아제 씨가 있으니까.

이미 프러포즈를 거절당한 것은 제쳐두고, 마음속으로 중얼거렸다.

"영달은 아닐 거야. 티스라드 공의 말로는, 귀공은 국왕 폐하께

직신이 되겠느냐는 권유를 받았는데도 불구하고 그것을 거절했다고 하더군. 시가 8검도 거절했고."

왕가의 친척이라지만, 티스라드 씨는 꽤나 귀가 밝군.

"둘 다 제가 바라는 것이 아니니까요."

"부도 아닐거야. 오히려, 우리 영지는 귀공에게 자금 제공을 받는다고 니나가 말했다."

더 이상의 돈은 있어도 감당을 못하니까.

방치해도 점점 늘어나니까, 현재 상황에서는 투자처를 찾는 게 힘든 느낌이었다.

"그런 귀공이 우리 영지에 바라는 것은 뭐지?"

자신은 상상이 안 된다고 오리온 군이 말했다.

"제가 바라는 것은—."

"귀공이 바라는 것은?"

오리온 군이 민감하게 뒷말을 재촉했다.

"—동료들이 안심하고 살 수 있는 장소입니다."

주로 아인 소녀들이 차별받지 않는 장소를 확보하고 싶다.

"안심하고 살 수 있는 장소?"

"네. 특히 포치나 타마는 태어나 자란 장소에서 박해를 받았으니까요."

세류 백작령의 아인 노예들도 무노 백작령에 이주시키고 싶지만, 간단히는 어렵겠지.

자금적으로는 여유가 있지만, 인구의 1할에 가까운 수를 이동시키려고 하면 영주인 세류 백작의 허가가 필요해질 거다.

다음에 세류 시에 가면 세류 백작에게 상담을 해봐야지.

직접 만나기 전에 박식한 나디 씨나 제나 씨에게 상담하는 편이 좋을까?

“알았네.”

오리온 군이 진지한 표정으로 나를 보았다.

“내가 영주가 된 다음에도, 수인들이 안심하고 살 수 있는 장소를 유지한다고 약속하지.”

“오리온 님, 고맙습니다. 그 맹세가 이루어지는 한, 펜드래건 가문의 충성은 무노 가문의 것입니다.”

감사로 끝낼 셈이었지만, 오리온 군이 진지한 표정을 하고 있길래 립서비스로 조금 덧붙였다.

“함께 손잡고, 무노 백작령을 시가 왕국에서도 손꼽히는 풍요로운 영지로 만들어가지.”

“네, 오리온 님.”

열의가 끓어오르는 오리온 군에 맞추어, 나도 힘차게 악수를 나누었다.

발코니 너머에서 이쪽을 지켜보는 아리사가 썩은 미소를 짓는 게 신경 쓰이지만 지금은 참자. 나중에 꿀밤을 먹여서 벌을 줘야지.

만찬의 밤은, 린그란데 양의 사정이 되지 않아 한잔하자는 약속은 넘어가 버렸다. 그래서 공도 지하에 사는 오크 가 호우와 루 헤우를 만나, 리 후우를 비롯한 왕도의 오크들 근황을 전했다.

그들이 좋아하는 무를 비롯한 야채류에 더해서, 요새도시 아카티아에서 입수한 보기 드문 과일이나 타우로스 고기 등도 선물했다. 가 호우는 평소처럼 쿨한 느낌이었지만, 루 헤우는 브라이브로가 왕국의 꽃차에 감격하고 있었다.

가 호우에게 답례로 오크의 약품 레시피를 배우고, 루 헤우가 하얀 악어 가죽을 사용한 지갑이나 백을 선물해줬다.

"왕조 야마토를 만나고 싶냐고? 몽정영묘에서 눈을 뜬 건가?"

전에 만났을 때, 왕조 야마토의 추억 이야기를 했으니 그의 의사를 확인했다.

히카루에게는 가 호우 일을 알리지 않았다. 일단 숨어 사는 가 호우 일행에게 확인하는 게 순서라고 생각했으니까.

"일부러 만나러 갈 생각은 없어. 인연이 있으면 언젠가 만나겠지."

"야마토에게 너희들이 살아있다고 알려도 될까?"

"관둬라. 당시의 일은 뭐 제대로 된 추억이 아냐. 야마토를 과거에 묶지마라."

그렇게 말하는 가 호우의 옆모습에서, 왕도에 실려온 성해거신을 보고 울었던 히카루의 모습이 겹쳤다.

"야마토는 그렇게 약하지 않은데?"

히카루라면 극복할 거라고 생각하고, 가 호우와 재회하는 것도 기뻐하겠지.

"그녀석은 앞을 보고 살아가는 게 어울린다. 과거를 돌아보는 건, 더 나이를 먹은 다음이면 돼."

가 호우의 의지가 굳은 모양이니 그의 말에 따르자.

오크들은 오래 사니까, 우리들보다 먼저 수명이 다하는 일도 없을 거고.

그리고 마지막으로—.

"너에게 알려둘 일이 있다."

가 호우가 뒷사회 인간에게 들었다는 정보를 가르쳐 주었다.

"『자유의 날개』가 족제비 놈들과 손을 잡았다."

"족제비라면, 족제비 제국 말인가요?"

"거기까진 모른다. 족제비 수인의 상인과 손을 잡고 공작령을 떠난 모양이더군."

"행방은 알고 있나요?"

"푸타를 마지막으로 행방을 알 수가 없다. 아마도, 동방 소국군이나 스이루가 왕국, 마키와 왕국이겠지."

"족제비 제국으로 갔을 가능성은?"

"가능성은 있다. 그러나, 족제비 제국이라면 육로로 가긴 어려워. 그랬다면 배를 썼겠지."

가 호우 말에 따르면, 동방 소국군과 족제비 제국 사이에는 조난이 필연적인 난관이 있다고 한다.

◆

"—신상을?"

이튿날 아침. 신전에서 면회자가 왔다는 말에 분명 테니온 신전 사람일 거라고 생각했는데, 내 앞에 있는 건 예상 밖의 인물이었다.

갈레온 신전과 헤랄르온 신전의 신전장이 제각각 신전의 무녀를 동행하고 있었다. 갈레온 신전의 무녀는 세라와 비슷한 나이의 소녀이고, 헤랄르온 신전은 노령의 무녀였다.

"네, 우리들의 신전에 신탁이 내렸습니다."

―신속하게 신상을 봉납하라.

"이른 아침에 사람을 보내 각 신전에 문의해보니, 펜드래건 자작이 테니온 신전에 신상을 봉납했다고 들었기에 실례를 무릅쓰고 이렇게 달려온 것입니다."

오늘 오전중에 무노 백작령으로 출발하니까 아침 일찍 온 건 틀린 선택이 아니다.

"무리인 것을 알면서 하는 부탁이니, 그에 따른 대가는 생각하고 있습니다."

갈레온 신전장이 젊은 무녀에게 시선을 보낸 다음 말을 이었다.

"무노 백작령에는 신탁의 무녀가 없을 것입니다. 갈레온 신전에서 여기 있는 무녀 로자를 무노 백작령으로 파견할 것을 제안합니다."

"헤랄르온 신전은 무녀가 저밖에 없는 탓에 무녀를 파견할 수는 없습니다만, 대신 상급 신성 마법을 쓸 수 있는 신전에서 손꼽히는 사제와 교리에 뛰어난 신관을 무노 백작령에 파견하지요."

무녀의 파견은 기쁘다.

이렇게 말하면 좀 그렇지만, 신탁의 무녀는 「신의 경보기」라는 측면도 있으니까 영내에 한 명 있기만 해도 안도감이 전혀 다르다.

물론 우수한 의사를 대신할 수 있는 상급 신성 마법 사용자도 분명 커다란 도움이 되겠지.

그러나, 문제가 있어.

카리온 신과 우리온 신에게 「남신들의 신상을 만들지 마라」는 말을 들었단 말이지.

이유가 「자랑하기 위해서」니까, 그녀들의 신상보다 다운그레이드 하면 용서해줄지도 모른다.

"자작님, 귀를—."

노령의 무녀가 뭔가 할 말이 있는 것 같길래 말에 따랐다.

"우리들의 신께서 『쌍둥이 여신의 동의는 얻었다』는 전언을 하셨습니다."

그게 정말인지 보증은 없지만, 전에 히카루가 신은 거짓말 안 한다는 말을 했으니 믿어봐야지. 사정을 모르면 「쌍둥이 여신의 동의」란 말이 안 나올 테니까.

"알겠습니다, 잠시 기다려 주세요."

나는 자리를 벗어나, 테니온 신의 신상을 만들고 남은 재료를 써서 1/6 사이즈의 신상을 만들었다.

갈레온 신과 헤랄르온 신 둘이라서, 어쩐지 한 쌍의 금강역사 같은 포즈가 되어 버렸다.

완성된 미니 신상을 위장 스킬로 방금 만든 것처럼 보이지 않게 하고서, 고급스런 천으로 감싸 나무 상자에 넣어 응접실에서 기다리는 신전 관계자에게 전했다.

"이것이 신상입니다."

사기 스킬의 도움을 빌어서, 중앙신전에 봉납할 예정이었다고 말했다.

건네고서 「그러면 안녕히」는 안 되니까, 두 신전의 성역에 실례하여 봉납을 지켜보았다.

성역은 어느 신전이든 마음이 씻기는 것 같단 말이지.

물론 인상이 조금 다르다. 헤랄르온 신전은 엄숙하고 등이 쭉 펴지는 느낌이고, 갈레온 신전은 타오르는 것처럼 의욕이 끓어오르는 느낌이다.

뭐 그런 인상은 그렇다 치고—.

"봉납이 끝났습니다. 신께서 기뻐하십니다."

만족하신 것 같아 참 다행이군.

"사토 님께 우리들의 신께서 신탁이 있었습니다."

으엑, 진짜냐……. 괜한 말은 하지 말아줘.

"달이 없는 밤을 조심하라. 우리들의 신이 그렇게 충고를 하셨습니다."

헤랄르온 신의 신탁은 마치 협박 문구 같았다.

혹시 포즈가 마음에 안 들었나……?

그리고 갈레온 신도 나에게 신탁이 있었는데 「너의 행동은 분명히 기억했다」라는 원망의 말 같은 예언을 고했다.

응. 다음에 만들 때는 조금 더 이쪽 풍습에 맞는 포즈로 만들자.

◆

신전에서 생각보다 시간을 잡아먹어서 하마터면 이민선에 못 탈뻔했지만, 오리온 군이 말을 보태 출발을 늦추어 늦지 않았다.

나는 서둘러서 무녀 세라와 린그란데 양에게 작별인사를 하고, 공도 귀족들의 배웅을 받으며 공도를 떠났다.

무노 백작령

"사토입니다. 도시를 만드는 건 스트래티지 게임이나 크래프트 게임에서 잔뜩 해봤습니다만, 모든 게임에서 식량 확보와 자원 확보가 중요했습니다. 역시 의식주가 중요하단 말이죠."

"무노 시가 보인답니다!"

카리나 양이 힘차게 발코니 너머를 가리켰다.

그 기세에 이끌려 출렁 흔들리는 모성의 상징에 눈길을 빼앗길 것 같았지만, 어떻게든 의지의 힘으로 번뇌를 억누르고 그 너머에 펼쳐지는 경치에 시선을 돌렸다.

"무노 시를 하늘에서 보는 건 처음입니다만, 이렇게 광대한 농지가 펼쳐져 있었군요."

리자의 말처럼, 무노 시는 시벽 밖에 광대한 경작지를 가지고 더욱이 시내의 절반이 농지가 되어 있었다.

최근까지 무노 시 밖은 수만의 고블린이나 언데드의 대군을 상대로 대전을 펼친 영향으로 황무지만 펼쳐지고 있었는데, 쿠로로서 개척 마을을 만들기 위해 왔을 때 「농지 경작」의 마법으로 정비해뒀다.

시외의 농지와 숲 사이는 수로와 흙벽으로 구분해서, 해수 피해를 억제하고 있었다.

"저건 과수원일까?"

"아리사, 저게 과수원이야? 작은 묘목밖에 없는데?"

"이제 막 식수를 마친 게 아닐까?"

아리사와 루루가 화제로 삼은 것은 무노 시내에 있는 루루 열매의 과수원이다.

과거에 「루루 열매」는 절임이나 가축의 먹이 말고는 쓸 방법이 없는 과실이었지만, 조리법이 확립된 지금은 고급 과실이 되어 공도와 왕도에서도 수요가 높았다.

"저게 우리들이 일할 도시인가……."

"『저주받은 영지』라는 거창한 이름으로 불린 것치고, 꽤 한적한 곳이군."

동승한 사관 예정의 젊은이들이 무노 시를 내려다보며 제각각 비평했다.

이민선단은 무노 시 가장자리를 한 바퀴 돌고서, 시외의 경작 예정지에 만들어진 가설 공항에 착륙했다.

"도~착~."

"땅바닥에 라이돈인 거예요."

"역시 땅 위는 좋군요."

비공정에서 내린 아인 소녀들이 대지를 밟으면서 작물을 심기 전인 광대한 농지를 둘러보았다.

선창의 문이 열리자 내려온 이민들은 내리쬐는 햇살이 눈부신 모양이다.

"이게 우리들이 일굴 밭인가. 비옥한 좋은 흙이야."

엿듣기 스킬이 포착한 목소리 쪽을 보자, 본래 농민이었던 걸로 보이는 남성이 농지의 흙을 만지며 기뻐했다.

"정렬해 주세요. 비공정을 탔을 때 건넨 천과 같은 색의 깃발을 가진 담당자 앞에 줄을 서세요."

공도에서 임명된 새로운 책임자가, 이민들을 정렬시키고 순서대로 가설 숙소에 이동시켰다.

"마중은 아직인가?"

"오리온 님, 온 모양입니다."

정문 쪽에서 몇 대의 마차가 왔다.

호위는 필두 기사 조틀 경과 정기사 하우토 군 두 명이었다. 마족 집정관에게 속아 가짜 용사를 하고 있던 무렵과 달리, 오늘 하우토 군은 번듯한 갑옷을 입고 있었다.

"오리온 님, 카리나 님, 펜드래건 자작님, 마중이 늦어 죄송합니다."

조틀 경이 사과하고, 마차에 나눠 타고 무노 성으로 갔다.

오리온 군의 추종자가 수수한 합승 마차에 역정을 냈지만, 불만 있으면 걸어가라고 조틀 경이 차갑게 내치자 마지못한 기색으로 탔다. 그들의 교정은 니나 로틀 집정관에게 맡겨야지.

"성이야~."

"카리나 집은 아주 커다란 거예요!"

"우후후, 오랜만에 돌아오니 감회가 새롭답니다."

카리나 양이 친가인 무노 성을 올려다 보았다.

새삼 보아도 커다란 성이다. 왕성이나 공작성과 비교해도 손색이 없어.

마차는 성벽 셋을 통과하여 무노 백작의 거주지인 주거 구역에 들어섰다.

성 앞 정원을 통과하여, 정문 앞의 로터리에 오리온 군의 마차와 카리나 양과 우리가 탄 마차가 들어섰다.

마차에서 정문까지 파란 융단이 깔려 있고, 문관과 무관과 메이드들이 모두 모여 마중해 주었다.

"아버님! 오리온 무노, 지금 돌아왔습니다!"

"어서 오렴, 오리온. 참 많이 컸구나."

오리온 군과 카리나 양과 무노 백작의 가족 대면을 지켜보고, 오리온 군의 약혼자인 뮤즈 양이 인사했다.

그것이 끝난 것을 가늠해서 우리도 인사를 하러 갔다.

"다녀왔습니다인 거예요!"

"다녀왔습니다~."

"그래그래. 포치 군도 타마 군도 건강해 보여서 다행이야."

포치와 타마가 힘차게 무노 백작에게 인사했다.

이 두 사람은 무노 백작을 잘 따르니까, 감정에 따라 뛰쳐나가 오리온 군과 무노 백작의 재회를 방해하지 않도록 홀드하고 있었단 말이지.

"사토 군, 어서 오게."

"지금 돌아왔습니다."

무노 백작이 자기 자식에게 하는 것처럼 따스한 말로 맞이해 주었다.

나로서는 기쁘지만, 오리온 군이 질투의 시선을 보내니까 조금 배려 부탁드립니다.

"왔구나, 아리사. 무노 시에 있는 동안 듬뿍 도와줘야겠다."

니나 씨가 아리사에게 말을 걸었다.

"그건 괜찮지만, 문관도 늘었는데 내가 도울 필요 있어?"

"당연히 있지. 나랑 비슷할 정도로 사무 처리가 되는 녀석이면 당연히 써먹을 거야."

"네, 그래요. 보수는 기대해도 되지?"

"물론이지. 새로운 메이드복부터 집사들 제복 디자인까지, 아리사가 마음대로 해도 된다."

"오옷! 니나 씨, 역시 잘 안다니까!"

아리사와 니나 씨가 굳게 악수를 나누었다.

무노 성에서 일하는 사람들을 위해서도, 아리사의 취미가 너무 폭주하지 않도록 제대로 고삐를 쥐어야지.

"피나! 오랜만이야."

"어서 오십시오, 카리나 님."

카리나 양의 시녀인 피나가 재회를 축하하고 있었다.

호위 메이드 에리나와 신입 아가씨는, 동료들과 즐겁게 담소를 하고 있었다.

"아버님, 현관에 서서 이야기하는 건 이제 그만 하세요."

무노 가문 장녀인 소르나 양이 그렇게 말해서, 우리는 무노 성의 살롱으로 장소를 이동했다.

“못 보던 얼굴이 늘었군요. 새롭게 사관한 사람들인가요?”

“그래. 과반수는 공도 출신이고, 나머지는 왕도에서 모은 녀석들이지.”

무관이나 첩보원 중에는 미스릴 탐색자도 몇 명인가 있다.

“뉴~, 누가 봐~?”

살롱으로 이동하는데, 타마가 숨어서 이쪽을 바라보는 인물을 발견했다.

하얀 체모의 호랑이 수인족 아이다. 문관 제복을 입고 있다. 이름은 루냐.

어쩐지 신경쓰여서 AR표시되는 정보를 읽어보고, 그녀가 누군지 떠올렸다.

그녀는 검은 거리 무라아스에서 열린 어둠의 옥션에서 팔리고 있던 백호 공주다. 그녀를 섬기는 백호 기사—「빙설의 기사」 가르가오론과 조금 인연이 생겨서, 길거리를 헤매던 그들에게 무노령을 소개했었지.

맵 검색을 해보니, 백호기사와 그의 부하들이 성내의 병사 숙소에 있다. 내 말을 믿고 무노 시에 사관하러 온 모양이군.

“루냐 씨, 이쪽으로 와요. 모두에게 소개할게요.”

소르나 양이 백호 공주를 불렀다.

“그녀는 백호 수인족의 루냐 씨. 문관 견습으로 일하고 있어. 내 소중한 친구이기도 하니까, 정중하게 대해주렴.”

소르나 양의 말은 주로 오리온 군을 향한 것이었다.

오리온 군은「어째서, 수인 문관 견습과 친구지?」라고 중얼거렸지만, 수인에게 혐오감을 가진 건 아닌 모양이라 조금 안심했다.

"처음 뵙겠습니다. 백호 수인족의 루냐라고 합니다. 젊고 미숙합니다만, 지도편달을 부탁드립니다."

소개를 받은 백호 공주가 숙녀의 예를 취했다.

어쩐지 신입사원 같은 인사군.

"포치는 포치인 거예요! 잘 부탁하는 거예요!"

"헬로~. 타마는 타마~?"

"유생체, 나는 나나라고 한다고 고합니다."

포치, 타마, 나나가 백호 공주와 인사를 나누고, 우리도 그 뒤를 따랐다.

"사토 군, 잠깐 괜찮을까?"

하우토 군이 병사 숙소에서 거한의 백호 수인족을 데리고 왔다.

"자네와 리자 공의 지인이라고 하는데—."

"네, 알고 있습니다. 오랜만이군요, 가르가오론 경."

친근하게 인사를 했는데, 백호 기사는 내 앞에서 주군에게 하는 것처럼 무릎을 짚었다.

"펜드래건 경, 귀공 덕분에 루냐 님과 우리들 백호 수인족은 안주의 땅을 얻을 수 있었다. 이 은혜는 내 목숨을 바쳐서라도 갚을 셈이다."

전에 만났을 때는 좀더 무뢰한 같은 느낌의 호방한 말투였는데, 지금은 평범한 무인 같은 어조군. 백호 공주도 백호 기사 옆에 서서,「저도 감사드립니다」라고 말했다.

"그는 참 우수해서 3번대의 대장을 맡기고 있어."

하우토 군이 자기 일처럼 백호 기사를 자랑했다.

"검술도 체술도 굉장해서 나도 많이 배우고 있지."

"하우토 공은 노력가에다 자질이 있다. 몇 년 지나면 나보다도 강해지겠지."

백호 기사가 친근하게 하우토 군을 칭찬했다.

관계가 상당히 양호하군.

"결국 서서 대화하고 있구만. 먼저 살롱에 간다."

니나 씨가 말하고, 무노 백작을 재촉하여 살롱으로 향했다.

나는 백호 기사와 백호 공주의 근황을 묻고, 난처한 일이나 요청이 없는지 히어링을 해봤다. 하지만 딱히 불만이 없고, 오히려 너무 잘 대해줘서 당황하는 일이 많을 정도라고 할 정도였다.

◆

"—그래서, 식 진행은 그런 느낌이야."

살롱의 화제는 주로 오리온 군과 뮤즈 양의 결혼식에 관한 것이었다.

"닷새 뒤인가요?"

니나 씨에게 스케줄을 들은 오리온 군이 의문스레 말했다.

"불만이니?"

"아뇨. 당장이라도 식을 거행할 거라 생각했습니다."

이쪽의 상식일지도 모르지만, 오리온 군은 생각보다 성급하군.

"준비는 다 끝났어. 당장이라도 식을 올릴 수는 있지만, 아무리 그래도 여행을 마치고 곧장 결혼식을 하면 뮤즈 공이 쓰러져 버린다."

하긴. 비공정을 타고 온 거지만, 나름대로 흔들림이나 진동이나 기압 변화 등에 익숙지 못한 사람에겐 부담이 클 테니까.

"결혼식의 드레스는 공도에서 맞춘 거지?"

"……네. 수수한 드레스라 창피합니다만."

니나 씨가 확인하자, 뮤즈 양이 긴장한 느낌으로 대답했다.

"나, 보고 싶어!"

"응, 흥미."

아리사가 손을 들고 일어서자, 미아와 다른 아이들도 뮤즈 양에게 흥미진진한 시선을 보냈다.

"네, 그러면 나중에."

공도의 만찬에서 드레스를 리메이크해준 아리사에게 은혜를 느끼는 건지, 뮤즈 양이 금방 승낙해 주었다.

"소르나 씨랑 하우토 씨는 아직 결혼 안 해?"

"소르나 누님이 결혼?"

아리사의 말에 오리온 군이 반응했다.

"어머? 오리온에겐 말을 안 했던가?"

"못 들었습니다! 하우토라는 것은 어디의 귀족입니까?"

"아직 명예사작이야. 아까 가르가오론 경을 소개하러 와준 기사가 하우토란다."

"명예사작? 아무리 그래도 가문의 격이 맞지 않습니다."

오리온 군의 말에, 남작 영애인 뮤즈 양이 풀이 죽었다.

차기 백작의 정실이 되기에 남작 영애는 가문의 격이 부족하다고, 공도의 사교계에서도 말을 들었기 때문이겠지.

"아아, 미안! 뮤즈를 말하는 게 아니다!"

뮤즈 양이 풀 죽은 걸 깨달은 오리온 군이 다급하게 말했다.

"오리온, 하우토 군은 소르나에게 걸맞은 호청년이야."

무노 백작이 하우토 군을 옹호했다.

"그리고 다음 신년에, 하우토 군에게 공석인 도나노 준남작의 작위를 양도할 생각이다."

분명히, 무노 백작이 본래 가지고 있던 작위였지.

"평민 출신에게, 유서 깊은 도나노 준남작 가문의 작위를?"

"그걸 따지자면, 나와 사토도 평민 출신 아닌가? 사토랑 카리나 공이 결혼할 때도 반대할 거니?"

니나 씨가 중간에 이상한 말을 하길래, 「그럴 예정은 없습니다」라고 딱 잘라 말했다.

"펜드래건 경은 다르지 않은가! 자신의 재능 하나로 새로운 자작 가문을 일으키는 것은 흔치 않은 일이야."

뜻밖에, 오리온 군도 조금은 나를 인정해준 모양이군.

공도에서 차차기 공작 티스라드 씨가 여러모로 말을 해준 걸까?

"그렇구나, 오리온. 펜드래건 경은 대단해. 이 무노 가문이 멸망을 벗어나, 백작까지 올라온 것은 절반쯤이 그의 덕이지."

무노 백작이 괜히 추켜올리길래 「절반은 지나칩니다」라고 부정했다. 내 공적이 있어도 고작해야 1할이나 2할 정도라고 생각한다.

“그리고 도나노 가문은 역사가 길기는 하지만, 사실은 권익 따위 아무것도 없는 몰락한 약소 준남작 가문이었지. 폐하나 친척인 오유고크 공작이 발탁해주기 전에는, 서민들과 별 다를 바 없는 생활을 했었다. 오리온이 태어나기 전의 이야기고, 카리나는 어렸지만, 소르나는 기억하고 있겠지?”

“네, 아버님. 시장에서 가격 흥정을 하거나, 스스로 요리를 하기도 했었죠.”

“저도 어렴풋이 기억하고 있답니다. 소르나 언니와 함께 시장에서 장을 보거나, 여러 가지 가사를 하기도 했었어요.”

그런 이야기는 처음 들었다.

“혹시, 어머님이 돌아가신 것도…….”

오리온 군이 울적한 어조로 말했다.

“—돌아가셔?”

소르나 양이 고개를 갸웃거렸다.

“처음 듣는답니다. 아버님, 어머님이 돌아가신 건가요?”

“아니, 그런 소식은 오지 않았다만…….”

카리나 양과 무노 백작도 당황하는 느낌이다.

뭔가 의사소통 미스의 낌새가 느껴지는데.

“어, 어머님은 살아계신 건가요?!”

“그래. 지난 3년 정도는 편지가 안 왔지만, 그녀는 편지를 잘 안 쓰니까, 한 1년이나 2년 안에는 오지 않을까?”

“어머님은 대체 어디 계십니까?”

“남방에 있는 고룡 대륙이야.”

"어째서, 그런 전혀 인연 없는 머나먼 땅에?"

"인연은 있다. 그녀의 출신지가 고룡 대륙의 카타히라 칸국이야."

어떻게 번역되는 건지는 모르겠지만, 칸국이라고 하니까 몽골풍 기마민족 같은 나라가 아닐까 싶군.

"귀향을 하신 건가요?"

"아니, 다르단다. 전설의 용사 오리온의 발자취를 찾으러 갔지."

"그러나 아버님. 용사 오리온 펜드래건은 창작에 나오는 용사 아닌가요?"

오리온 군이 신기한 기색으로 물었다.

"맞다. 용사 오리온은 가공의 용사지."

무노 백작이 동의했다.

"그러면—."

"당연한 의문이야. 용사 오리온의 공적은 왕조님을 비롯한 역대 용사와 비교해서 너무나 크고, 신과 혼인을 목표로 하는 것은 현실이라 생각하기 어려워."

신은 아니지만, 유구한 시간을 살아가는 하이 엘프와 혼인을 노리는 자는 여기 있어요.

"그러나, 그녀는 말했다. 고향에 있는 전설과 용사 오리온의 이야기에 부합되는 에피소드가 많다고."

무노 백작은 거기서 말을 끊고, 주변 사람들의 얼굴을 둘러보았다.

"다만, 그 전설은 사가 제국의 역사보다도 오래됐지."

"""—아버님."""

카리나 양과 소르나 양의 말이 겹쳤다.

그야 그렇겠지. 왜냐면, 사가 제국의 역사보다도 오랜— 다시 말해서 초대 용사보다 이전에 용사를 방불케 하는 전설이 남아 있다는 거니까.

"아내는 초대 용사 이전에도 용사가 있었던 것이 아닌가 하는 이단의 학설을 제창하고 있었어."

무노 백작은 딸들의 말에 고개를 끄덕이고 말을 이었다.

"어머님의 연구에 대해서는 알겠습니다. 그렇지만, 왜 어머님이 살아있다고 가르쳐주시지 않은 겁니까? 편지가 왔을 때도 저에게는 한 마디도 안 해주셨어요!"

오리온 군이 호소하자, 무노 백작과 딸들이 얼굴을 마주보았다.

"그럴 리 없답니다."

"그래요. 어머님의 근황을 오리온에게도 알린 적이 있는걸요."

"혹시—."

오리온 군도 짚이는 건 있는 모양이다.

"모릅니다! 『어머님은 머나먼 하늘 너머에서, 오리온을 생각하고 있으십니다』라거나 『어머님이 자랑할 수 있는 아이가 되세요』라고 하면, 고인을 말하는 거라고 생각하지 않습니까!"

"그러고 보니, 오리온 공이 편지를 읽은 적 없는 것은?"

"그건 말이지—."

"……아아, 아이샤. 나는 언제 당신을 만날 수 있을까?"

무노 백작이 남쪽 하늘을 바라보며, 눈물을 글썽거리고 있었다.

"편지를 받은 아버님이 저렇게 되어 버리니까, 편지는 한 번 읽고서 금고에 넣어두기로 약속을 했어요."

내 질문에 소르나 양이 대답했다.

"아버님이 영지를 방치하고 고룡 대륙으로 출발하면 곤란하니까요."

그렇군. 애처가인 무노 백작이 영주의 일을 방치하지 않도록, 제한을 걸어둔 거구나.

"편지가 오면 가족이 함께 보았었는데, 어린 시절 오리온은 열이 자주 나서 편지를 본 적이 없었던 것 같아요. 성장한 다음에는 공도에 유학을 갔고, 귀향하지도 않았으니까요."

"아버님, 편지를 보여주십시오. 그리고 어머님의 초상화가 있다면, 그것도."

"좋고말고. 소르나, 카리나, 오늘은 괜찮겠지?"

"어쩔 수 없네요. 뮤즈 님과 펜드래건 경도 함께 어떤가요?"

편지는 그렇다 치고, 초상화에는 흥미가 있어서 오리온 군과 함께 보러 갔다.

카리나 양과 소르나 양의 프로포션이 유전이라는 걸 잘 알 수 있는 근사한 초상화였다.

◆

무노 가문 여러분이 가족들끼리 편하게 환담을 하도록 하고, 우리는 제각각 개별 행동을 하게 됐다.

"아리사, 신입 문관들 일하는 거 보러 올래?"

“응, 갈게.”

니나 씨의 권유로 아리사가 작업실에 갔다.

“그러면 저는 게르트 요리장을 만나고 올게요.”

“그러면, 기념품 식재료도 건네줘.”

나는 스토리지 안에서 엄선한 기념품 팩을 「마법의 가방」에 넣어 아이템 박스에서 꺼내 루루에게 건넸다.

“그러면, 저는 훈련소에 다녀오겠습니다.”

리자는 익숙한 장소에 다녀올 모양이다.

“타마는 잔디 깎이~?”

“포치는 고기를 잡아오는 거에요! 메이드 언니들이 아주아주 기뻐해주는 거예요!”

타마와 포치는 바구니를 등에 지고 달려나갔다.

“저는 유생체들이 어떤지 보고 온다고 고합니다.”

“동행.”

미아가 함께 간다면 나나가 폭주하진 않겠지.

나는 산책을 겸해서, 전에 독점하고 있던 공방 설비가 있는 별관에 가기로 했다.

떠들썩한 망치 소리와 기술자들의 활기찬 목소리가 들린다. 전에는 나 혼자 쓰고 있었는데, 마치 다른 장소에 온 것 같은 위화감이 드네.

“귀족님, 이런 지저분한 장소에 무슨 용건이신지요?”

공방에 다가가자, 비교적 차림새가 좋은 필두 기술자가 맞이해주었다.

"공방을 보여줄 수 있을까?"

"그건 상관 없습니다만……."

"미안해. 일을 방해하지 않도록 조심하지."

허가는 해줬지만 방해꾼 취급이군.

뭐, 마음은 이해한다.

"어이, 왜 들인 거야."

"어쩔 수 없잖아! 상대 차림새를 봐라. 명백하게 상급 귀족의 도련님이라고. 험악하게 대했다가 백작님의 입장이 나빠지면 어쩌라고."

베테랑 기술자가 필두 기술자 어깨를 잡고 작게 불평하는 것을 엿듣기 스킬이 포착했다.

중간직은 마음이 안 좋을테니 오래 머무르지 않도록 조심해야지.

―오.

후진 기술자용으로 둔 공구를 발견했다.

어째선가 기술자들이 쓰는 게 아니라, 벽에 걸어뒀군.

"뭐, 기술자라면 자기 공구가 있겠지……."

조금 슬프지만, 어쩔 수 없네.

"어이! 그거 만지지마!"

공구를 집은 내 어깨를 아까 그 베테랑 기술자가 당겼다.

"잠깐, 야, 뭐 하는 거냐!"

"놔라! 저 녀석, 저 공구를 만졌단 말이다!"

그 베테랑 기술자를 필두 기술자가 붙잡아 떼어냈다.

"이 공구에 무슨 사연이 있나요?"

본래는 극히 평범한 시판품이지만, 쓰기 편하도록 여러모로 손을 본 거 같은데.

"귀족님, 죄송하지만, 그 공구는 돌려놔주실 수 있겠습니까?"

"네, 그건 상관없어요—."

너무 진지하게 부탁해서 돌려놨다.

"이 바보가 무례를 저질러서 죄송합니다. 너도 고개 숙여!"

"그래도! 저 공구를 마음대로 잡았단 말이다!"

"시끄러, 바보자식! 그런 짓을 하면 불경죄로 목이 날아가도 불평 못 한다."

아니아니. 시가 왕국에서 그 정도로 목숨이 가볍지는— 않았었지?

"고개를 드세요. 사과는 됐습니다."

"정말 죄송합니다. 그 공구는 우리들이 목표로 하는 분의 도구입니다."

"목표?"

"네. 귀족님은 조틀 님이나 하우토 님이 가진 검을 알고 계십니까?"

"네, 물론이죠."

마검은 아니지만, 무노 성에 있을 무렵 내가 만든 검이니까.

"그 공구는, 그 멋진 검을 만드신 『사작님』이 쓰시던 겁니다."

"그 『젊은 나리』의 공구를 당신이 멋대로 만진 거야."

옆에서 끼어든 베테랑 기술자에게 필두 기술자가 「존댓말 써라」 하고 혼냈다.

그건 그렇고—.

"그 미숙한 검을 그렇게까지 칭찬해주면 조금 창피하네요."

"뭐라고! 젊은 나리의 검을 모욕하는 거냐!"

"아니, 지금이라면 좀더 나은 검을 만들 수 있으니까요."

내가 말하고, 아이템 박스 경유로 스토리지에서 연습용으로 만든 검을 꺼냈다.

이건 증정용으로 단조해서 만든 검이라, 마검은 아니지만 보기에는 좋다.

"이, 이것은!"

"틀림없다! 이것은 젊은 나리의 검이다!"

"그러면, 당신이—."

"—펜드래건 경!"

복도 쪽에서 문관복의 여성이 불렀다.

저 모에 소매 문관복은 유유리나 문관이군.

"죄송합니다. 누가 불러서 실례할게요. 그 검은 장식하든 쓰든 마음대로 하세요."

같은 게 수십 자루 있거든.

"펜드래건? 마, 마왕 살해자 펜드래건?!"

"말도 안 돼! 무노 백작령의 높으신 분이잖아!"

"위험해, 나, 내일부터 무직 결정인가……."

"야, 그보다도, 이 검을 봐라. 엄청나구만. 조틀 님의 검을 미숙하다고 말할만하군."

"젠장. 이렇게 되면 모르겠다. 잘리기 전까지 그 명검을 눈에 새겨주마."

기술자들이 소란스럽군.

그 검이 마음에 든 모양이니 다행이야.

일이 끝날 무렵에 술과 안주를 보내야지. 하지만 방금 그 모습을 보니까 미스릴 같은 소재가 더 좋을지도 모르겠다.

그런 생각을 하면서 유유리나 문관에게 다가갔다.

"유유리나 씨. 무슨 일인가요?"

"자작님 앞으로 어음과 선물이 와서요. 전달하러 왔습니다."

어음은 수표 같은 거고, 선물도 비싼 물건만 따로 보관했던 모양이다.

"방에 둘까 생각했습니다만, 아무래도 값비싼 물건이 많아서 아무도 없는 방에 방치해도 되는지 고민이 돼서요."

나는 유유리나 문관에게 감사 인사를 하고, 그 자리에서 받아 아이템 박스 경유로 스토리지에 수납했다. 주로 공도 귀족들이 보낸 것들이었다. 보르에하르트의 드워프들도, 전에 보낸 명주의 답례로 편지나 소품 등을 보냈군.

"젊은 나리다!"

"어서오세요, 자작님!"

무노 성을 산책하고 있는데, 메이드들과 잡일을 하는 아이들이 신이 나서 인사를 해준다.

개중에는 끌어안으려는 난처한 메이드도 있었지만, 대개 동료 메이드들이 혼내면서 떼어냈다. 본인의 변명은 「환영의 뜻을 표한 것뿐이야」라고 한다.

주방에서 루루와 요리를 하는 게르트 요리장에게 인사하고, 시험작을 맛보는 메이드들이 사탕을 조르고, 병사들과 잡일하는 남자들은 나에게 동경의 눈길을 보냈다. 아마 「마왕 살해자」 같은 소문이 퍼진 거겠지.

중간에 식량 창고가 보였는데, 비축이 빈 장소가 많아서 벽령에서 양산하고 남는 식량을 넣어뒀다. 보는 사람도 없으니 「용사의 종자 쿠로, 등장」이라고 적은 종이를 붙여두면 괜찮겠지.

멀티플 패링
"천수방진이랍니다!"

식량 창고에서 나온 참에, 카리나 양의 힘찬 목소리가 들렸다. 훈련소 쪽이군.

아무래도, 가족의 대화를 마치고 몸을 움직이고 있는 모양이다.

"과연 카리나 님임다! 신입! 연계하는 검다!"

"네, 에리나 씨!"

훈련소에서 호위 메이드 에리나와 신입 아가씨가 카리나 양과 모의전을 하고 있었다.

"그렇게는 안 된답니다! —앵화백열섬!"

카리나 양이 연속 차기를 뿜어내는 필살기를 두 사람에게 쏟았다.

본래는 창술의 기술이다. 사용하는 걸 처음 봤으니 최근에 익힌 기술이겠지.

"우갸~, 공격계 필살기는 안 되는 검다!"

에리나가 단창을 버리고 거의 구르듯 등 뒤로 뛰었다.

앵클 모우
"축이 약점입니다! 발목 깎기!"

옆으로 돌아간 신입 아가씨가 카리나 양의 발목을 노리지만,

카리나 양은 억지로 축이 되는 다리로 점프해 그것을 피했다.

"선풍산화랍니다!"

카리나 양이 공중에서 연속 차기를 캔슬하고, 돌려차기 계통 필살기를 썼다.

이것도 본래는 창술의 기술이다. 미궁도시에서 호위 메이드 에리나에게 창술을 가르친 스승에게 배운 건가?

"꺅."

신입 아가씨가 반사적으로 단창을 들어 가드했지만, 가드한 그대로 날아가 땅바닥을 굴렀다.

"우와아."

"우리보다 호위 대상인 아가씨가 강하잖아."

"메이드들도 우리보다 강한 거 아냐?"

세 명의 모의전을 보고 있던 병사들이 식은땀을 흘렸다.

"카리나 님, 미궁도시에서 실력이 오르셨군요."

"우후후. 조틀 경에게 칭찬을 받다니, 미궁에서 노력한 보람이 있답니다."

군의 최고책임자인 조틀 경에게 칭찬을 받은 카리나 양이 자랑스럽게 가슴을 폈다.

젊은 병사들의 시선이 그 가슴에 빨려 들어간 것은 자연스러운 전개일 거야.

"자, 애들아! 이번에는 카리나 님에게 너희들의 훈련 성과를 보여줄 차례다! 날 창피하게 만들지 마라!"

""""옙!""""

조틀 경의 호령으로, 병사들이 격렬한 훈련을 시작했다.

방해하면 미안하니까, 나는 말없이 그 자리를 떠났다.

"아직 저녁 식사까지 시간이 있으니까—."

쭉 한 바퀴 돌았는데, 생각보다 시간이 안 걸려서 시내에 가보기로 했다.

성을 나서자 분수가 딸린 광장이 있고, 그 가장자리를 따라 커다란 시의 관공서나 공민관 같은 건물과 일곱 신전이 늘어서 있었다.

상회 등은 광장 앞의 메인 스트리트를 따라 늘어선 모양이군.

"거기 젊은 귀족 나리! 경건한 당신이라면 위대한 자이크온 신의 신전에 기부를 해주실 거요! 나는 그렇게 믿고 있소이다!"

말투가 좀 거만하지만, 신관의 필사적인 눈빛에 졌다.

"좋습니다. 사소합니다만—."

그렇게 말하고 금화 20닢 정도의 작은 주머니를 그에게 건넸다.

"이, 이렇게 많이 괜찮으십니까?"

"네. 신전의 수선비로는 부족하겠지만, 운영비에 보태주세요."

"귀족님, 이름을 들려주실 수 있겠습니까? 기부의 답례로, 아침 저녁 기도로 당신의 이름을 자이크온 신께 전하지요."

"아뇨, 그럴 필요까진 없습니다."

좋은 효험보다는 귀찮은 일이 날아올 것 같으니까.

"신전장님!"

청빈한 느낌의 여신관 같은 여성이 달려왔다.

성인의 형태를 봐서, 그녀도 자이크온 신전의 신관인가 보다.

“또 차림새가 좋은 분께 기부를 강요하는 거군요! 그런 건 그만하세요! 엄청나게 평판이 떨어집니다!”

“아, 아니야, 먀무 신관! 이 분은 흔쾌히 기부를 해주셨다!”

“정말인가요? 자이크온 신전에 기부를 해도, 회복 마법도, 해주도 못하고, 성수마저도 기도를 했을 뿐이지 평범한 우물물인데요?”

“먀무 신관! 성수 건은 우리 신전의 극비 사항이다!”

“무슨 말씀이세요! 시장에서 누구든지 아는 이야기입니다.”

얌전해 보이는 얼굴인데, 여신관이 꽤나 똑 부러지는 타입이군.

“먀무 신관, 걱정해주어 고맙습니다. 그러나 나는 현세의 이익을 위해 기부를 한 것이 아니니 안심하세요.”

“것보게, 먀무 신관! 이 분은 자이크온 신의 경건한 신도인 거야!”

내 말을 들은 신전장이 승리를 뽐내는 미소를 지었다.

“아뇨, 저는 자이크온 신의 신도가 아닙니다.”

“—어?”

신전장이 이상한 표정으로 굳었다.

“그렇다면, 어째서 기부를?”

“오랜만에 무노 시로 돌아왔으니, 각 신전에 기부를 하고 있어요.”

여신관에게 사실대로 말했다.

“사토 공!”

“역시, 사토 공이 아닙니까.”

자이크온 신전 앞에서 이야기를 하다 보니, 다른 신전의 신전장들이 모였다.

그들은 마족 집정관이 무노 성 지하 감옥에 수감했던 사람들이라 나하고도 면식이 있었다.

"지금은 펜드래건 자작님이라고 부르는 편이 좋을까요?"

"편하신대로 부르셔도 됩니다."

그들과 만났을 때는 아직 귀족이 아니어서 사토라고 부르는 사람이 많다.

"사토 공 덕분에 우리 신전에도 무녀를 초빙할 수 있었습니다. 무슨 일이 있으면 심야든 이른 아침이든 보고를 하러 가겠어요!"

"우리들 신전에도 상급 마법을 쓸 수 있는 사제가 파견됐습니다. 이것도 자작님 덕분이라 하더군요. 이걸로 많은 사람을 구할 수 있습니다."

갈레온 신전과 헤랄르온 신전의 신전장이 나에게 감사를 표했다.

자이크온 신전의 신전장은 이야기를 따라가지 못해 눈을 깜박거렸다.

무녀와 사제를 맞이할 준비가 필요한 신전에는 조금 넉넉하게, 다른 신전은 균등하게 기부를 하고 다녔다.

광장 끄트머리에 승합 마차가 있길래 그걸 타고 무노 시를 한 바퀴 돌았다.

왕도나 공도랑 비교하면 상품의 종류가 좀 적지만, 시장의 노점에 전에는 생각 못할 만큼의 물건이 있었다.

"제법 활기가 있네."

"그렇습니다. 집정관이 바뀐 뒤로 치안도 좋아졌고, 상인도 돌아와서 떠들썩해졌어요."

내 혼잣말에 반응한 마부가 여러모로 무노 시의 근황을 알려 주었다. 무노 시의 인구도 단기간에 꽤 늘었고, 무노령을 나간 사람들이 서서히 돌아오는 모양이다.

구역 정리를 한 판자촌도 떠들썩하고, 시내의 밭도 수확이 좋아 보인다.

양육시설에서 아이들과 노는 나나와 류트로 곡을 연주하고 있는 미아에게 손을 흔들고, 새로운 건물이 늘어선 구역으로 갔다.

"이 앞으로 가도 괜찮으십니까? 저기는 이민들의 천막밖에 없습니다만……."

"네, 거기에 용건이 있어요."

마차 덕분에 효율적으로 돌았으니 마지막으로 이민들의 상황을 보러 갈까 생각했다.

"페, 펜드래건 자작님? 당장 관리관을 불러오겠습니다!"

입구에서 경비를 서던 병사가 내 얼굴을 아는지, 금방 책임자를 부르러 달려갔다.

"자작님. 뭔가 문제가 있으신지요?"

숨을 몰아쉬며 달려온 관리관에게 한마디 사과를 하고, 이민들의 상황을 물었다.

"상황 말인가요? 불안과 기대가 절반 정도란 느낌입니다."

새로운 땅에서 생활하는 걸 생각하면 불안한 건 이해된다.

나는 관리관에게 양해를 구하고, 이민들의 모습을 조금 떨어진 곳에서 보았다.

“도시 밖의 농지에서 일하는 걸까?”

“거기는 여기 주민들 농지일게야.”

“아니, 그만큼 비옥한 토지야. 영주님의 장원 아니야?”

엿듣기 스킬이 이민들의 목소리를 포착했다.

“그 장원에서 일할 수 있다면 농노라도 좋다.”

“맞아. 개척 마을에서 굶주려 아이들이 죽을 바에는, 농노가 더 낫지.”

“그래도 개척 마을이면 개간한 땅이 우리의 밭이 되잖아.”

“젊은 녀석들이야 그래도 되겠지. 우리들은 나날이 먹을 수 있는 작물을 얻을 수 있으면 그걸로 충분하구먼.”

이야기를 듣고서 생각한 건데—.

“그들에게 이 다음 처우에 대해 가르쳐주지 않은 건가요?”

“네. 내일 영주님의 발표가 있으니, 그때까지 괜한 말은 안 하고 있습니다.”

참고로 기술을 가진 사람은 무노 시에 배당되고, 농촌 경영자와 희망자는 개척 마을로 보낼 예정이다.

무노 시 교외의 밭은 따지고 보면 덤 같은 거라 겸업 농가용 렌탈 농지로 개방할 셈이었는데, 그들의 이야기를 들어보니 여기도 충분히 매력적인가 보군.

“생각보다 개척 마을의 인기가 없군.”

“그건 어쩔 수 없습니다. 일반적으로 개척 마을은 목숨을 걸게 되니까요.”

관리관이 어려운 표정으로 대답했다.

"배당하기 전에 희망자를 데리고 개척 마을을 안내하는 편이 좋을지도 모르겠어."

"아뇨. 그럴 필요는 없습니다. 기능이나 희망은 모집할 때 물어봤으니, 그걸 토대로 강제 배당을 하면 됩니다."

어허. 관리관은 견실해 보이는 사람인데, 권력 파워를 휘두르네.

"그래서는 반발하지 않나?"

"문제없습니다. 어떤 불만이 있어도, 그 개척 마을을 보면 마음이 바뀔 겁니다."

관리관이 자신만만하게 말했다.

"자네는 보고 왔나?"

"네. 저도 지금 일을 은퇴하면 이주하고 싶을 만큼 멋진 장소였습니다."

고임금 관리조차 그렇게 말할 정도일 줄은 몰랐는걸.

"그리고 개척 마을은 처음 3년간은 면세고, 충분한 수확을 얻을 때까지는 영주님이 식량을 배급해주십니다. 이것에 불평을 하면 천벌을 받을 겁니다."

신들은 그렇게 한가하지 않을 것 같지만, 그가 하고픈 말은 알겠다.

이번에는 그의 말을 믿고 다른 조치 없이 성으로 돌아갔다.

그리고, 개척 마을 개방은 오리온 군의 결혼식이 끝나고서 순서대로 하는 모양이다.

◆

『주인님, 살려줘!』

아리사가 원거리 통화를 걸길래 달려가 보니, 신부 의상 앞에서 뮤즈 양이 울고 있었다.

"아리사, 무슨 일이야?"

"이거야, 이거. 공도의 영애들이 못된 짓을 했나 봐."

아리사가 말하며 테이블 위의 망가진 액세서리를 가리켰다.

보석이 받침대에서 떨어진 데다가, 가만 보니 보석 표면에 상처도 있었다.

"이걸 고치면 되는 거야?"

"—할 수 있나요?!"

뮤즈 양이 울다가 부은 얼굴을 들었다.

"네, 맡겨주세요."

"부탁드립니다! 그건 할머니의 유품이에요."

그런 소중한 것에 장난을 치다니. 너무 하는군.

"보석의 색도 이상하군요. 약품으로 바래져 있어요."

"아뇨, 그건 제가 어렸을 적에 실수를 해서……."

어이쿠, 이건 다른 거였군.

"장식품은 이것뿐인가요?"

"네. 라고크 가문은 유복하질 않아서……."

"죄송합니다. 그런 의미로 한 말이 아니에요."

다른 물건에도 장난을 친 게 아닌가 신경 쓰여 물어봤는데, 뮤즈 양의 열등감을 자극해버렸다.

“일단, 이 보석은 맡겨주세요. 결혼식 전에 반드시 고쳐드리겠습니다.”

나는 그렇게 말하고 아리사와 함께 방을 나섰다.

“주인님, 안 늦겠어?”

“그래, 금방 돼.”

전설의 보석 마법사 쥬엘 정도는 아니지만, 보석의 보수나 장식품의 재가공은 쉽다.

“—볼래?”

“볼래? 라니. ……여전히 엉망진창이네.”

깔끔하게 수복된 액세서리를 보고, 아리사가 한숨을 쉬었다.

“어머? 바랬던 빛깔이 사라졌네?”

“덤으로 뮤즈 양의 어린 시절 실수도 고쳤지.”

이건 수복 과정에서 의도치 않게 고친 거지만, 문제없겠지.

“하지만, 이렇게 빨리 끝내버리면 뭔가 감사함이 부족해.”

감사함은 그렇다 치고, 너무 빠르면 어떻게 했는지 의심받겠지.

아리사와 의논한 결과—.

신뢰할 수 있는 수복 장인에게 맡긴 걸로 하고, 이 장식품은 결혼식 당일 뮤즈 양에게 전달하기로 했다.

◆

“—브라이트 시의 태수, 인가요?”

만찬 뒤에 할 얘기가 있다고 해서 무노 백작의 집무실에 간 나는, 니나 씨에게 브라이튼 시의 태수로 취임해달라는 정식 오퍼를 받았다.

그러고 보니 에치고야 상회에서 지배인이 사석에서 말해주긴 했는데, 니나 씨랑 무노 백작이 그 이야기를 한 건 처음이군.

"굉장하잖아, 주인님!"

"과연 주인님이십니다."

동행한 아리사랑 리자가 나보다 먼저 반응했다.

기뻐해주는 두 사람에겐 미안하지만, 태수 같은 큰 역할을 맡을 생각은 없다.

"죄송합니다만, 아직 정착할 생각이 없어서—."

"기다려봐라."

거절하려는 나를 니나 씨가 말렸다.

"지금은 무노 백작이 영내 모든 도시를 다스리고 있지."

니나 씨가 화이트 보드에 개략도를 그렸다.

이 화이트보드는 아리사의 제안으로 내가 제작한 것이다. 유성펜을 대체하는 걸 만드느라 고생했지.

"그건 당연한 게 아닌가요?"

그가 영주니까.

"형식적인 이야기가 아냐. 다수의 도시 핵을 직접 지배하는 건 힘든 일이다."

"그런가요?"

"도시 핵은 알고 있지? 영주가 도시 핵과 이어져 있으면 말이야, 언제나 도시 핵에서 정보가 온단 말이지. 그것이 하나라면 익숙해지면 되지만, 여러 개가 되면 피로가 겹쳐서 정신의 안정을 잃게 된다."

"그런가요?"

나는 대사막이나 벽령의 도시 핵을 10개 이상 지배하고 있지만, 아무 문제도 없는데.

도시 핵에서 오는 정보가 메뉴의 로그에 올라오니까 그다지 신경 쓰이지 않는 걸지도 모르겠다.

"그래서 태수를 중간에 넣어 잡다한 정보를 취사선택하여, 영주에 대한 부담을 줄이는 거다."

"사토 군이 부재중이라도 태수 대리 후보나 수비대 대장 후보는 있으니까 실무는 그쪽에 맡기면 돼."

"그분을 태수로 삼는 건 안 되나요?"

"태수나 수호가 되려면, 시가 왕국의 작위가 필요하다. 수호라면 준남작 이상, 태수라면 자작 이상의 작위가 필요해. 그 이하라도 임명할 수는 있지만, 도시의 기능을 온전하게 쓸 수가 없지."

"그렇군요—."

승낙하려다가 중간에 깨달았다.

"그러면 니나 씨가 태수가 되면 되지 않나요?"

"나는 집정관이니까 무노 백작에게 무슨 일이 있을 때 대리를 맡을 수 있도록 비워둬야 하는 거다."

태수를 떠넘기는 계획이 곧장 좌초되어 버렸다.

"실무는 못합니다만?"

"상관없어. 해마다 한 번 정도 도시 핵을 봐주면 된다."

뭐, 그 정도라면 괜찮겠지.

"알겠습니다. 미숙한 몸이지만, 그 제안을 받아들이겠습니다."

내가 말하자 무노 백작과 니나 씨가 안도한 표정을 지었다.

"이걸로 제2도시의 태수가 정해졌군. 다음은 세 도시의 수호를 정하면 다른 영지에도 체면이 설 거야."

니나 씨가 말하고, 무노 백작이 리자를 보았다.

"하나는 하우토 군이 도나노 준남작 작위를 이으면 수호로 임명할 예정인데, 그래도 앞으로 두 개가 더 있지. 여준남작인 리자 공이라면—."

"죄송합니다. 저는 무학한지라, 영민의 목숨을 맡는 지위에 걸맞지 못합니다."

무노 백작의 오퍼를, 리자가 조금 억지로 거절했다.

"그렇군……. 나머지 둘 중 하나는 수인들이 많은 도시니까, 꽤 적임자가 없어서 말이지."

니나 씨가 슬쩍 떠보지만, 리자는 입을 다물고 있었다.

"싫다면 억지로 맡길 수는 없지."

나 때랑 다르게, 무노 백작이 금방 물러났다.

"앞으로 이주가 시작되는 브라이튼 시랑 달리, 그쪽 도시들은 규모가 작으니까 내가 어떻게든 하지. 명예 준남작 정도라면, 몇 년 기다리면 조틀 군이나 다른 자를 임명할 수 있을 테니까."

아무래도 상급 귀족으로 분류되는 자작급의 작위는 간단히 안 되겠지.

◆

이튿날, 우리는 아침부터 무노 백작과 함께 무노 성의 발코니 앞에 모인 이민들과 만남에 참가했다.

"무노 백작령에 잘 왔다! 우리는 제군들을 환영한다."

무노 백작이 대본에 따라 이민들에게 말을 걸었다.

그의 본모습은 이민들이 얕볼지도 모르니까, 니나 씨가 사전에 대본을 준비했다.

대본에 따라 무노 백작이 환영과 격려의 말을 하고, 이제부터 그들의 처우에 대해 전했다.

"제군들은 브라이튼 시로 이동한 뒤, 개척 마을로 가게 된다. 마을 단위로 이민해온 자는 같은 개척 마을에 가도록 배려했으니 안심하도록 하라."

그 말을 들은 이민들은 갖가지 반응을 보였다.

아는 사람과 떨어지지 않게 되어 안도하는 자가 많지만, 개중에는 실망하는 표정을 짓는 자도 몇 명인가 있었다.

"단, 기술자나 병역을 희망하는 자는 이대로 무노 시에 남게 된다."

일부 이민자들이 술렁거리기 시작했다.

"병사가 되면 무노 시에 남을 수 있는 건가?"

"농노라도 좋으니까, 저 풍요로운 땅을 일구고 싶다."

엿듣기 스킬이 그런 말을 포착했다.

그러고 보니 이민들의 숙소를 보러 갔을 때도 그런 이야기를 했었지.

백작의 이야기가 끝난 뒤, 몇 명인가의 노인들이 앞으로 나섰다.

"백작님. 저를 백작님의 농노로 삼아 주십쇼."

노인의 대표가 말한 뒤 그 자리에서 넙죽 엎드렸다.

"농노?"

그들의 말에 무노 백작이 당황했다.

"무슨 일이지?"

"아마, 무노 시 주변의 농지를 보고 반해버린 걸 거야."

무노 백작의 의문에 니나 씨가 대답했다.

"개척 마을에 가보고서도, 이 땅에서 농노가 되기를 바라는 자가 있다면 받아들이지."

니나 씨가 그대로 발코니에 가서, 이민들에게 말했다.

"물론, 그런 녀석은 한 명도 없을 거라 생각한다만."

니나 씨의 말처럼, 개척 마을의 농지도 무노 시 주변과 마찬가지로 내가 마법으로 경작했으니까 조건은 같지. 같은 조건에서 일부러 농노를 고르는 사람은 없을 거야.

◆

"아~! 귀족님이다!"

"할아버지! 젊은 나리가 왔어!"

파수탑 위에서 우리를 발견한 아이들이, 요새 안으로 말을 걸었다.

이민들과 면회한 다음 시간이 좀 나길래, 나는 본래 원령 요새였었고 지금은 내 별장인 산 위의 요새를 찾았다.

여기에는 예전 소년소녀 도적단과 버려진 노인들이 살고 있었다.

니나 씨가 손을 써줘서 정식 주민으로 등록되어 있고, 내 가신으로 무노 백작령에서 일정한 금액의 생활비가 지급되는 모양이다.

니나 씨 말로는 「요새를 비워뒀다가 도적이나 마물이 살기 시작하면 못 살아. 정기적인 구제 비용을 지불할 거면 관리인을 두는 편이 싸게 먹히지」라고 한다. 내 연금에서 지불되도록 처리했으니, 앞으로 영지 유지에 대한 부담은 없겠지.

"사토 님, 잘 오셨습니다."

"형아! 이거 봐봐! 밭이 풍작이야!"

"옷도 봐! 새로운 거! 성 사람들이 갖다줬어!"

대표 노인의 인사가 끝나자마자, 아이들이 내 손을 끌고서 밭과 옷을 보여주었다.

요즘에는 행상인이 찾아오게 됐다고 한다.

"유생체, 내 양손도 비어있다고 고합니다."

나나가 쓸쓸한 기색으로 양손을 펼치자, 분위기를 읽을 수 있는 아이들이 나나와 손을 잡고 웃었다.

밭은 손질이 잘 되었고, 본래는 텅 비어있던 요새 안도 생활감이 넘치는 따스한 공간이 되었다.

"우리가 나온 마을에서 같이 살자고 하기도 했습니다마는……."

"흥. 입 줄이려고 스스로 나온 우리라면 모를까, 농노 아이들을 버리는 마을엔 안 간다."

영내에 있는 기존의 마을들은 개척 마을과 마찬가지로 식량 지원을 하고, 쿠로의 모습으로 농지를 확장하고 다녔으니 어느 마을이든 부양할 수 있는 인구가 꽤 늘어났단 말이지.

"그렇고말고. 가끔 얼굴이나 보러 오라고 자식놈에게 말을 해 뒀지."

"우리는 젊은 나리의 가신이니 말이야."

노인들이 근황을 가르쳐 주었다.

그들은 아이들을 위해 여기 남아준 모양이군.

"젊은 나리! 이거 봐! 매실주를 만들었어!"

"감을 쓴 과실주도 있지! 아이들이 다 먹어서 하나밖에 없다만."

노인들이 항아리에 든 매실주나 과실주를 꺼내주었다.

맛을 보라고 말하면서 내민 매실주를 조금 마셨다.

단맛이 적고, 내가 아는 매실주하고는 조금 다른 맛이다.

"설탕은 쓰지 않은 건가요?"

"그런 고급품은 여기 없으니 말이우."

매실주를 마시고, 잔에 들어있던 커다란 매실을 깨물었다.

매실주 안의 매실은 옛날부터 좋아했거든.

"이 매실은 참 맛있군요."

기왕 온 김에, 스토리지에 있던 증류주와 마도왕국 라라기산 얼음설탕을 매실주를 만드는 재료로 선물했다.

이것만 있으면 아이들이 얼음설탕을 훔쳐먹을 것 같은 미래가 보였기 때문에, 평범한 설탕 단지와 대량의 알사탕도 함께 선물해야지.

◆

그리고 결혼식 당일 아침—.

“기다리셨습니다.”

뮤즈 양에게 수리한 장식품을 반납했다.

“이건! 옛날 그대로의 모습이에요! 고맙습니다, 자작님!”

“마음에 드셨다니 다행입니다.”

뮤즈 양이 반짝이는 미소를 지으며 기뻐해 주었다.

몇 번이나 나에게 고개를 숙이는 뮤즈 양이었지만, 준비 시간이 부족하다며 무노 성의 시녀들이 재촉하여 대기실로 연행됐다.

오리온 군은 드디어 기상한 무렵인데, 여성은 여러모로 힘들구나.

우리도 결혼식에 참가하니까, 준비를 하러 방으로 돌아갔다. 나는 빨리 갈아입기 스킬로 사삭 예복으로 갈아입으면 끝이지만, 기왕 하는 김에 머리 모양도 예복에 맞춰 정돈하자.

“짜자~안?”

“짜자자안인 거예요!”

“두 사람 모두 귀엽다. 마치 신부 같아.”

“니헤헤~.”

“그런 식으로 칭찬해주면 쑥스러운 거예요.”

“그렇게 빙빙 돌면 안 돼. 기껏 세팅했는데!”

예쁘게 꾸민 타마와 포치가 내 앞에 나타나서 전력으로 칭찬했더니 빙글빙글 춤을 춰서 세팅한 머리 모양이 흐트러져 아리사가 야단을 쳤다.

"칭찬해줘."

"마스터, 귀엽다와 예쁘다의 콤보를 희망한다고 고합니다."

"주인님, 어울리나요?"

"세 사람 다 참 가련하고 근사하다."

나중에 기념사진을 찍어야지.

"잠깐! 아리사 칭찬하는 걸 잊었어."

"응, 귀여워 귀여워."

"칭찬이 잡스러워!"

"미안미안, 잘 어울린다."

아리사가 토닥토닥 때리길래, 제대로 칭찬했다.

다들 평소보다 장식품이 적은데, 오늘의 주역인 뮤즈 양에 대한 배려겠지.

"어라? 리자는?"

"—어?"

아리사가 조금 떨어져 숨어있는 드레스 차림의 리자를 끌고 나왔다.

"에잇! 창피해하지 말고!"

"그러나, 아리사. 역시 저에게 이런 화사한 차림은 어울리지 않는 것이……."

"안 그렇다니까! 그렇지? 주인님."

붉은 비단으로 만들어진 현대풍 타이트한 드레스가 리자의 늠름한 미모를 돋보이게 만든다.

한쪽 허리나 가슴팍에 리본으로 만든 커다란 꽃장식이 입체적으로 재봉되어, 심플한 드레스를 화사하게 장식하고 있었다.

"응, 아주 좋은걸. 리자의 매력을 충분하고 남을 정도로 보여주고 있어."

내가 칭찬하자, 리자가 볼을 붉히며 고개를 숙여버렸다.

이런 풋풋한 반응도 귀여워서 좋군.

"자작님. 이제 그만 입장해주세요. 타마 씨와 포치 씨는 이쪽으로."

"아이아이 서~."

"네, 인 거예요. 포치는 베일 들기의 프로인 거예요!"

아무래도, 타마와 포치가 베일을 들고 신부 뒤를 따라 걷는 헬퍼의 역할을 하는 모양이다.

식장의 가장 앞줄로 안내를 받았다.

좌우로 갈라진 한쪽에 소르나 양과 카리나 양, 그리고 하우토 군과 니나 집정관이 있다. 무노 백작은 아직 입장을 안 했다. 카리나 양도 소르나 양도 빈틈없이 화장을 해서 평소 이상으로 미인이고, 하우토 군도 평민 출신이라고 믿기 어려울 만큼 귀공자 같은 모습이었다.

그들에게 인사를 하고 자리에 앉았다.

신부측의 출석자는 없다. 나중에 알았는데, 영지를 오가는 것은 위험이 따르기 때문에 신부측은 자기 영지에서 신부만의 결혼식을 연다. 그래서 신부측 사람이 없는 건 평범한 일이라고 한다.

공도에서 본 티스라드 씨의 결혼식은 신부의 친족이 에르엣 후작령에서 찾아왔지만, 그건 둘 다 대귀족이니까 참석한 것이 아닌가 싶군.

“무노 백작 각하, 입장. 여러분, 기립해서 맞이해 주십시오.”

사회자가 바람 마법으로 목소리를 전달했다.

“이제부터, 오리온 무노와 뮤즈 라고크의 결혼식을 집행한다.”

긴장한 느낌의 무노 백작이 제단에 서서 결혼식 개시를 선언했다.

아무래도 시가 왕국에서는 영주가 목사의 역할을 하는 모양이군. 아마 귀족의 결혼식뿐이겠지만.

식장의 안쪽에 배치된 음악대가 아리사 감수의 웨딩마치를 연주했다.

“신랑, 오리온 무노 님. 입장.”

오리온 군이 하얀 예복을 입고 입장했다. 제단 앞에서 무노 백작에게 깊숙하게 고개숙여 인사한 다음, 식장에 온 사람들을 향해 인사를 했다. 긴장했는지, 오리온 군의 안색이 창백하군.

“신부, 뮤즈 라고크 공. 입장.”

—오옷.

소박한 맨 얼굴에 익숙한 탓인지, 화장을 한 뮤즈 양이 엄청나게 미인으로 보인다. 뭐, 실제로 용모가 단정하기는 하지. 공도 때도 이 정도로 화장을 했으면 입이 험한 귀족 영애들도 불평 못했을 텐데.

“뮤즈?”

오리온 군이 깜짝 놀라 넋이 나가 있었다.

눈을 떼지 못하는지, 버진로드를 나아가는 뮤즈 양을 응시하고 있었다. 그렇게 바라보면 뮤즈 양 얼굴에 구멍 뚫리겠는데?

"포치, 타마, 발치를 주의하세요. 베일을 밟아선 안 됩니다. 타마, 나이스입니다. 그대로, 그대로 똑바로."

리자가 필사적으로 베일을 잡고있는 타마와 포치를 지켜보았다.

긴장한 두 사람이 미스를 할 것 같을 때마다, 뛰쳐나갈 것 같았다.

식은 엄숙하게 진행되어, 신랑신부의 서약까지 진행됐다.

"신랑, 오리온 무노. 당신은 건강할 때도 병이 있을 때도, 기쁠 때도 슬플 때도, 풍요로울 때도 가난할 때도, 신부 뮤즈를 사랑하고, 지키고, 함께 살아가며, 영원히 진심을 다할 것을 맹세합니까?"

"맹세합니다."

교회식 결혼식이랑 같은 건가 했는데, 조금 다른 느낌이군.

뮤즈 양 때는 「사랑하고, 지키고, 함께 살아가며」가, 「사랑하고, 아이를 낳고, 함께 살아가며」로 바뀌었다.

목숨의 위험이 많은 세계라 그런지, 아이를 낳고 키우는 일이 중요한 거구나.

"맹세합니다."

뮤즈 양이 오리온 군을 올려다 보며 대답했다.

"그러면, 맹세의 입맞춤을."

오리온 군이 뮤즈 양의 베일을 들어올리고 마주보았다.

옆에서 마른침을 삼키는 소리가 들렸다. 아리사인가 했는데 루루였다. 떨어진 장소에 있는 카리나 양 쪽에서도 들렸지만, 정숙한 식장과 엿듣기 스킬의 조합 탓이겠지.

오리온 군과 뮤즈 양이 풋풋하게 입맞춤을 나누자, 옆에서 아리사가 「꺄~」 하고 작게 환성을 질렀다. 시선을 보내자, 아리사와 미아와 루루뿐 아니라 나나랑 리자까지 볼이 붉게 물들어 있었다.

이해된다. 아는 사람의 키스는 어쩐지 낯간지럽단 말이지.

카리나 양이 자기 입술을 손가락으로 살짝 누르고 있다. 어쩐지 섹시한 모습에 눈길을 빼앗기고 있는데, 갑자기 돌아본 카리나 양과 눈이 마주쳤다.

그녀는 순간적으로 물이 끓은 것처럼 얼굴이 새빨개져서 고개를 숙여 버렸다.

사랑스런 아제 씨가 없었다면, 무심코 프러포즈를 해버렸을 만큼 귀엽다.

"사토."

미아가 귀를 잡아당겨 시선을 앞으로 되돌렸다.

"무노 백작령, 영주 레온 무노의 이름으로, 오리온 무노와 뮤즈 라고크의 혼인이 맺어졌음을 선언한다—■■ 혼인(매리지)."

무노 백작의 선언에 이어 도시 핵 유래의 의식 마법을 발동하자, 뮤즈 양의 가문명이 무노로 바뀌었다.

"새로운 부부에게 신들과 왕조님의 축복 있으라!"

식장에 열석한 사람들이 우레 같은 박수를 신랑 신부에게 보냈다.

"신랑 신부, 퇴장."

박수와 음악이 배웅하며, 오리온 군과 뮤즈 양이 정답게 퇴장했다.

뮤즈 양이 턴할 때 타마와 포치가 이마를 부딪혀 넘어질뻔 했지만, 어떻게든 버티고 임무를 다했다. 귀엽지만 조금 철렁했군.

신랑 신부에 이어 무노 백작이 퇴장하자, 상석부터 순서대로 퇴장하게 됐다.

“마스터, 키스는 어떤 느낌인가요라고 묻습니다.”

“어른이 되면 알 수 있어.”

나나가 대답하기 어려운 질문을 하길래 얼버무렸다.

“키스를 해보고 싶다고 요청합니다.’

“안돼.”

“그래요. 안 돼요.”

내 입술을 보며 말하는 나나를 미아와 루루가 막았다.

“그래! 그건 아리사가 먼저야!”

아리사가 「쭈우~」 하면서 문어처럼 입술을 내밀길래, 머리를 손날로 톡 때려주었다. 다음은 미아가 혼내주겠지.

“주인님…….”

루루가 사랑에 빠진 소녀 같은 표정으로 나를 보았다.

응. 무심코 프러포즈를 할 것 같으니까 그런 표정은 그만두자.

“여러분, 부케 토스가 있으니, 이쪽으로 모여 주세요.”

“빠질 수 없지! 가자, 루루!”

“기다려, 아리사.”

아리사가 루루를 데리고 달려갔다.

“우응?”

“신부가 던지는 부케를 받으면, 다음 신부가 될 수 있다는 풍습? 기원 같은 거? 아무튼 그런 느낌으로 미혼 여성한테 대인기야.”

"모두 이해했다고 고합니다."

"갈래."

나나와 미아가 아리사 뒤를 따라갔다.

"리자도 다녀와."

"저는……."

망설이는 리자의 등을 밀어 부케 토스의 코너로 보냈다.

"그러면, 갑니다."

뮤즈 양이 뒤를 향해 부케를 던졌다.

완력이 없는 뮤즈 양의 부케는 거칠게 곳김을 뿜으며 가장 앞줄에서 기다리는 아리사나 메이드들의 손에 닿을 것 같았는데, 한 줄기 바람이 부케를 휘감아올려 가장 뒤에 있던 리자의 손에 쏙 떨어졌다.

"—어?"

받아 든 부케를 들고서, 리자의 움직임이 수상쩍어졌다.

"리자 씨, 축하해!"

아리사가 한 차례 분한 기색을 보인 다음, 누구보다도 먼저 리자에게 축복의 말을 했다.

"축하."

"나이스 캐치라고 축복합니다."

"축하해요, 리자 씨."

미아, 나나, 루루가 아리사에 이어 말하고, 메이드들과 참가자들이 박수와 축복의 말을 보냈다.

"축하해, 리자."

"네, 주인님."

리자가 말하고, 부케를 눈앞에 들며 살며시 미소를 지었다.

응. 평소의 늠름한 리자도 좋지만, 이렇게 소녀다운 리자도 좋구나.

폐광도시

"사토입니다. 게임이나 이야기에서는 강대한 마물이나 불행이 「봉인」되어 있어서, 스토리 진행과 함께 봉인이 풀리는 일이 흔히 있습니다. 그걸 본 친구가 「당시에는 봉인밖에 방법이 없었겠지만, 문제를 자손에게 미루는 건 관두면 좋겠어」라고 해서 무심코 동의해버렸습니다."

"보여~?"

소형 비공정으로 무노 시를 나서서, 2시간 정도 지나 브라이튼 시에 도착했다.

우리랑 같이 온 것은 무노 백작과 카리나 양과 메이드 두 사람이다. 적자인 오리온 군도 동행을 희망했지만, 니나 씨가 강하게 기각했다. 그도 따로 할 일이 많으니까.

"저게 브라이튼 시인가요? 생각보다 제대로 된 도시가 되어 있답니다?"

카리나 양이 상부 갑판으로 나와 브라이튼 시를 둘러보았다.

"작은 사람이 잔뜩 일하고 있는 거예요!"

"근면해~?"

포치와 타마도 카리나 양 옆에서, 난간으로 몸을 내밀어 도시를 내려다 보았다.

"절반 이상이 밭이라고 고합니다."

"응, 녹색."

"저건 가보 열매 밭이야."

나나와 미아에게, 무노 백작이 가르쳐 주었다.

도시 안의 밭은 구황 작물인 가보 열매를 심은 모양이군.

"으엑, 그 엄청 맛없는 열매~. 그거 루루나 주인님도 맛있게 못하는 거 아냐?"

"미안해, 아리사. 힘이 부족해서……."

"그런 식으로 말한 거 아냐. 그런 맛없는 걸 일부러 만들지 않아도 되지 않냐고 생각한 것뿐이지."

풀이 죽는 루루에게, 아리사가 서둘러서 커버했다.

"그건 그거대로 우수한 작물이야."

가보 열매는 데미 고블린이 좋아하기 때문에 벽으로 둘러싸인 장소에서만 재배할 수 있지만, 경지 면적당 수확량이 많으며 한 해에 여러 번 수확이 가능하고, 게다가 흙을 비옥하게 해주는 여러모로 좋은 성질이 있다.

엄청 맛없는 가보 열매는 당장의 식량으로 분배하고, 비축량이 일정량에 이르면 통상 작물로 전환한다고 했다.

그런 이야기를 하는 사이에도 소형 비공정은 태수 저택과 인접한 공항에 착륙했다.

"무노 백작님, 펜드래건 자작님, 카리나 님, 브라이튼 시에 잘 오셨습니다."

그렇게 말하며 우리를 맞이한 것은 무노 성에서 시녀로 일하며 예절을 배우고 있어야 할 리나 에므린 자작영애였다.

"어째서, 리나 씨가 여기에?"

"……저도 잘 모르겠어요."

내 물음에 리나 양이 쓴웃음을 지었다.

듣자하니, 니나 씨가 시찰하러 왔을 때 수행원으로 소르나 양과 함께 방문하여, 여러모로 돕는 사이에 적성을 인정받아서 어쩌다 보니 태수 대리로 임명되어버렸다고 한다.

일단, 니나 씨가 딱 붙어서 속성 교습을 했다고 한다.

"니나에게 리나 군이 참 우수하다고 들었어."

"그건, 저 같은 건 아직 멀었습니다."

무노 백작이 칭찬하자 리나 양이 황송해했다.

"보좌관이나 문관 분들이 우수한 거죠."

""그렇지 않습니다!""

리나 양이 주변 사람들을 추켜세워주자, 그녀 뒤에 있던 보좌관과 문관들이 일제히 부정하면서 입을 모아 그녀의 공적을 논했다. 아무래도 정말로 리나 양은 주변 사람들에게 의지가 되는 모양이군.

"아, 아이참, 그만하세요."

리나 양이 새빨개져서 벅차하길래, 나도 한마디 보태서 칭찬 세례를 중단시켰다.

그녀는 그들의 우수한 리더인 것과 동시에 사랑스런 마스코트 같은 포지션이기도 한 모양이다.

"그, 그보다도 오랜 여행으로 지치셨죠. 환대 준비가 되어 있으니, 부디 이쪽으로.”

리나 양이 말하고서 우리를 재촉했다.

“아니, 그 전에 사토 군의 태수 취임을 해치워버리지.”

“어? 벌써 하는 건가요?”

“그래. 니나가 틈을 주지 말고 신속하게 취임시키라고 입이 마르도록 말을 했거든.”

고개를 갸웃거리는 리나 양에게, 무노 백작이 뒷사정을 폭로했다.

내키지는 않지만, 태수로 취임하고서도 실무는 관료들이나 태수 대리— 리나 양에게 통째로 떠넘길 예정이니까 틈을 봐서 도망칠 정도는 아니다.

우리는 리나 양의 선도로 이제 막 생긴 태수관 의식의 방으로 갔다.

구조 자체는 무노 후작령 시절의 설계를 답습했지만, 건물 자체는 내가 쿠로로서 브라이트 시 주변의 마을들을 개척하는 김에 「집 제작」 마법으로 세웠다. 성에 비견되는 거대한 양관도 집 취급인 모양이야.

“■■ 태수 임명(어포인트 바이스로이).”

칭호 「태수: 브라이튼 시」를 얻었다.

나는 의식의 방에서 무노 백작에게 브라이튼 시의 태수로 임명됐다.

스테이터스 계급란의 소속 리스트에 「시가 왕국 무노 백작령

브라이튼 시」가 추가됐다.

"축하해, 사토 군."

"감사합니다, 무노 백작."

나는 무노 백작과 악수를 나누었다.

동료들과 카리나 양과 리나 양도 축복의 말을 해주었다.

"태수 대리! —아니, 백작님! 큰일입니다!"

온화한 분위기를 허둥지둥 달려온 문관의 외침이 지워버렸다.

"톳헬 문관, 무슨 일인가요?"

리나 양이 긴장한 표정으로 문관에게 물었다.

"코볼트들이! 코볼트의 군세가 나타났습니다!"

목 안쪽에서 쥐어 짜내는 문관의 목소리와 동시에, 나는 맵 검색으로 주변 상황을 파악했다.

군세라고는 했지만, 코볼트의 수는 200정도. 이미 산 하나 너머까지 와 있다. 발견이 늦은 이유는 가도를 안 지나고 산을 넘어왔기 때문인가 보군.

브라이튼 시 소속의 위병은 150명 정도 있지만, 대다수가 이민들을 개척 마을로 보내기 위해 도시를 나섰기에 지금은 30명 정도밖에 안 남았다.

"어, 어떻게 하면 될까요? 백작님."

"어떻게 해야 할까……?"

리나가 상담하자 무노 백작의 안색이 파래졌다.

"괜찮답니다! 코볼트 200명 정도는 저희들이 격퇴하겠답니다!"

"오우예스~?"

"네, 인 거예요! 포치도 함께인 거예요!"

멋진 표정으로 선언하는 카리나 양의 좌우에서 타마와 포치가 척 포즈를 취했다.

"아직 전투가 일어난다고 장담할 수는 없어요."

"그럼그럼. 이웃의 축하 방문일지도 몰라."

나와 아리사가 기합을 넣는 카리나 양을 타일렀다.

"그렇지만, 주인님. 코볼트들은 폐광도시를 불법으로 점거하여 세담 시의 은산을 빼앗으려고 밀려든 무리들이 아닙니까?"

리자가 엄격한 표정으로 말했다.

자신이 전쟁 피해자다 보니까, 침략 전쟁을 하는 상대가 싫은 모양이야.

"노, 리자. 첫 컨택트는 협조를 골라야 한다고 라이브러리에 있습니다.

"응. 대화 중요."

나나와 미아가 평화적 접촉을 주장했다.

나도 거기에 찬성이야.

"일단은 만나보죠."

무노 백작에게 제안하고, 코볼트들이 방문하는 문에서 그들의 도착을 기다리기로 했다.

◆

"마중, 수고한다!"

집단의 선두에 걸어나온 젊은 무사 분위기의 청년 코볼트가 잘난 태도와 어조로 우리에게 말을 걸었다.

코볼트는 조금 핏기가 없어 창백한 피부의 종족이다. 푹신푹신한 모피 외투를 몸에 걸치고, 개 머리 같은 리얼한 가면 같은 걸 쓰고 있다. 허리에 있는 개과의 꼬리는 진짜다.

"아무리 기다려도 인사를 하러 안 오니, 제일의 전사인 이 몸이 나섰다!"

청년 코볼트가 등에 지고 있는 대검을 칼집째로 풀어서, 턱하고 땅바닥에 꽂았다.

"처음 뵙는군, 코볼트 나리. 나는 무노 백작에게 이 땅의 태수로 임명된 사토 펜드래건 자작이라고 한다."

이런 방약무인한 타입에게 무작정 존댓말을 쓰면 자기가 「위」라고 판단을 해서 기어오르는 경향이 있으니, 나답지는 않지만 조금 오만한 어조를 의식해봤다.

"펜드래—."

"과실 베기 나리!"

청년 코볼트의 목소리를, 뒤에서 튀어나온 코볼트 소녀가 가로막았다.

후르츠 슬레이어 같은 게 된 기억은 없는— 생각났다. 카리나 양이랑 찾아간 숲 거인 마을에서 만난 소녀다.

"—과실 베기?"

"잊었는가! 이 분이 우리들에게 청정의 소재를 알려주신 검사 나리다!"

소녀가 말하자, 코볼트들 사이에 술렁거림이 흘렀다.

그때는 「미스릴을 찾는 산사를 만난 장소를 가르쳐줬다」는 것뿐이었을 텐데, 그녀에게는 「청정의 소재를 알려줬다」가 된 모양이군.

"공주님! 정말인가?!"

"그래. 검사 나리가 무노의 가신이었을 줄은 몰랐다만."

내가 만났던 소녀는 코볼트들의 공주님이었나 보군.

"이 분이 우리들에게 미래를 준 검사 나리인가!"

그러고 보니 청정은 코볼트들의 아이가 태어났을 때 필요하다고 했었지.

"청정의 검사 나리!"

"과실 베기 나리!"

기뻐하는 건 좋은데, 그 후르츠 슬레이어 같은 별명은 관두죠.

"진정하라!"

공주 코볼트가 다른 코볼트들에게 말을 한 다음에 내 앞으로 나섰다.

"검사 나리, 아니 펜드래건 경. 소생은 귀공에 대한 은혜를 잊지 않았다."

공주 코볼트가 내 앞에 한쪽 무릎을 꿇으니, 청년 코볼트를 비롯한 200명 정도의 코볼트들도 그에 따라 일제히 한쪽 무릎을 꿇었다.

"그런 귀공이 무노 백작을 섬긴다면, 우리들도 따르겠다."

코볼트들이 무노 백작의 산하에 들어온다는 건가?

꽤 중요한 이야기라고 생각하는데, 공주 코볼트의 결정은 절대적인지 아무도 반대의 말이나 태도를 드러내지 않았다. 그토록 잘난 듯 행동한 청년 코볼트마저도.

"무노 백작, 이렇게 말하고 있는데 어떻게 할까요?"

"받아들이지."

내 물음에, 나나를 호위 삼아 뒤에서 대기하던 무노 백작이 즉답했다.

집정관인 니나 씨랑 상담을 한 뒤에 결정할 줄 알았는데, 망설이는 낌새도 없군.

"니나에겐 나중에 말하겠네. 일단 자세한 이야기를 하지."

무노 백작의 제안으로 공주 코볼트와 청년 코볼트를 태수관에 초빙하고, 다른 자들은 성벽 안에 있는 광장에서 휴식을 취하도록 했다.

훗날 무장한 코볼트들을 성벽 안에 들인 일로 니나 씨에게 혼나게 됐지만, 이 시점에서는 그걸 지적해주는 사람이 없었다.

◆

공주 코볼트— 샤르살 공주와 회담을 하고, 무노 백작이 나서기 전에 일단 내가 대표로 폐광도시에 가서 공주 코볼트의 오빠인 씨족장에게 정식으로 순종 의사를 받기로 했다.

코볼트 입장에서 따르게 된 영주의 혈족이 없으면 곤란하니까, 무노 백작가를 대표해서 카리나 양도 동행한다. 물론 동료들이나 카리나 양의 메이드 두 사람도 함께다.

무노 백작은 먼저 무노 시에 돌아가서, 니나 씨와 정보 공유를 한다.

"이렇게 느긋한 여행도 오랜만이네~."

"네잉네잉~."

"사냥감이 잔뜩 있어서 즐거운 거예요!"

코볼트의 무장 병사 200명이 함께라 위험은 그들이 솔선해서 해치워주지만, 식사 때가 되면 타마와 포치 두 사람이 대열을 벗어나 멧돼지나 산새 같은 사냥감을 사냥해 돌아온다.

가끔 대형 마물까지 사냥해와서, 여행을 떠난 지 며칠 지난 무렵에는 코볼트들도 두 사람을 인정하게 되었다.

그건 요리 담당의 자리를 차지한 루루도 마찬가지라—.

"루루 님! 감자 껍질 벗기기 끝났습니다!"

"루루 님! 고기 처리 명령대로 했습니다!"

"루루 님! 다음은 뭘 하면 될까요!"

듬직한 코볼트들— 겉보기에는 상반신을 벗은 소년들이 루루 앞에서 꼬리를 흔들고 있었다. 루루가 만드는 식사의 맛이 어지간히도 충격적이었나 보군.

그런 즐거운 캠프 같은 여행을 며칠인가 만끽하는 사이에, 우리는 폐광도시에 도착했다.

"산을 둘러싸고 있구나."

"도시 뒤의 산들이 광산이 되어있다."

아리사의 의문에 공주 코볼트가 대답했다.

맵 정보에 따르면 도시와 인접한 산의 광맥은 이미 말랐고, 지금은 지하 깊숙한 곳에 갱도를 파고있는 모양이다.

"집합."

"마스터, 도시의 외문에 코볼트들이 모여있다고 보고합니다."

나나의 어깨에 올라탄 미아가 원견통으로 확인하고, 나나가 그것을 번역해서 가르쳐 주었다.

아마 공주 코볼트가 보낸 선발대의 이야기를 듣고 마중을 나온 모양이군.

—이라고 생각했는데, 어쩐지 삼엄하다.

"불온해~?"

"어쩐지 바이올린한 분위기인 거예요."

포치가 말을 잘못한 건 바이올런스겠지.

나나가 등에 지고있던 대형 방패를 내려, 후위진을 지키는 위치를 잡았다.

호위 메이드 에리나와 신입 아가씨는 카리나 양 뒤에 피난했다. 호위로서는 좀 그렇지 않은가 싶은 행동이지만, 카리나 양이 가진「라카의 수호」의 강인함을 생각하면 최선이라고 할 수 있었다.

"여동생이여! 우리들을 박해하여 심산으로 추방한 사악한 무노를 데리고 돌아온 것은 무슨 이유인가!"

공주 코볼트의 오빠로 보이는 코볼트가 대검을 뽑아 들고 이쪽으로 겨누었다.

숲 거인들도 그랬지만, 전 무노 후작 일족은 여러 방면으로 원한을 산 모양이군.

"형님! 이 분은 사악한 무노가 아니다! 우리들에게 청정을 가져다준 과실 베기의 검사 나리다!"

"흥, 견갑 과실을 한칼에 절단했다는 헛소리인가?"

견갑 과실은 잔뜩 벴는데, 헛소리 취급이네……. 아마 지금이라면 포치도 쓱싹 벨 수 있을 거야.

"헛소리가 아니다! 그리고 청정의 광맥은 형님도 봤을 거다!"

상황을 보니, 따르기로 결정한 건 공주 코볼트의 독단인 모양이군. 전권 위임을 받은 줄 알았는데 아니었나 보다.

"그러면, 결투다! 이 몸에게 그 무용을 보여라!"

오빠 코볼트가 공주 코볼트를 밀어내고, 청강의 대검을 나에게 겨누었다.

"주인님, 제가—."

리자가 그렇게 말했지만, 의심받는 건 내 과실 베기 같으니까 내가 해야겠지.

"아뇨. 제가 상대하겠답니다."

한 걸음 앞으로 나선 내 옆으로 카리나 양이 달려나가, 오빠 코볼트 앞에 섰다.

"여자 주제에 무슨 속셈인가! 물러나 있어라!"

"물러나지 않아요. 무노 백작가 차녀, 카리나 무노가 결투를 받아들이겠답니다!"

"네가 사악한 무노인가!"

"저와 예전 무노 후작하고는 혈연도 아무 관계도 없답니다!"

호통을 치는 오빠 코볼트에게, 카리나 양이 의연한 표정으로 부정했다.

거인의 마을에서 같은 말을 들었을 때는 슬퍼하기만 했던 그녀지만, 그것을 정면으로 부정할 만큼은 강해진 모양이군.

"그게 어쨌다는 건가! 여자가 싸움터에 나서지 마라! 약한 여자는 강한 남자 뒤에 숨어있어라!"

"뭐, 라, 고! 사타구니부터 태워줄까, 이 무식한 자식!"

오빠 코볼트의 여성 경시 발언에 아리사가 화를 냈다.

"족장 나리, 라고 하면 될까? 여성이라서 어쨌다는 겁니까? 카리나 님은 한 사람의 전사입니다. 그런 이유로 그녀를 업신여기는 것은 그만두시죠."

"이 여자가 전사라고?"

"적어도 당신보다는 강해요. 그녀에게 지는 것이 두렵다면, 이대로 설전을 계속할 겁니까?"

"잘도 혀를 놀리는구나, 애송이! 이 여자에게 주제를 가르친 다음, 네놈을 갈기갈기 찢어주마!"

오빠 코볼트가 카리나 양과 싸우는 걸 승낙했다.

"주인님, 카리나 님이 싸워도 돼?"

"괜찮아. 그녀한테 맡기자."

걱정스럽게 귓속말을 하는 아리사에게 대답했다.

내 과실 베기는, 나중에 견갑 과실을 베는 거라도 보여주면 되겠지.

그런 생각을 하는 사이에, 코볼트들이 원형으로 서서 문 앞 광장에 즉석 투기장이 만들어졌다.

"카리나, 힘내~."

"파이팅~인 거예요!"

타마와 포치가 가장 앞에서 카리나 양을 응원한다. 물론 우리도.

"맨손이라고? 나를 깔보는 거냐?"

"맨손이 아니랍니다! 저에게는 라카 씨가 있어요."

카리나 양이 말하자, 그녀의 손에 「라카의 수호」가 모여 적층장벽의 너클 가드를 만들었다. 꽤 재주 좋은 기술인걸.

"마법 도구인가— 좋다. 상대로서 상당히 부족하지만 헛소리 검사를 상대하기 전에 사악한 무노를 해치워주마."

오빠 코볼트가 「간다!」 하고 외치더니 돌격하여 결투가 시작됐다.

지 게인 류의 내리치기가 떠오르는 오빠 코볼트의 참격을, 카리나 양이 익숙한 움직임으로 받아 흘렸다.

"제법이군, 계집!"

"이 정도는 포치의 참격 속도에 못 미친답니다!"

"그러나, 이 기술을 견딜 수 있을까!"

오빠 코볼트가 베어 올리기로 시작되는 연속공격으로 카리나 양을 몰아붙였다.

"타마의 쌍검과 비교하면, 이 정도는!"

그러나 카리나 양은 모든 참격을 종이 한 장 차이로 피하고, 잽 같은 콤팩트한 타격으로 오빠 코볼트에게 대미지를 축적시켰다.

"에이잇! 안 듣는다!"

짜증을 내는 오빠 코볼트가 가로 베기로 카리나 양을 물리고, 거칠게 숨을 쉬며 노려보았다.

“벌써 숨이 차고 있답니다. 당신에게 『아침 마라톤』을 권하겠답니다.”

카리나 양도 호흡은 안정되어 있지만, 이마에 구슬땀이 맺혀 있었다.

“시끄럽다! 네놈이 강자인 것은 인정하지! 여자라고 얕본 것을 사과하마! 그러나, 승리하는 것은 바로 이 몸이다!”

오빠 코볼트가 청강 대검을 상단으로 겨누었다.

“보여주마. 우리 씨족의 오의—.”

마력의 흐름이 오빠 코볼트의 몸에서 대검으로 흘러 들어가, 마인을 형성했다.

“—영봉 청강(후지산 버스터) 베기!”

붉은 궤적의 잔상을 끌면서, 오빠 코볼트가 카리나 양을 일도 양단하고자 다가간다.

“라카 씨—.”

카리나 양의 부름과 동시에 손등을 뒤덮은 너클 가드가 거대화되더니, 작은 방패 사이즈가 되어 오빠 코볼트의 필살기와 격돌했다.

붉은 마인의 조각과 장벽의 하얀 파편이 흩어지고, 카리나 양의 발치 지면이 격투만화처럼 함몰됐다.

“—으윽!”

힘이 균형을 이룬 건 한순간. 카리나 양이 몸을 틀어 오빠 코볼트의 참격을 흘려냈다.

그리고 받아 흘린 기세 그대로 선회하여, 돌려차기로 오빠 코볼트의 측두부를 가격했다.
"우옷!"
오빠 코볼트는 아슬아슬하게 반응하여 그 일격을 회피했다.
그러나 거기까지였다. 카리나 양은 허공을 가른 차기를 무게추처럼 이용해서, 하늘에 떠오른 상태 그대로 반대쪽 다리로 자세가 무너진 오빠 코볼트의 머리를 걷어찼다.
"형니이이임!"
완전히 허를 찔린 형태가 된 오빠 코볼트가 빙글빙글 회전하며 날아가고, 관전하고 있던 코볼트들에게 격돌했다.
오빠 코볼트가 완전히 기절한 것을 AR표시가 가르쳐 주었다.
"이긴, 건가요?"
"예스~?"
"카리나의 대승리인 거예요!"
멍한 표정으로 호흡을 가다듬는 카리나 양 좌우에, 포치와 타마가 뛰어나와 승리를 축하했다.
"허어, 우리들의 족장님은 여자 따위에게 진 거냐?"
못난 소리를 하면서 끼어든 것은 덩치가 크고 근육질인 코볼트 남자들이었다.
"전사 자트사드! 소생의 형님을 우롱하는 것은 용납하지 않는다."
"샤르살 공주, 또 전사 흉내인가? 여자는 얼른 시집을 가서 아이라도 낳아라."
덩치 큰 코볼트가 허리에 검을 찬 공주 코볼트를 내려다보고, 현대 일본이었으면 문제가 됐을 여성 경시 발언을 했다.

"깬다~."

아리사가 옆에서 이렇게 말하며 기겁한 표정을 지었다.

"여자, 우리가 상대해주마. 여자가 전사에게 미치지 못하는 걸 가르쳐주지."

덩치 큰 코볼트들이 검을 뽑으면서 카리나 양에게 걸어간다. 위압감을 팍팍 내는군.

"주인님."

루루가 걱정스런 소리를 냈다.

"걱정 없습니다, 루루. 보세요."

리자의 시선 끝에, 포치와 타마가 의욕이 가득한 표정으로 걸어나갔다.

"카리나는 지쳤으니까 포치가 상대해주는 거예요."

"타마도 도와~?"

"뭐냐, 꼬마들. 방해된다."

두 사람을 잡스럽게 차려고 했던 덩치 큰 코볼트의 다리를, 타마가 스르륵 움직여서 피하고 던지기를 걸어버렸다.

"정정당당하게 승부인 거예요!"

포치가 카타나를 뽑아서 덩치 큰 코볼트들에게 달려갔다.

"쫄랑거리는 애송이들이!"

"포치는 애송이 아닌 거예요! 소녀인 거예요!"

포치는 이제 용서못한다는 것처럼, 커다란 코볼트들을 엉망으로 때려눕혔다.

그건 상대의 프라이드를 한 조각도 안 남기고 분쇄하는 일방적인 모습이었다.

"……괴, 굉장해."

"이 몸의 상대가 무노의 딸이라 다행이군……."

공주 코볼트와 오빠 코볼트가 끌어안고, 포치와 타마의 무쌍에 몸을 떨고 있었다.

뭐, 여러모로 충격적인 광경이니까.

"무노의 딸이여, 우리들 씨족의 코볼트는 강자를 따른다."

오빠 코볼트가 말하고, 순종의 포즈로 무노 백작령에 소속될 것을 승낙했다.

그리고 순종의 포즈가 배를 위로 드러눕는 개 같은 포즈라서, 웃음이 나오지 않도록 참기가 힘들었다.

◆

"이것이 씨족의 현재 상황이다."

우리들은 오빠 코볼트와 공주 코볼트의 안내를 받아 폐광도시를 살폈다.

농지는 메말랐고, 광산에서 약간의 은과 철이 나오는 정도. 씨족의 장로들 사이에서 폐광도시를 버리고 청정을 캘 수 있는 산에 새로운 취락을 만들어 이주해야 한다는 의견도 나오는 모양이다.

"하다못해 유망한 광맥이 있다면……."

한탄하는 오빠 코볼트의 말에 등을 떠밀려 맵 검색을 해봤다.

—있는걸.

현재의 광맥 너머, 두꺼운 암반 너머에 유망한 금 광맥이 있다. 그 밖에도 철, 주석, 구리, 아연 등의 광맥도 있다. 산 셋을 넘어가면 커런덤을 비롯한 보석의 광맥도 있군.

"그러고 보니 공주가 말했던 청정이라는 건 뭐에 쓰는 거야?"

한 바퀴 쭉 견학을 한 다음, 코볼트 아이들이 놀고 있는 것을 보면서 아리사가 말했다.

"아아, 그거라면 저기 있는 어린 아이들의—."

그걸 들은 공주 코볼트가, 개 가면을 쓴 아이들 쪽을 보았다.

—위기 감지.

머리 위에 작은 그림자가 드리웠다 싶더라니, 그림자가 순식간에 커지며 거대한 와이번이 소리도 없이 아이들 위에 급강하했다.

"위험해!"

카리나 양이 뛰쳐나가 아이들을 끌어안고 위기를 회피했다. 어느샌가 아이들과 와이번 사이에 끼어든 나나가 방패 공격(실드 배쉬)으로 와이번의 코끝을 때려 쫓아냈다.

비명을 지르며 날아오르려던 와이번은 스나이퍼 루루가 속사로 날개의 뿌리 부분을 저격하여 땅바닥에서 몸부림쳤다.

그곳에 달려간 아인 소녀들이 와이번에게 마무리를 지었다.

"괴, 굉장하군. 하늘의 악마를 저렇게 간단히……."

오빠 코볼트가 동료들의 솜씨에 감탄했다.

"아리사."

미아의 시선 끝에, 카리나 양의 팔에 안겨 개 가면이 벗겨진 아이들이 있었다.

"뭐— 아아, 혹시, 저게 청정?"

드러난 아이들의 이마에, 얇게 커팅된 파란 보석— 청정의 조각이 빛나고 있었다.

"네. 어린아이가 완전히 제어하지 못하는 잉여 마력을, 저 청정이 안전한 형태로 발산시켜줍니다."

더욱이 광독이나 독기 등에서 어린아이들을 지켜주는 힘도 있다고 한다.

"하늘의 악마에게서 아이들을 지켜주어 감사한다."

오빠 코볼트가 감사 인사를 했다.

"도시를 지키는 결계는 발동하지 않은 건가요?"

"놈들은 결계 밖에서 단숨에 급강하하기에 효과가 없다."

"그리고 도시의 힘은 모두 광산의 채굴에 쓰고 있다."

내 물음에, 공주 코볼트와 오빠 코볼트가 대답했다.

"놈들의 둥지를 몇 번인가 공격했지만, 깎아지른 절벽 위에 있어서 난공불락이다."

"그래요—."

동료들이 나를 보았다.

"여기까지 들었으면 못 본 척 할 수는 없네요."

내가 말하고 동료들을 보았다.

"맡겨주시라~?"

"포치는 마물 퇴치의 전문가인 거예요!"

"유생체의 안전은 제가 지킨다고 고합니다."

맵 정보에 따르면 와이번은 20마리 정도니까, 금방 사냥할 수 있을 거야.

◆

"무노의 딸이여, 여기가 그곳이다."

오빠 코볼트가 반쯤 광산에 박혀서 지어진 고성을 가리켰다.

폐광도시 아이들의 안전을 위해 와이번 사냥을 갔어야 했는데, 나랑 아리사, 그리고 카리나 양은 폐광도시에 남았다.

"긴 계단이랍니다."

"이 부근에서 건축 양식이 바뀌는군요."

지금은 안 쓰인다는 고성 안쪽에 있는 기나긴 계단을 내려갔다.

계단의 위쪽 절반은 시가 왕국의 건축 양식이었지만, 아래 절반은 오크 제국 시대의 건축 양식으로 바뀌어 있었다.

"보인다. 저것이 『시련의 문』이다."

계단 아래에 알현의 방처럼 천장이 괜히 높은 길쭉한 방이 있고, 그 가장 안쪽에 벽 한 면을 구성하는 거대한 문이 있었다.

"우리들이 400년 전에 사악한 무노에게 도시에서 쫓겨나기 전까지는, 강한 자가 오면 이 문을 만지는 것이 관습이었다."

오빠 코볼트가 문에 대해 알려주었다.

"만지면 어떻게 되는 건가요?"

"문이 열리고, 그 안에 봉인된 『재앙』을 토벌할 사명을 받게 된다고 하지."

카리나 양의 질문에 오빠 코볼트가 대답했다.

『족장 나리. 「사명을 받게 된다고 한다」라는 말이 전해지고 있다는 것은, 안쪽의 「재앙」에 도전한 자는 없는 것인가?』

카리나 양의 가슴팍에서 파란빛을 띠고있는 「지성이 있는 마법도구」 라카가, 오빠 코볼트에게 물었다.

"그래. 유감이지만, 이 몸도 포함하여 이 『시련의 문』을 만지고, 문을 열 수 있었던 자는 없다."

오빠 코볼트가 말하고 문에 양각된 그림을 올려다보았다.

그곳에는 추악한 괴물과 싸우는 오크가 그려져 있었다.

"시험해보라, 강한 무노의 딸이여."

"아, 알겠답니다."

오빠 코볼트가 권유하자, 카리나 양이 긴장한 표정으로 문에 다가갔다.

"카리나 님, 파이티이이이잉!"

"힘내요, 카리나 님!"

호위 메이드 에리나와 신입 아가씨가 카리나 양을 응원했다.

파이팅이 영어인 것은, 아마 포치랑 타마가 하는 말을 듣고 기억한 거겠지.

"가, 가겠답니다!"

응원을 받으면서, 카리나 양이 결심하고 문을 건드렸다.

다들 기대를 담은 눈으로 문을 보았다.

"……아무 일도, 안 일어난답니다."

아무래도, 이번에도 아무 일 안 일어나는 모양이군.

"자자, 주인님."

아리사가 연극 같은 태도로 나를 재촉했다.

"지금이야말로, 그 치트를 발휘해서—."

바보 같은 말을 하는 아리사의 머리에 꿀밤을 먹이는 포즈를 하고, 문에 손을 댔다.

"아무 일도 안 일어난답니다."

조금 기대는 했는데, 카리나 양 말처럼 「시험의 문」에 아무 변화도 없다.

—아니, 달라.

문이 아주 조금 움직였다.

"카리나 님, 힘을 조금 빌려주세요."

내가 그렇게 말하고, 문 아래쪽에 손가락을 넣어 카리나 양과 둘이서 단숨에 들어올렸다.

"말도 안 된다! 지금까지 아무도 움직이지 못했는데……."

나 한 명과 「이력의 손」이 60인분의 힘으로 아슬아슬하게 들 수 있을 정도의 초중량이니까 문을 만질 수 있는 수의 사람을 다 동원해도 움직이는 건 조금 무리겠지. 그야말로 성해동갑주나 동갑주를 입은 역전의 전사들이 필요하다.

이건 「봉인: 물리」였던 건가.

"주인님, 버팀목 끼웠으니까 이제 괜찮아."

아리사가 코볼트 남매와 협력하여 문을 고정해 주었다.

문 너머에 암흑 공간이 펼쳐지고 있었다.

"……뭔가 있을 법한 분위기네."

아리사가 불 마법으로 도깨비불 같은 조명구를 만들어 비추었다.

문 앞과 같은 공간이, 끝도 없이 이어지고 있었다.

다만 이쪽은 어둡고 청소도 되어 있지 않아서, 어쩐지 음울한 분위기였다.

"안쪽에 뭔가 있어요."

조명구가 안쪽에 있는 무언가를 비추기 직전에 소실됐다.

마법이 해제되어 사라진 게 아니라, 어둠 마법이나 그림자 마법이 만들어낸 절대암흑 공간에 뛰어든 것처럼 사라졌다.

"간다! 그것이 바로 『시험』일 거다."

오빠 코볼트가 자신만만하게 걸어 나갔다.

"알겠답니다!"

카리나 양까지 함께 나아가서, 방치할 수도 없으니 우리도 따라갔다.

『카리나 님, 주변 경계를 게을리하면 안 된다.』

"알고 있답니다, 라카 씨."

그 목소리에 겹치듯, 콰르륵 소리가 나며 사방팔방에서 뭔가가 공격해왔다. 사슬이다.

나는 아리사와 공주 코볼트를 끌어안고 사슬의 습격을 피했다. 비명을 지르며 도망치는 호위 메이드 에리나와 신입 아가씨가 조금 걱정되지만, 그녀들도 미궁에서 고레벨에 이른 전위니까 괜찮겠지.

"꺄아아아아."

비명에 시선을 돌리자, 여유 있게 피하고 있던 카리나 양이 기괴한 방식으로 얽혀서 공중에 매달려 있었다.

비율이 좋은 탓인지, 묘하게 섹시하군.

『카리나 님. ……스스로 얽히러 가면 어찌하나.』

라카가 기가 막힌 말을 해서 알았다.

사슬을 피하다 다른 사슬에 스스로 뛰어들어 얽혀버린 거구나.

"청강의 대검이 부러졌다고?"

사슬을 자르려던 오빠 코볼트의 검이 부러져 버렸다.

"위험하다! 형님!"

"크아아아아!"

오빠 코볼트가 사슬의 기습을 받아 날아가 버렸다.

"형님!"

공주 코볼트가 오빠의 곁으로 달려갔다.

"에리나! 이쪽으로!"

여기는 사슬이 닿지 않는 모양이라 메이드 둘을 불러들이고, 아리사의 호위란 명목으로 피난시킨 뒤 나는 그녀들 대신 카리나 양을 구하고자 달려갔다.

"—굉장해."

"자작님, 신체능력이 대체 어떻게 된 건가요……? 저 사슬 난무 속을 시원스런 표정으로 나아가고 있어요."

뒤에서 말을 잃는 에리나와 기겁하는 신입 아가씨의 목소리가 들렸다.

그렇게까지 쉬운 건 아니니까 너무 추켜세우지 말아주면 좋겠네.

"카리나 님, 금방 구해드릴게요."

"—사토."

요정검을 꺼내려다가, 중간에 마음을 고쳤다.

꽤 단단한 청강의 대검이 부러질 정도니까, 요정검의 날이 상할 가능성이 있다.

나는 옷 안쪽에서 스토리지의 용아 코팅 용조 단검을 꺼내 사슬을 절단했다.

카리나 양을 받아내고, 얼굴을 뒤덮은 너무나 부드러운 감촉에 의식을 빼앗기지 않도록 주의하며 그녀에게 얽힌 나머지 사슬을 떨쳐냈다.

『봉인박쇄를 가볍게 절단하는가…….』

카리나 양의 등뒤에 있는 어둠에서, 땅 밑으로 끌려갈 것 같은 소름 돋는 목소리가 들렸다.

내 품 안에서 카리나 양이 경직됐다. AR표시를 보니 공황 상태다. 아마도, 방금 그 목소리에 「공포」의 추가 효과가 있었겠지.

『사토 공, 적이다. 그것도 상당히 강하다.』

라카가 경고한다. 그는 「악의 간파」, 「강자 간파」 같은 능력이 있으니까.

나는 카리나 양을 끌어안고 뒤로 도약해 어둠에서 거리를 벌렸다. 덤으로 황금 갑옷에 도입한 정신공격 방어용 마법회로를 이용한 새빨간 스카프를 카리나 양의 목에 감아줬다. 어쩐지 전대물 히어로 같아 보인다.

공포를 조종한다면, 상대는 문에 그려진 언데드일 가능성이 높군. 그렇다면.

—정령광, 전개.

정령광으로 독기를 떨쳐내는 것과 동시에 아리사가 사용했던 조명구가 비추는 범위가 넓어졌다.

그 어둠은 너무 짙은 독기의 응어리였나 보군. 나는 못 느꼈지만, 미아가 있었다면 떨어진 장소에서도 바로 깨달았을 거야.

"……미이라?"

독기가 걷힌 어둠 속에, 못박힌 언데드 같은 모습이 보였다.

손발과 몸에 몇 줄기의 사슬이 감겨 있었고, 손발에는 심홍의 말뚝이 박혀 있었다.

"아니야! 저건 『불사의(리치) 마도사』야!"

아리사가 에리나가 중얼거린 말을 정정했다. 코의 형태나 조금 뾰족한 귀를 보니, 리치가 되기 전의 종족은 오크였나 보군.

동족이라 그런지, 어쩐지 모르게 「황금의 저왕」과 비슷한 용모다.

『큭큭큭. 오랜만의 제물이군!』

리치가 오크어를 말했다.

『오크가 어째서 이런 장소에 봉인되어 있지?』

『이 모습을 보면 알지 않느냐! 나는 금단의 영역에 손을 뻗어, 황금 폐하의 손으로 이 땅에 봉인됐다.』

내 물음에 리치가 흥분하여, 역겹다는 기색으로 자기 양손과 양발을 벽에 묶어놓은 심홍의 말뚝을 보았다.

—아니, 말뚝처럼 보인 것은 건틀렛과 그리브인 모양이군.

『오랜 봉인의 시간 동안 봉인박쇄 일부를 조종하게 되었지만, 아직도 이 수왕장구를 뽑아낼 수 없구나.』

수왕장구라는 것은 심홍의 건틀렛과 그리브를 말하는 거겠지.

『크아아!』

리치가 몸을 비틀자, 어둠 속에서 사슬이 촤르륵 울리며 공격해왔다.

"라카 씨!"

『—그래.』

스카프의 기능으로 공황 상태에서 벗어난 카리나 양이 「라카의 수호」로 모든 사슬을 받아냈다.

『동갑주와 같은 구형 장벽! 네놈들은 증오스러운 프루 제국의 앞잡이인가!』

이 리치는 프루 제국에 원한이 있나 보군.

성해거신도 그렇고, 멸망 직전의 프루 제국은 여기저기에 원한을 산 모양이야.

『프루 제국에게 앙갚음을 하기 위해서라면, 지금까지 모은 힘을 마음껏 휘둘러주마!』

리치가 고정되어 있는 사지를 절단하여 이를 부딪히면서 날아왔다.

"꺄아아아아아아—랍니다!"

카리나 양이 비명을 지르면서도, 반사적으로 리치의 측면에 카운터 돌려차기를 했다.

동시에 날아온 사슬 다발은 라카의 수호가 막아냈다.

『크카카카! 황금 폐하와 같은 기술을 쓰는가, 계집! 만에 하나, 본관을 이긴다면 봉인에 사용된 수왕장구를 가져가도록 해라!

폐하께서 포기하신 활인권을 추구해 보거라!』

“이 주먹으로 당신에게 평안한 죽음을.”

분위기를 죽이고 요정검으로 리치를 베고 싶었지만, 카리나 양이 의욕이 가득한 표정으로 말하길래 아리사 쪽을 호위하면서 카리나 양의 싸움을 지켜보기로 했다.

『사슬은 구형 장벽으로 막아내는가— 그러나, 그것의 결점은 이미 파악했다!』

리치가 보스 같은 말을 하면서 뿜어낸 사슬이 카리나 양을 지키는 구형 장벽의 한 곳을 무너뜨렸다.

“사슬로 연타해서 부수는 거구나…….”

“카리나 님! 어둠에 숨어서 뭔가 오고 있슴다!”

에리나가 외치는 소리에 반응한 카리나 양이, 구형 장벽의 구멍을 빠져 나온 어둠 마법의 탄환을 너클 가드 모양으로 만든 장벽으로 때려부수었다.

『그리 오는가! **프오레스**뿐 아니라 **복싱**의 기술까지 쓰는구나!』

리치가 뼈만 남은 턱을 덜컥거리며 외쳤다.

“혹시, 프로레슬링이랑 복싱이라고 말한 걸까?”

“그럴지도.”

황금의 저왕도 전생자였을 테니까, 격투가였을 가능성이 있다—는 아니려나. 나랑 싸울 때 격투기 같았던 건 베어허그 같은 조르기 공격뿐이었으니까.

『후음!』

리치의 어둠 마법과 사슬의 합체기를 카리나 양이 처리하고,

카리나 양의 발차기와 주먹을 리치가 사슬로 받아 흘린다.

일진일퇴의 아크로바틱한 공방이 펼쳐지고 있었다.

라카의 수호를 무너뜨리려는 리치의 수읽기 같은 기술에 카리나 양이 빠져서 조마조마한 장면도 있었지만, 카리나 양은 라카의 도움으로 어떻게든 호각 이상으로 싸우고 있었다.

"좋았어! 커다란 틈이 생겼어. 지금이야, 카리나 님!"

손에 땀을 쥐면서 아리사가 성원을 보냈다.

"—앵화백열섬!"

카리나 양이 연속으로 차기를 뿌리는 필살기를 리치에게 쏟아냈다.

"좋았어! 이제 차기의 속도가 음속을 넘으면 완성이야!"

아리사가 무모한 소리를 하네.

그러고 보니 명작 만화나 격투 게임에서 그런 기술이 있었지. 차기가 아니라 주먹이었던 것 같았지만.

『아가가가가— 그러한 기술 따위!』

카리나 양의 연속 차기를 얼굴에 맞아 말을 못하던 리치가, 몸을 실체에서 유체로 바꾸어 카리나 양의 차기를 피했다.

"—선풍산화!"

카리나 양은 연속 차기를 고집하지 않고 다음은 돌려차기로 사슬을 휘감아 리치를 땅바닥에 처박았다.

"유체인데 바닥을 빠져나가지 못하네?'

"봉인의 방이니까, 유체가 투과하지 못하는 구조가 아닐까?"

아리사와 대화하는 사이에도, 카리나 양의 스톰핑 기술이 이어지며 리치가 단말마의 비명을 질렀다.

『카리나 님, 마무리를.』

「알겠답니다, 라카 씨!」

카리나 양이 가까운 기둥 위에 올라가서, 천장을 차고 힘차게 낙하했다.

"카리나, 키이이이이이이이이이이이이이이익!"

붉은빛을 끌면서 유성 같은 기세로, 카리나 양이 리치에게 차기를 먹였다.

기세가 지나쳤는지 바로 아래의 바닥이 소리를 내며 부서지고 주변 바닥이 물결치듯 일그러졌다.

카리나 양이 당당한 표정으로 이쪽을 돌아보았다.

"카리나 님, 역시 대단하십다!"

"카리나 님, 멋져요!"

에리나와 신입 아가씨가 갈채를 보냈다.

―위기 감지.

"카리나 님! 아직 안 끝났어요!"

"―네?"

눈이 동그래진 카리나 양 뒤에, 손발을 다시 갖춘 리치의 모습이 떠올랐다.

『카리나 님, 뒤다!』

돌아본 카리나 양의 목을, 리치가 뼈의 손가락으로 붙잡아 올렸다.

『봉인의 방을 파괴하여 본관을 해방해주다니, 참으로 조심성

없는 사랑스런 계집이다. 답례로, 너도 부자유한 삶에서 해방시켜주마.』

"그건 사양하고 싶은데—."

나는 축지로 리치의 등뒤로 돌아가, 마인장검을 둘러 보호한 요정검으로 리치의 핵을 꿰뚫었다.

『—뭣이?』

"체크메이트야."

검은 재가 되어 흩어진 리치의 주검에서 카리나 양을 구출해, 옆구리에 끼고 안전권으로 벗어났다.

『크카카카, 검은 머리의 용사를 놓치고 있었다니, 크나큰 실수다. 계집이여, 좋은 사투……였도다…….』

말을 마치는 것과 동시에, 마지막까지 공중에 떠올라 있던 해골이 부서지며 흩어졌다.

◆

"정말로, 제가 받아도 되는 걸까요?"

카리나 양이 심홍의 건틀렛과 그리브를 품에 안고서 누구에게랄 것 없이 말했다.

"그것은 무노의 딸— 아니, 위대한 전사인 카리나 님이 받아 마땅하다."

"맞다. 소생도 형님에게 동의한다. 수왕장구는 대전사 카리나 님에게 걸맞다."

리치와 벌인 격전을 보고 카리나 양을 인정했는지, 오빠 코볼트와 공주 코볼트가 카리나 양에 대한 호칭을 「님」으로 바꾸었다.

"—사토."

"저도, 이 두 사람에게 동감입니다. 격투 장비인 것 같으니, 카리나 님에게 어울린다고 생각해요."

카리나 양이 돌아보길래 대답했다.

"그러면, 제가 쓰도록 하겠답니다."

"기다려 주세요."

얼른 건틀렛을 장비하려는 카리나 양을 막았다.

"어째서인가요?"

"제가 보니, 그 수왕장구는 저주를 받은 것 같습니다."

몇백 년 동안 리치의 원한을 받아서 상당히 위험한 레벨로 저주받았다.

"주인님도 무리야?"

"어느 정도는 풀 수 있지만, 끈질긴 얼룩처럼 저주가 달라붙어 있어."

나에게 귓속말하는 아리사에게 대답했다.

낡은 스웨터에 달라붙은 작은 털뭉치처럼 떼어내기 어렵다.

"장비하기 전에, 무노 시로 돌아가서 정화를 받도록 하죠."

카리나 양이 얼른 장비하고 싶은 기색이었지만, 라카도 말려서 마지못해 포기했다.

지상으로 돌아가자 동료들이 와이번 사냥에서 돌아왔고, 주변에 코볼트들이 몰려들어 있었다.

"어서오~."

"사냥감 잔뜩인 거예요!"

"주인님, 히드라 한 마리가 흘러 들어와서 함께 사냥했습니다."

아인 소녀들이 전과를 보고해 주었다.

"마스터, 유생체의 안전은 확보했다고 고합니다."

"응, 완벽."

아무래도, 와이번 사냥을 하는 김에 주변의 위협도 함께 제거한 모양이군.

일부 사냥감을 이미 루루와 코볼트 요리사들이 조리중이라길래, 우리는 금방 출발하지 않고 그날 밤은 히드라 고기를 사용한 코볼트들의 민속 요리로 연회를 벌였다.

통구이 요리가 많았고, 코볼트 전통의 걸쭉하고 달콤한 양념이 대단히 맛있었다. 뜻밖에 뒷맛이 좋아서 계속 먹을 수 있다. 그 탓인지 동료들도 코볼트들도, 고기를 너무 먹어 배를 끌어안으며 차례차례 다운됐다.

응. 뭐든지 적당한 게 제일이야.

급보

"사토입니다. 아침에 아무 일 없이 대화했던 지인이, 저녁에 사고로 죽었던 적이 있습니다. 인생은 한 치 앞이 어둠—이라고까지는 안 하지만, 무슨 일이 있어도 후회하지 않도록, 매일을 소중히 여기며 살아가고 싶습니다."

"세라, 의식을."

"네, 무녀장님."

결국 무노 시의 신전에서는 카리나 양의 수왕장구를 정화하지 못해서 공도의 테니온 신전까지 와서 정화를 받고 있었다.

무노 시에 돌아갈 때 드워프 자치령 보르에하르트 시에 들러서 오랜만에 도하루 노인들에게 기념품으로 술이나 안주를 전달할 생각이다.

그런 생각을 하는 사이에도 정화 의식이 진행되어 오래된 응어리 같은 수왕장구의 오염이 떨어져나갔다.

"테니온 님의 자비로운 빛이 가득 차, 이 무구를 더럽히고 있던 응어리가 불식되었습니다."

무녀장이 그렇게 말하고 카리나 양에게 덧없는 미소를 지었다.

청정한 공기와 빛 속에서, 수왕장구가 잘 연마된 심홍빛으로 반짝이고 있었다.

지금까지 빛바랜 느낌은 오래되어 지저분해진 게 아니라 저주의 응어리 탓이었나 보군.

"그건 그렇고, 전설의 수왕장구가 실재할 줄은 몰랐어요."

다른 방으로 이동한 다음, 무녀장이 수왕장구의 유래를 가르쳐 주었다.

본래는 「황금의 저왕」이 마왕화하기 전에 즐겨 쓰던 무구이며, 신화시대의 비보이기도 하다.

듣자니 몇 겹으로 봉인이 걸려 있어서, 수왕장구에게 사용자로서 인정을 받으면 단계적으로 봉인이 해방되어 숨겨진 진정한 힘이 발휘된다.

오크들의 고문서에 「저왕은 세 개의 봉인을 모두 풀어냈다」고 적혀 있다고 한다.

"으하, 끝내주는 기믹이 붙어있네! 가슴이 뜨거워져!"

이런 걸 좋아하는 아리사가 기염을 올리며 흥분했다.

"카리나 님! 꼭 완전히 봉인을 풀어줘!"

"네, 물론이랍니다! 저는 반드시 수왕장구를 사용해내겠어요!"

흥분한 카리나 양이 주먹을 쥐고 소파에서 일어섰다.

포치와 타마도 카리나 양 좌우에서 같은 포즈를 취했다.

"뉴?"

타마의 귀가 움찔 튀어 올랐다.

내 엿듣기 스킬이 실외의 소음을 포착했다.

동료들이 무슨 일인가 하여 나를 보았다.

벌컥 소리가 나며 문이 열렸다.

"있다! 사토, 나랑 같이 가자!"

방으로 뛰어들자마자 그렇게 말한 것은 선대 용사 하야토의 종자 린그란데 양이었다.

"언니, 너무나도 방약무인한 행—."

"—미안, 세라. 설교는 나중에 들을게."

예쁜 눈썹을 올리는 세라를 소홀히 대하면서, 린그란데 양이 내 손을 잡고 소파에서 끌어당겼다. 꽤 억지인 느낌이군.

"무슨 일이 있었나요?"

"요워크 왕국의 왕도에 마왕이 나타났어."

린그란데 양이 나에게 귓속말을 했다.

"사가 제국에서 급보가 왔어. 요워크 왕국의 왕도는 이미 괴멸 상태라고 해. 곧장 출발할 수 있는 상태였던 용사 두 명이 종자들과 파견됐다고 하지만—."

말을 머뭇거리는 린그란데 양이 하고자 하는 말은 이해한다.

마왕은 그리 쉽게 풀리지 않는 상대다. 설령 두 사람 있어도, 소환된 지 얼마 안 된 용사가 도전하기에는 무거운 짐이다.

"마왕이라고요?! 그런 싸움에 사토 씨를 끌어들이지 말아주세요!"

그걸 들은 세라가 린그란데 양에게 항의했다.

"미안, 세라. 위험한 건 알고 있어. 하지만, 경험자이면서 힘을 빌려줄 사람이 사토밖에 없어."

"용사 하야토 님이 계신다면 모를까, 너무나도 위험해요."

"세라 님, 괜찮습니다—."

나는 세라의 말을 막았다.

나를 위해서 자매의 골이 깊어지면 안 되니까.

"죄송합니다만, 저는 동행할 수 없어요."

대신 용사 나나시로 급행해서 퇴치할 테니까 용서해주면 좋겠다.

"어째서!"

"재상 각하께 마왕 토벌 등의 위험한 일에 고개를 들이밀지 말라는 명을 받았습니다."

배신자라고 말하는 것 같은 린그란데 양에게는 미안하지만, 사토로서 갈 수는 없다. 용사 하야토가 없는 상황에서 마왕을 상대로 봐주며 싸울 수 있다고 장담을 못하니까.

"미안해."

린그란데 양이 사과의 말을 했다.

그런 그녀가, 손을 뒤로 돌려 창을 활짝 열었다.

"우왓."

"우웅, 바람."

창에서 강풍이 들이쳤다.

그 너머에 비공정 같은 구조물이 보였다.

"미안해."

린그란데 양이 나를 끌어안고 사과의 말을 반복했다.

"미안하지만, 같이 가줘야겠어!"

나를 끌어안은 채, 린그란데 양이 등 뒤의 비공정에 뛰어 올랐다.

"""주인님!"""

"마스터!"

동료들이 차례차례 뛰어서 올라탔다.

"저도!"

"안됩다."

"그래요!"

올라타려는 카리나 양을 에리나와 신입 아가씨가 끌어안아 말렸다.

"언니! 저도 가겠어요!"

"안돼. 너는 레벨이 부족해. 마왕전에 데리고 갈 수는 없어."

세라의 바람을 린그란데 양이 거부했다.

"그런 건—."

세라가 더 말하기 전에 비공정이 고도를 올렸다.

"카리나 님! 잠깐, 기다……."

"우왓, 엉망이잖아요!"

아래쪽에서 에리나와 신입 아가씨의 비명이 들렸다.

맵 정보를 보니, 카리나 양이 비공정 아래쪽 구조물에 매달려 밀항을 한 모양이다.

이대로는 위험하니까. 「이력의 손」을 준비해서 카리나 양이 올라타는 걸 지켜보았다.

"무모한 짓을 하는구나."

"결코 걸림돌이 되지는 않는답니다."

린그란데 양이 기가 막힌 표정을 지었지만, 돌아갈 시간이 없다며 동행을 묵인했다.

◆

"억지로 끌고 와서 미안해."

장소를 옮겨서, 린그란데 양이 다시 한번 사과한 다음 자세한 내용을 말해주었다.

요워크 왕국은 선왕이 급사한 다음 지독한 내전 상태였기 때문에 마왕 발견이 늦었다고 한다.

"아직 다음 왕이 안 정해진 거야?"

"그런 것 같아. 밀정의 말로는, 어린 왕자를 옹립하려는 왕녀파의 귀족들과 선왕이 총애하던 점술사 뮤데란 여자가 미는 왕제가 왕위를 다투고 있다고 해."

"왕제? 요워크 왕에게 동생이 있었나?"

요워크 왕국 옆 나라인 쿠보크 왕국 출신 아리사가 고개를 갸웃거렸다.

"있었던 거 아닐까? 뭐, 그래서 전쟁 상태인 양자의 한가운데 마왕이 출현해서 광란 상태라고 해."

광란 상태— 패닉에 빠졌단 건가?

"마왕? 마왕이라니, 뭐야?"

옆 방의 문이 열리며 신이 들어왔다.

"비전투원을 놓고 오지 않은 건가요?"

"미안, 잊고 있었어."

아무래도 신은 공도에 두고 올 예정이었나 보다.

"거짓말이지? 리쿠 선배도 카이 선배도 없는데, 우리들만 마왕이 있는 나라에 간다는 거야?!"

"진정하렴, 신."

"이게 진정할 수 있는 일이야?!"

신이 패닉 상태다.

"루루 언니."

아리사가 제스처로 루루에게 대응을 부탁했다.

"진정해."

"어, 잠깐, 뭐, 뭐야?"

루루가 신을 부드럽게 허그한다— 그런 것처럼 보이지만 경동맥을 조여서 기절시켰다.

축 늘어져 기절한 신을 받쳐서 소파 하나에 눕혔다.

"고마워, 덕분에 살았어."

린그란데 양이 루루에게 감사 인사를 했다.

"하지만, 이 비공정으로 가면 안 늦어?"

사가 제국의 고속 비공정 같은데, 그래도 요워크 왕국은 멀다.

"평범하게 가면 늦지."

린그란데 양이 전성관을 열고, 「함장, 조금 무리를 할 거야」라고 말했다.

그녀가 가슴팍의 버튼을 풀더니, 가슴의 골에서 탈리스만을 꺼냈다.

"혹시, 신이 내린 부적(탈리스만)?"

"그래, 그거야."

린그란데 양이 한 번 눈을 감은 뒤, 의연한 표정으로 탈리스만을 진행방향으로 들었다.

"위대한 파리온 신이여! 내 바람과 수명을 양식 삼아, 나를 마왕에게 도전하는 새로운 용사의 곁으로 보내라! 나는 종자! 용사 하야토의 종자 린그란데!!"

기도와 비슷한 선서와 함께, 비공정이 급가속했다.

"주인님, 창! 창밖!"

창밖의 광경이 용사의 배 쥘 베른의 차원 잠행 때처럼 어두운 공간으로 변했다.

아무래도 탈리스만으로 파리온 신의 힘을 빌어, 요워크 왕국까지 단숨에 도약항행을 할 셈인가 보군.

"굉장하답니다! 이것이 용사의 종자가 가진 힘이군요!"

카리나 양이 감격한 표정으로 린그란데 양에게 말했다.

"기분 탓인지, 린까지 놀라고 있지 않아?"

"그래. 성공할지 아닐지 도박이었는걸."

그녀도 용사 하야토가 귀환한 뒤 탈리스만을 쓸 수 있을지는 알 수 없었나 보군.

"카리나 님. 이틈에 이걸 돌려드리겠습니다."

"이건—『마를 봉하는 방울』."

"네. 분명 마왕에게서 카리나 님의 몸을 지켜줄 겁니다."

내가 서방 소국으로 여행을 떠날 때 빌렸던 방울을 카리나 양에게 반납했다.

"—뉴."

"속도 저하라고 고합니다."

타마와 나나가 경고했다.

그와 동시에, 비공정이 어두운 색 공간에서 통상 공간으로 나왔다.

◆

"보고합니다. 본기는 요워크 왕국 상공에 도착했습니다."

전성관에서 함장의 목소리가 들렸다.

통상 공간으로 복귀한 비공정은 요워크 왕국의 왕성 상공을 패스하여, 커다란 원을 그리면서 왕도 상공을 선회했다.

"……심해."

"**에머젠**인 거예요!"

어둠의 불꽃에 가라앉은 왕도가 창밖으로 보였다.

성은 다 무너져 간다. 왕도의 거리도 반파되어 있고, 여기저기에 어둠의 불꽃이 타오르고 있었다.

"폭발~?"

"누가 싸우고 있는 거예요."

"여기저기서 전투가 벌어지고 있는 모양이군요."

아인 소녀들 말처럼 어둠 불꽃 사이로 평범한 불이나 폭발이 보이고, 그것이 왕도 여기저기서 일어나고 있었다. 맵 정보를 보니 요워크 왕국의 인간들끼리 다투고 있는 거군.

"혹시, 마왕이 나타났는데 내전을 계속하는 거야?"

"망국의 행보라고 비판합니다."

기가 막힌 표정으로 분노를 드러내며 말하는 아리사에게, 나나가 무표정하게 동의했다. 말을 들어보니 나나도 화가 난 모양이군.

"그보다, 마왕은?"

"왕성."

주변을 둘러본 린그란데 양에게, 미아가 한 마디로 답했다.

"근거는?"

"독기."

"왕성의 독기가 가장 짙은 모양입니다."

미아의 말을 보충했다.

"함장! 비공정을 왕성으로! ―이틈에 무장을 해둬."

린그란데 양이 전성관으로 외쳤다. 후반은 우리들에게 한 말이다.

그녀는 그대로 차가운 바람이 몰아치는 발코니로 나섰다.

"다들, 백은 장비로 갈아입어."

"흐흥. 이런 일도 있을 줄 알았지!"

아리사가 승리를 뽐내는 표정을 지었다. 그리고 스커트 안으로 손을 넣어서 미리 입어둔 갑옷 장착용 이너 자락을 잡더니 어깨까지 올리고 소매를 내렸다.

아무래도, 상무정신의 소양이 없었던 건 나랑 카리나 양뿐인가 보다.

카리나 양의 백은 갑옷에는 자동 장착 장치가 없으니까, 칸막이 너머에서 갈아입도록 했다. 나는 동료들 말고 다른 사람 시선이 없는 곳에서 빨리 갈아입기 스킬로 백은 갑옷과 방패 팔찌를 장착하고, 백은 장비를 자동 장착한 동료들을 데리고 린그란데 양을 따랐다.

"린그란데 님!"

"빠르네. 마왕이 왕성의 어디쯤 있는지 찾아줘."

독기시로는 성 전체가 독기에 잠겨 있어서 구별이 안 된다.

맵으로는 왕성의 중앙 근처에 광점이 있다.

"저기! 왕성의 무너진 벽 너머에, 파란빛이 보였어요."

루루가 가리켜서 가르쳐 주었다.

"저기로 다가가! 왕성의 윗부분! 벽이 크게 무너진 장소야!"

린그란데 양의 지시를 받은 비공정이 왕성으로 급속 접근하여, 벽이 무너진 장소에 거친 조선으로 측면을 붙였다.

린그란데 양에 이어서 성으로 뛰어들었다.

기사들이 따르려고 할 때, 등 뒤에서 폭발음이 들리고 비공정이 성에서 떨어졌다.

"아래쪽에서 공격받았다고 보고합니다."

왕성의 뜰이나 건물 뒤에서 다투고 있는 병사들이 보였다.

그들 중 누군가가 비공정을 공격한 거겠지.

"우리들만이라도 간다! 당신들은 비공정의 안전을 확보해!"

린그란데 양이 비공정을 향해 외쳤다.

아리사가 불 마법으로 조명을 만들고, 어두운 홀을 비추었다.

"마왕은 어디지? 없는데?'

흐트러진 홀에 어둠 불꽃이 타오르고 있을 뿐, 살아 있는 자는 아무도 없었다.

성이 흔들렸다. 어디선가 마왕이 날뛰는 모양이군.

나는 맵을 3D 표시로 바꾸었다.

"소리는 아래에서~?"

주위를 둘러보는 린그란데 양에게, 타마가 바닥에 귀를 대고서 대답했다.

조금 떨어진 바닥에 커다란 구멍이 뚫려 있었다. 빛이 흘러나온 곳일 테지만 칠흑의 불꽃이 뿜어져 올라오고 있어서 들어갈 수 없겠다.

"복도는 안되겠네."

린그란데 양이 복도를 들여다보고 고개를 옆으로 저었다.

"그러면, 그 구멍으로 가야겠군요."

리자가 구멍 아래를 들여다보고 말했다.

"타오르는 것은 바로 아래층과 마왕이 있는 것으로 보이는 최하층뿐입니다."

리자가 지시를 바라며 나를 보았다.

맵 정보를 보니, 전위진이라면 2단 점프 스킬로 감속하여 착륙할 수 있을 거야. 후위진은 내가 끌어안고 가면 되겠지.

"가자."

내가 GO사인을 보내자 아인 소녀들이 주저없이 뛰어들고, 미아를 끌어안은 나나가 뒤를 따랐다. 나는 루루와 아리사를 끌어안고 뒤를 따랐다.

어둠 불꽃이 타오르는 바로 아래층을 빠져나가자 시야가 트였다.

망원 스킬이 최하층에 있는 마왕을 확대해준다. 마왕은 구멍 바로 아래에 있었다. 안성맞춤으로, 무방비한 등을 드러내고 있었다.

"—리자."

나는 마왕의 등을 가리켰다.

"예."

리자가 마창 도우마를 아래로 던졌다.

붉은 궤적을 남기고, 마창이 붉은 광선처럼 똑바로 마왕의 등에 돌진했다. 마창은 붉고 검은 섬광과 불똥을 튀기며 마왕의 장벽을 파헤치고 그대로 마왕의 등에 박혔다. 본래 반 정도까지 줄어들어 있던 마왕의 체력 게이지가 더욱 줄었다.

—QWZGGGGGYN.

마왕의 비명이 들렸다.

"감속."

포치와 타마가 공보로 자잘하게 감속하고, 나나가 2단 점프의 요령으로 낙하 속도를 죽였다. 미아의 체중만큼 감속이 부족하길래, 「이력의 손」으로 나나의 감속을 도왔다.

"리자~?"

감속을 안 하는 리자를 보고 타마가 고개를 갸웃거렸다.

"지금!"

리자가 공보 스킬을 썼다.

감속을 하는 게 아니고, 더욱 가속한 것이다.

—설마.

내 예상이 맞아서, 리자가 한쪽 발로 마창의 후방에 착지했다.

충분히 가속한 리자의 낙하 에너지가 마창을 마왕의 등에 깊숙이 박아 넣었다.

그녀는 마왕의 등에 박힌 마창이 바로 위에 오는 타이밍을 재고 있었던 모양이군.

“거합발도! 마인돌(뱅퀴시 스트)—.”

낙하하는 와중에 포치가 좋은 생각 났다는 표정으로 돌진 필살기를 쓰려고 했지만, 마왕이 통증에서 벗어나려고 이동해 버린 탓에 불발로 그쳤다.

—QWZEEGGGGGN.

보라색의 빛을 띤 마왕이 포효하고, 난폭하게 팔을 선회시켜서 리자를 노렸다.

리자가 너무 깊숙하게 박힌 마창의 회수를 포기하고, 마왕의 등을 차서 회피했다.

“저게 마왕? 사진왕보다도 말랐는걸. 어쩐지 귀부인 같은 형태야.”

아리사 말처럼, 마왕은 칠흑의 드레스를 입은 귀부인 같은 이미지가 있는 신장 3미터 반의 이형이었다.

맵 정보에 따르면 「배덕비 코르세아느」라는 마왕이다. 유니크 스킬은 「어둠 불꽃 포옹(다크 플레어 엠브레이스)」 하나뿐이고, 전생자가 가진 「자기 확인(셀프 스테이터스)」이나 「기능 은폐(하이드 스킬)」 같은 선천성(기프트) 스킬은 안 보였다.

「사교」, 「무도」, 「음모」, 「위압」 같은 일반적인 스킬뿐이다. 이제 막 마왕이 됐는지 레벨은 51밖에 안 되고, 전투용 스킬도 없어서 유니크 스킬만 조심하면 고전하는 일은 없겠다.

—LYURYU.

포치의 가슴팍에 매달린 「용면 요람(드래곤 크레이들)」에서 하얀 어린 용 류류가 나왔다.

"류류인 거예요! 오늘은 마왕이 상대니까 주의하는 거예요!"

—LYURYU.

류류가 날카로운 소리로 울고, 포치의 어깨에 탔다.

전투생물인 용이라면 괜찮을 거라 생각하지만, 잘못해서 크게 다치지 않도록 주의해야겠다.

"사토, 피해!"

구멍 위에서 들린 린그란데 양의 목소리에, 우리가 백스텝으로 거리를 벌렸다.

"파열(퀵 버스트)!"

다음 순간 우리들이 있던 장소에 폭렬 마법이 작렬하고, 폭압으로 감속한 린그란데 양이 가뿐하게 착지했다.

"꺄아아아아아!"

이어서 카리나 양은 폭압에 희롱당해 비명을 지르며 넘어졌다.

물론 철벽인 「라카의 수호」가 있으니까, 그녀는 눈이 핑핑돌 뿐이지 상처는 하나도 없다.

"린그란데 교관?"

"으엑, 귀신 교관?!"

마왕 너머에서 젊은 목소리가 들렸다.

어둠 불꽃이 방해되어 잘 안 보이지만, 아마도 먼저 현장에 들어온 새로운 용사 두 사람이겠지.

맵 정보에 따르면, 새로운 용사의 종자들은 이미 과반수가 부상을 입어 전투불능이다. 나머지는 회복이나 지원을 쓸 수 있는 자들뿐이고, 전위는 거의 안 남았다. 상당히 위기군.

"린그란데 공! 우리들이 마왕의 분체를 처리하는 사이에 가로채는 것은 용납 못합니다!"

그렇게 외친 것은 몇 안 남은 전위 중 한 명이었다. 파리온 신국의 마굴에서 용사 하야토와 함께 마왕 토벌에 참가한 흑기사다.

"아저씨! 그런 말 할 때 아냐!"

"하모, 뤼켄 씨야. 일단 이 녀석들 쓰러뜨려야재."

용사 두 명이 흑기사를 타일렀다.

입은 험하지만 제정신이 박힌 용사인가 보군.

—QWZEEGGGGN.

보라색 빛을 띤 마왕이 포효하고, 거대한 어둠 불꽃이 셋 생겼다.

마왕의 유니크 스킬 「어둠 불꽃 포옹」이 만든 거겠지.

"마왕의 분체다! 조심해!"

"분체를 맡겠습니다! 용사님들은 마왕 본체를!"

"맡겨둬! 죽지 마라!"

큰형 같은 힘찬 목소리의 용사가, 즉답하여 내 제안을 받아 주었다.

린그란데 양도 하나를 맡으려 했지만, 그녀에겐 새로운 용사의 서포트를 부탁했다.

"어둠의 불꽃은 새까만 크로켓에 먹힌다고 고합니다!"

나나가 도발 스킬을 담은 외침으로 분체들을 끌어들였다.

분체의 레벨은 마왕 본체와 같아서, 다수를 담당시키면 나나라도 힘들겠군.

"너희들은 이쪽이다!"

나도 도발 스킬을 써서 분체 중에서 둘을 끌어들였다.

"카리나 님, 방울을!"

"알겠답니다!"

카리나 양이 「마를 봉하는 방울」을 흔들자 맑은 음색이 울리고, 마왕과 분체가 몸을 움츠렸다.

"나이스, 카리나 님."

"지원 감사라고 고합니다."

동료들이 분체와 싸우기 시작하는 것을 지켜보며 격납 가방에서 예비 마검을 꺼내 쌍검으로 분체의 공격을 처리했다. 어둠 불꽃의 탄환을 슈팅 게임처럼 뿌리는 건 귀찮지만, 쏘기 전에 움직임이 멈추기 때문에 그렇게까지 피하기 어렵지는 않았다. 바닥이 부서지거나, 부서진 천장이 떨어지는 게 더 귀찮군.

"나에게 투사무기는 안 통한다고 고합니다!"

동료들이 싸우는 분체의 어둠 불꽃 탄환은 나나가 마법 베기의 요령으로 요격한다.

나나가 맡은 분체를 동료들이 카리나 양과 협력해서 깎아낸다. 마창 도우마를 회수하지 못한 리자는 예비 마창 타우로스로 싸우는 모양이군.

"주인님, 대미지가 잘 안 들어가."

분체의 체력을 「능력 감정」으로 확인한 아리사가 말했다.

―LYURYU.

류류가 「용의 숨결」을 뿜었다.

성룡들과 비교하면 소소하지만, 그래도 마왕의 분체에 커다란 대미지를 주었다.

"오, 이제 대미지 잘 들어가! 과연 마족 특공이 있는 용이네!"

류류의 스테이터스를 보면 그런 특수능력은 없을 텐데, 결과를 보니 정말로 그런 효과가 있을 것 같군.

—QWZEEGGGGGN.

보라색 빛을 띤 마왕이 포효하고, 어둠 불꽃의 채찍을 만들어 휘두른다.

새로운 용사의 종자가 사용한 「마등」이 있어서 용사 사이드의 모습이 잘 보이고 있었다.

"젠장. 저 채찍이 너무 성가셔."

첫 번째 용사 리쿠가 채찍을 주먹으로 받아 흘리며 투덜거렸다.

붉게 물든 리젠트에서 옛 시절의 향취가 느껴지지만, 그가 찾아온 일본에서는 평범한 패션일지도 모르니 못난 말은 말자.

용사 하야토가 입고 있던 것과 비슷한 성스러운 갑옷을 입고 있지만, 성검으로 보이는 것은 없고 도수공권이다. 리젠트가 무너질지도 모르지만, 투구는 써야 한다고 생각한다.

"몸을 구속하는 건 될 것 같은디, 저 채찍은 멋대로 움직여가 어렵다."

채찍을 회피하면서, 또 한 명의 용사 카이가 리젠트 용사에게 대답했다.

금발로 물들인 머리칼과 실눈이 특징인 마르고 키가 큰 소년인데, 무기는 소검 사이즈의 성검을 쓴다. 방패는 없고, 리젠트 용사와 비슷한 갑옷을 입고 있었다.

투구는 일단 장비하고 있는데, 제대로 쓰진 않고 뒤통수 쪽에 걸쳐놨다. 극히 일부의 매너가 안 좋은 바이크 운전자가 하는 하프캡 헬멧 같은 취급이다. 투구도 헬멧도 머리를 지키는 중요한 물건이니까 제대로 써야 하는데.

"쓸데없는 소리 하지 말고 집중해!"

린그란데 양이 용사 두 사람을 질타했다.

"말이야 그라카도 이자슥 단단하다 안카나. 내 소성검은 안 통하고, 리쿠는 채찍이 방해되가 몬 다가간다."

실눈 용사가 현재 상황을 투덜거렸다.

리젠트 용사 쪽은 몇 번인가 무리하게 돌격을 했다가 어둠 불꽃의 채찍을 맞아 큰 대미지를 입었다.

종자들 사이에 있는 선대 용사 하야토의 종자인 여신관 로레이야가 미리 예측하고 영창을 끝내두지 않았으면 회복이 늦어 위험했을 거야.

"카이! 남자라면 징징거리지 마라."

"에~, 젠더 프리 시대에 기카는 건 낡았대이."

리젠트 용사가 실눈 용사의 반론을 무시하고 과감히 마왕에게 덤벼들었다.

주먹이나 소성검으로는 리치가 짧아 불리한 모양이군. 새로운 용사 두 명은 마왕의 공격을 회피하면서 찬스를 살피고, 린그란데 양이 「파열」을 여러 번 마왕에게 때려 박아 견제했다.

"용사님, 유니크 스킬이 끊어져 갑니다! 상대는 마왕! 힘을 아끼는 건 금물이오!"

"그걸 쓸 틈이 없다 안카나! 아재도 도와라!"

"어쩔 수 없구려."

리젠트 용사의 요청을 받은 흑기사가 거창한 동작으로 아이템 박스에서 뭔가를 꺼냈다.

"사가 제국의 최신 병기를 받아봐라!"

흑기사는 기사 주제에 검술이나 방패술이 아니라 마도 병기를 써서 마왕의 주의를 끌었다.

불꽃놀이를 묶어놓은 것 같은 아이템에서, 소구경의 화염탄이 차례차례 뿜어져 나갔다. 화염탄은 마왕의 몸에 닿기 직전에 사라지지만, 마왕은 전투에 익숙하질 않은지 양손으로 얼굴을 지키며 거창하게 회피행동을 취했다.

폭렬 마법처럼 폭발할 때까지 조짐이 적은 기술보다, 화려한 것이 효과적인 모양이군.

"후하하하, 사가 제국 제식검술— 가시 장미 포위(로즈 인클로저)."

흑기사의 필살기가 마왕을 묶었다.

움직임이 멈춘 마왕을 본 린그란데 양이, 영창이 긴 상급 공격 마법의 영창을 시작했다.

"절대불굴(기합을 넣어라)."

응원단이 연상되는 허리를 낮춘 포즈로, 리젠트 용사가 유니크 스킬을 썼다.

"무투유희(주먹으로 말해라)."

이어서 주먹을 교차시키는 포즈를 취하고, 공수도 자세 같은 동작으로 두 번째 유니크 스킬을 겹쳐 썼다.

기분 탓인지, 마왕의 어둠 불꽃 탓인지, 리젠트 용사의 몸에 흐르는 성광이 짙은 것 같아.

"칫…… 둘이 한계인가."

이마에 구슬땀이 맺힌 리젠트 용사가 파란 성광을 몸에 두르면서 주먹을 쥐었다.

지금 깨달았는데, 그의 건틀렛은 「성권」이라는 성스러운 무기인 모양이다. 카리나 양과 마음이 맞으려나.

"좋다 않나. 내는 아직 하나씩밖에 몬 쓴다—『순족천보(누구보다 빠르게)』."

실눈 용사의 몸을 파란 빛이 감싸고, 그 빛이 양 다리에 모였다.

"용사님! 아직인가!"

흑기사의 「가시 장미 포위」가 깨질 것 같다.

"뤼켄 아재가 한계라카이. 리쿠, 되긋나?"

"그래. 이제 좀 익숙해졌어."

실눈 용사가 사라지고, 리젠트 용사가 함성을 지르며 돌격했다.

"으오오오오오오오오오오오오!"

흑기사가 어둠 불꽃의 지근탄을 맞아 날아갔다.

죽지는 않은 모양인데, 마비 효과가 있는지 벽에서 움찔거리고 있다.

—QWZEEGGGGGN.

마왕이 파란빛을 끌면서 돌격하는 리젠트 용사를 향해 새로운 어둠 불꽃의 채찍을 휘둘렀다.

노리는 것은 리젠트 용사의 등이다.

"그래 몬한다!"

순간이동 같은 속도로 실눈 용사가 끼어들어, 어둠 불꽃의 채찍을 소성검으로 받아 흘렸다.

"땡큐, 카이."

"헤헹. 리쿠의 등을 지키는 게 내 역할이라 안카나."

—QWZEEGGGGGN.

마왕이 짜증 내듯 포효를 하면서 반대쪽 손으로 안쪽 깊숙하게 접근한 리젠트 용사를 쓸어버리려 했다.

—그럼 안 되지.

나는 분체의 공격을 흘려내면서 잔해를 날려 마왕의 머리를 때렸다.

—QWZEEGGGGGN.

마왕은 내 공격으로 상반신이 흔들리면서도 팔을 휘둘렀다. 다행히 리젠트 용사의 머리가 날아가 버리는 비극은 회피했다.

리젠트 용사는 붉은 머리칼을 뿌리면서도, 마왕의 품에서 주먹을 한껏 휘둘렀다.

"오라오라오라오라오라아아아아!"

어떤 만화에서 본 것 같은 연속 펀치를 쏟아냈다.

필살기는 발동하지 않은 것 같은데, 그런 것치고 마왕의 체력 게이지가 쭉쭉 깎인다.

—QWZEEGGGGGN.

마왕은 비명을 지르면서도 양팔을 리젠트 용사에게 휘둘렀다.

"그래 몬한다!"

실눈 용사가 성검을 든 것과 반대쪽 손으로 피아노 선 다발 같은 것을 「무한수납」에서 꺼냈다.

"—신사자재(실은 최강)!"

실눈 용사의 몸을 감싼 파란 빛이 실을 감쌌다.

"가라!"

파란빛을 띤 실이 생물처럼 움직여 마왕의 양팔과 가까운 기둥에 얽혔다.

마왕의 힘을 견디지 못하고 기둥이 부러질 것 같지만, 잠깐 구속할 수 있으면 충분하겠지.

"■■■■……."

그리고, 이제 곧 린그란데 양의 영창이 끝날 것 같다.

"주인님, 분체를 하나 쓰러뜨렸어. 다음 넘겨줘."

"알았어. 이쪽은 맡긴다."

타이밍 좋게 동료들이 분체를 쓰러뜨린 모양이군. 하나는 그녀들에게 맡기고 다른 하나를 쓱싹 처리하고서 본체 쪽으로 달려갔다.

새치기를 하는 거라 생각했는지 용사들의 험악한 시선이 나를 향하지만, 그럴 마음은 없으니 안심하세요.

나는 마왕의 어둠 불꽃 채찍과 탄환을 피하면서 마왕의 등에 올라탔다.

"영창이 끝났어! 떨어져!"

아슬아슬하지만 안 늦었군.

나는 마왕의 등에서 리자의 마창 도우마를 뽑아 이탈했다.

체인 익스플로전
"연쇄 폭렬!"

새로운 용사들의 연속 공격으로 장벽을 잃은 마왕의 몸에, 린그란데 양이 뿜어낸 상급 폭렬 마법이 직격했다.

어마어마한 연속 폭발에 귀가 아프군.

날아오는 잔해나 자갈을 방패 팔찌의 장벽으로 받아 흘리고, 흙먼지에서 눈과 코를 지키며 동료들 곁으로 돌아갔다.

"귀신 교관의 마법은 여전히 징글징글하대이."

"정말 그래."

새로운 용사 두 사람이 맥 빠진 발언을 했다.

『용사 나리! 아직 적은 건재하다!』

카리나 양의 가슴에서 라카가 외쳤다.

거의 같은 타이밍에, 흙먼지를 돌파하며 만신창이인 마왕이 나타났다.

이 사태를 예상하지 못 했는지 용사들의 반응이 늦었다.

카리나 양이 전투를 하고 있는 분체 옆을 전력으로 달려서, 그 너머에 있는 마왕에게—.

"카리나 키이이이이이이익이랍니다!"

카리나 양의 공격은 회피해 버렸지만, 용사들이 기습에 대응할 시간이 생겼다.

"오라오라오라오라아아아아!"

"이걸로— 마무리래이!"

리젠트 용사와 실눈 용사가 성권의 연타와 소성검의 찌르기를 마왕에게 때려 박았다.

—QWZEEGGGGGN.

마왕이 단말마를 지르고, 온몸에서 검은 안개를 발산하더니 미이라처럼 말라갔다.

“이번에야말로 쓰러뜨린 모양이군.”

“글타. 레벨도 1 올랐고, 경험치도 늘었대이.”

용사들이 자신의 스테이터스를 확인하면서 한숨 돌렸다.

“돌아가고 싶어한 꼬맹이들에게 미안한 짓을 했다.”

리젠트 용사가 조용히 말했다.

꼬맹이들이라면, 신과 그의 클래스메이트들이겠지.

“후후. 이 흑기사의 무용이 있으면, 마왕 따위 별 것 아니지!”

마비에서 회복된 흑기사가 잘난 듯이 승리를 뽐냈다.

용사 두 사람은 흑기사의 태도에 기가 막히면서도, 그의 공헌은 인정하는 모양이다.

“당신들, 움직일 수 있는 자는 위치를 잡아. 다음은 우리들 종자가 나설 차례야.”

린그란데 양에게 지시를 받은 용사의 종자들이 탈리스만을 들고 마왕의 시체를 둘러쌌다. 아마도 「신의 파편」을 처분하기 위한 준비겠지.

“주인님, 수고했어.”

아리사가 이쪽으로 다가왔다.

“또 하나의 분체도 정리한 모양이구나.”

“마왕이 쓰러질 때 사라져 버렸어.”

아리사가 어깨를 으쓱거렸다.

"리자, 이거."

"주인님, 번거롭게 해드려 죄송합니다."

마왕의 등에서 회수한 마창 도우마를 리자에게 건넸다.

"리자 씨, 그럴 때는 『고마워』라고 하는 게 주인님도 기쁠 거야."

"그런 걸까요?"

리자에게 고개를 끄덕이자, 조금 주저하면서 「고맙습니다, 주인님」이라고 말하며 창피한 듯 눈을 깔았다. 꽤 드문 모습이군. 이런 나이에 걸맞은 태도의 리자도 귀여워서 좋아.

"—이상한걸."

엿듣기 스킬이 린그란데 양이 중얼거리는 소리를 포착했다.

"사진왕 때와 달리, 보라색 빛이 나타나질 않는군요."

나도 「신의 파편」이 나타나지 않는 게 신경 쓰여서, 린그란데 양에게 말을 걸었다.

"그러네. 마왕을 토벌하면 반드시 나타날 텐데……."

마왕의 시체는 토벌 뒤에 서서히 줄어들어 지금은 인간족 여성 사이즈가 되었고, 얼굴도 무기질적인 이형의 얼굴에서 마왕화 전의 모습으로 돌아오고 있었다.

"—어라?"

로그의 토벌 정보가 「마왕(위왕): 배덕비 코르세아느」라고 되어 있었다.

시체의 정보는 「코르세아느의 유해」라 되어있고 칭호 정보가 사라진 터라 정확하진 않지만, 전투 전에 봤을 때는 (위왕) 같은 것은 없이 「마왕」의 칭호만 가지고 있었을 텐데.

"왜 그래? 사토."

"아뇨, 사진왕 때는 시체가 남지 않았던 기억이 있어서 신기하다고 생각했습니다."

"그러고 보니, 그러네……. 로레이야, 뭔가 알겠어?"

린그란데 양이 말을 건 동료가 고개를 옆으로 저었다.

코르세아느란 이름이나 마왕의 칭호로 맵 검색을 해봤지만 아무것도 안 나온다. 분체의 토벌 로그를 재확인해도 쓰러뜨린 것이 「위왕의 분체」라고 되어 있으니, 토벌 직전에 진짜와 교체한 건 아닌 것 같다.

"주인님."

아리사가 확인하러 왔길래, 위왕의 칭호를 아리사에게 귓속말로 알려줬다.

정보 공유를 하고 있는데, 휴식하고 있던 용사 둘이 다가왔다.

"무슨 일이고?"

"무슨 말들을 하고 있어?"

린그란데 양이 두 사람에게 상황을 설명했다.

"—마왕이 아니었, 다고?"

설명을 들은 리젠트 용사가 눈썹을 치켜 올렸다.

"기다리래이, 리쿠. 참말이다. 우리들 칭호가 안 바꼈다."

실눈 용사가 린그란데 양에게 불평하려고 하는 리젠트 용사를 제지했다.

"마왕을 쓰러뜨리면 『진정한 용사』가 되는 거였던가?"

리젠트 용사는 아직도 믿을 수 없는 모양이지만, 칭호 건과 마왕 토벌 뒤에 있는 파리온 신의 귀환 오퍼가 없는 것으로 마지못해 미토벌의 사실을 받아들였다.

◆

"용사님! 드디어 악역무도한 마왕을 토벌한 거군요!"

끈적한 느낌의 아양 떠는 목소리와 함께, 노출과다의 옷을 입고 화장이 두꺼운 거유미녀를 선두로 한 집단이 나타났다.

두꺼운 화장 뒤에는 근육의 주장이 격렬한거한이 눈을 부릅뜨고 있었다. 그 뒤에는 체격이 제각각인 병사들이 지키는, 메이드에게 매달려 겁먹은 어린 소년이 있어서 이 장소와 동떨어진 느낌이었다.

"멈춰. 당신들은 누구지?"

린그란데 양이 마검을 뽑아 들고 용사들을 지키듯 앞에 섰다.

"저는 요워크 왕국의 정통 후계자인 에시레서키스 왕제 전하의 후견인, 선왕의 신뢰가 두터운 점술사 뮤데라고 합니다."

—생각났다.

선왕 우사르서키스 17세와 면회했을 때 그녀를 만난 적이 있어.

분명히 「환도원」이라는 조직에 소속된 정신 마법사인 마녀 뮤데다. 같은 마녀라도 티아 씨나 「환상의 숲」에 사는 늙은 마녀와 딴판이군.

"무릎을 꿇어라! 서자라 해도 차기 국왕 폐하의 앞이다!"

거한이 큰 목소리로 드러내면서 위협했다.

이 거한은 마인약을 복용하는지 「마신 부여」 상태였다. 뒤에 있는 병사들도 마찬가지. 얼굴이나 팔에 문신을 새겨 숨기고 있지만, 몸의 일부가 마인약 상습 복용으로 변질된 모양이군.

거한도 병사들도 제대로 된 인생을 걸은 게 아닌지, 스테이터스에 무거운 죄목이 여러 개 있었다.

"그만두세요, 기기라. 상대는 용사님과 종자들입니다."

AR표시에 따르면, 이 기기라라는 거한은 뮤데의 동생이면서 에시레서키스 왕제의 **아버지**다. 참고로 왕제의 모친은 뮤데니까 그는 선왕과 아무런 인연이 없다.

—아니, 그보다도.

뮤데와 기기라에게 **유니크 스킬이 있다**.

그것도 같은 「임기응변(플렉서블 스킬)」이라는 유니크 스킬이다.

전생자가 가지고 있어야 할 「자기 확인」이나 「기능 은폐」 같은 선천성 스킬이 안 보인다. **방금 전의 위왕과 마찬가지로**.

"그게 마왕의 시체인가요?'

뮤데가 막아서는 린그란데 양을 무시하고 위왕의 시체 쪽으로 발길을 옮겼다.

뮤데가 기기라에게 신호를 보내 엎드려 쓰러진 시체를 걷어차 뒤집고, 시체의 얼굴을 들여다 보았다.

"어머나! 이런 일이!"

뮤데가 연극처럼 과장된 표정으로 놀랐다.

"이 얼굴은 틀림없이 코르세아느 왕비! 마왕화해서까지 자신의 아이를 왕위에 앉히려 하다니!"

"그건 놀랍구만! 설마 왕비가 마왕이었다니, 놀랄 일이야!"

반응이 옅은 용사 일행을 부추기듯, 기기라가 일부러 놀란 척을 했다.

"이토록 사악하다니! 여러분도 그리 생각하지 않으시나요?"

뮤데가 용사 일행에게 보라색 빛을 띤 눈길을 보냈다.

오싹한 감촉에 위화감을 느끼고 로그를 확인하자, 「매료」를 레지스트했다고 나왔다.

"그래, 사악하군."

"마왕이니까요."

새로운 용사의 종자들이 매료되었군.

카리나 양이 걱정되어 돌아봤지만, 폐광도시 지하에서 선물한 정신 공격 대항 스카프를 두르고 있어서 별 탈 없는 모양이다.

"당신. 지금 그건, 선전포고라고 받아들여도 되겠지?"

"미인계라면 더 정면으로 왔으면 좋겠군."

린그란데 양과 흑기사가 나란히 뮤데 일행을 위압했다.

아무래도 린그란데 양과 흑기사는 매료당하지 않은 모양이다. 새로운 용사는 이해를 못한 기색이지만, AR표시의 상태를 보면 매료의 영향은 안 받았다.

"……그럴 마음은 없습니다."

뮤데는 매료되지 않은 린그란데 양 일행과 새로운 용사 두 명을 불만스럽게 본 다음, 미안하다는 표정을 만들고 말을 이었다.

"저의 마안은 언제나 주위에 영향을 주고 있어서, 제 의지로는 제어할 수 없습니다. 효과는 약하니 용사의 종자님들이라면, 금방 해제되겠지요."

뮤데는 매료의 패시브 스킬을 제어할 수 없다고 얼버무렸다. 빤히 보이는 변명이군.

린그란데 양이 더욱 추궁을 해도 이리저리 피해서 잘도 도망친다.

노려보는 린그란데 양의 뒤에서 신관 로레이야가 신성 마법으로 매료를 해제했다.

"이걸로 괜찮아요~ 추가 효과로~ 당분간 매료는 안 당하니까~ 안전해요~."

로레이야가 나긋한 표정 그대로 뮤데를 견제했다.

매료가 해제된 신참 종자들이 홀린 것 같은 표정을 지었다.

"정말이지, 신이 내린 탈리스만이 있는데 레지스트에 실패하지 마."

린그란데 양이 투덜대고, 신참 종자들을 뒤로 물렸다.

"주인님, 깨달았어? 저 뮤데란 여자랑 뒤에 있는 거한의 스킬."

뒤에서 귓속말을 하는 아리사의 말에 수긍하고, 뮤데 일행의 유니크 스킬 건을 작은 소리로 공유했다.

"있지, 잠깐 괜찮을까?"

아리사가 뮤데 앞으로 나섰다.

"이 꼬맹이는 뭐냐?"

"어째서 유니크 스킬이 있어?"

아리사가 거한 기기라를 무시하고 뮤데에게 직구로 물었다.

"무슨 소리인가요?"

뮤데가 시치미를 뗐다.

"인식 저해의 마법 도구를 여러 개 장착하고 있지만, 용사님의 감정은 인식 저해로 방해 못 한다는 걸 몰랐구나?"

아리사가 힐끔 새로운 용사 두 사람을 보며 말했다.

"……태어났을 때부터 있었어."

"거짓말이네. 전에 봤을 때는 없었어."

"무슨……."

아리사가 말하고, 가발 아래의 보라색 머리칼을 보였다.

"오랜만이야. 환도원의 마녀 뮤데."

"꺼림칙한 머리색의 어린 아이…… 그래, 살아있었구나. 망국의 마녀— 아리사 왕녀."

뮤데가 짜증난 표정으로 아리사를 내려다 보았다.

"그래서, 왜 유니크 스킬이 생겼어?"

"엉? 유니크 스킬은 나중에 못 더한다고, 사가 제국의 높은 신관이 말했었는데."

뒤에서 린그란데 양 일행의 추이를 지켜보던 리젠트 용사가 지원 사격을 날렸다.

"전에는 숨기고 있었습니다."

"거짓말이네. 나랑 용사님들의 감정은 얼버무릴 수 없어."

뮤데는 얼버무리려 했지만, 아리사의 추궁은 멈추지 않는다.

"우후후, 세상은 넓어. 신의 이름을 가진 비보가 있거든."

혹시, 도신의 장신구나 마신의 손자국 말인가?

“또 거짓말이야? 그런 게 있다면 어째서 지금은 장착하지 않았어?”

“빌린 분에게 돌려드렸으니까.”

“누구한테 빌렸는데?”

“우후후.”

아리사가 추궁해도, 뮤데는 특수 아이템이나 빌린 상대의 이름에 대해서 웃음으로 얼버무리며 대답하지 않았다.

“뭐, 좋아.”

더 이상 말하지 않을 거라 생각했는지, 아리사가 어깨를 으쓱거리고 표적을 바꾸었다.

“그래서— 저 남자한테도 유니크 스킬이 있는 이유는?”

아리사가 거한의 기기라를 보며 말했다.

“기기라는 내 동생. 나랑 똑같이, 어린 시절부터 유니크 스킬이 있었어.”

뮤데는 망설임 없이 고했다.

“흐~응. 그러면 코르세아느 왕비도 남매였어?”

“뭐? 그런 할망구랑 남매일 리가—.”

“—기기라!”

기기라의 실언을 뮤데가 제지했다.

아니, 실언은 뮤데 쪽이군. 코르세아느 왕비의 유니크 스킬과 뮤데 남매의 유니크 스킬이 관계가 있다고 자백한 거나 마찬가지라고 할 수 있었다.

“얼마간 머무르는 게 좋을 것 같네.”

린그란데 양이 탄식하며 말했다.

"용사님은 바쁘지 않나요? 마왕을 퇴치했다면 무리해서 머무르지 않으셔도 됩니다. 나라에서 마왕 토벌의 식전도 하셔야죠?"

뮤데는 웃으며 국외 철수를 재촉했다.

"뉴?"

타마가 뮤데 일행이 들어온 통로에 시선을 돌렸다.

엿듣기 스킬이 말다툼하는 소란을 포착했다. 짧은 전투 소리가 난 다음, 다수의 기사들을 데리고 소녀와 소년이 들어왔다.

고교생쯤으로 보이는 소녀와 초등학교 저학년 정도의 어린 소년인데, 위왕의 시체를 보자마자 「어머님!」이라고 외치며 매달렸다. AR표시에 따르면 소녀와 소년은 요워크 왕국의 케라사우네 왕녀와 헤르소크스 왕자다. 뮤데가 데리고 있는 어린아이와 달리, 선왕 우사르서키스 17세의 친자가 틀림없다.

"네가 어머님을 죽였구나! 마녀 뮤데!"

왕녀가 뮤데를 규탄했다.

"어머나, 당신은 인정하는 거군요? 그 시체가 코르세아느 왕비의 것이라는 걸?"

"시체라고?! 어머님의 유해를 그런 식으로 말하는 건 용서 못 합니다!"

왕녀가 뮤데의 함정에 빠졌다.

"여러분, 들으셨나요? 왕녀가 인정했답니다! 왕도를 어둠의 불꽃으로 불태운 마왕의 정체가 진짜 코르세아느 왕비라고!"

"무, 무슨 말을……."

"용사님들이 증인입니다. 토벌한 마왕이 그 시체가 된 것을 증언해주실 거랍니다."

뮤데가 새로운 용사들에게 아양 떠는 시선을 보냈다.

리젠트 용사는 불쾌한 기색으로 고개를 돌리고, 실눈 용사는 싱글싱글 웃으면서 일의 추이를 구경하고 있었다.

"그런 말도 안 되는 일이……."

"어머님이…… 마왕이라고……?"

결과적으로 용사 두 사람이 뮤데의 발언을 부정하지 않은 것으로, 왕녀와 동생 왕자가 동요하며 목소리를 떨었다.

"그러니까아, 너희들은 마왕의 친자라는 거지?"

뮤데가 끈적이는 목소리로 왕녀들을 몰아붙였다.

"무례하다! 그런 음모를 꾸미면서까지 왕위를 빼앗고 싶은 건가요! 이 자를 불경죄로 참수하세요!"

왕녀의 명령에 기사들이 전투 태세를 취하고, 그에 반응한 기기라와 부하들이 무기를 뽑아 일촉즉발의 상태가 되었다.

"—파열(퀵 버스트)."

양자의 중앙에서 폭발이 일어나, 폭압으로 강제적으로 거리를 벌렸다.

"사가 제국의 대리인이 되는 용사, 그 필두 종자인 린그란데 오유고크의 이름으로 이 땅에서 분쟁행위를 한 소월동안 금지합니다."

린그란데 양이 늠름한 목소리로 선언했다.

"그, 그러한 일을……."

"무슨 권한으로—."

"만약 금지 기간 중에 분쟁행위를 저지를 경우, 양자를 평등하게 섬멸합니다. 마왕을 멸하는 용사의 힘을 받아보고 싶다면 마음대로 하도록 하세요."

뮤데도 왕녀도 불만스러워 보였지만, 이어지는 린그란데 양의 협박에 무기를 내렸다.

"촌극이군."

"하모~. 내도 정치에 이용되는 건 싫다."

용사 두 사람이 이 자리에서 물러가려 했다.

"기다리세요!"

"마왕은 퇴치했다. 이제 용건은 없잖아?"

린그란데 양이 제지하지만, 리젠트 용사는 발걸음을 멈추지 않고 이 자리에서 떠나려 했다.

그 앞을, 미아가 막아섰다.

"뭐야?"

"뭐고? 아가씨."

의문스러워하는 용사들에게, 미아가 조용히 말했다.

"소화."

◆

"■■■■■ 비."

어둠 불꽃이 타오르는 왕도에서, 미아의 정령 마법이 발동했다.

우리는 마왕을 토벌한 뒤, 용사 일행과 함께 요워크 왕국의 왕도에서 소화 활동을 하고 있었다.

"물로는 꺼지지 않는다고 고합니다."

"우응."

나도 미아에 맞추어 「비 소환」이나 「안개 소환」을 써봤지만, 어둠 불꽃의 세력은 약해질 낌새가 없다.

"물로 끌 수 없다니, 기분 나쁜 불이네."

기절에서 회복한 신도 용사 두 사람과 함께 행동하고 있었다.

딱히 도움이 되는 건 아니지만, 마왕이 날뛴 장소에 혼자 두는 건 위험하니까 린그란데 양이 동행을 허가했다.

"물이 안 되면 얼음으로 가보까. 부탁한대이."

"……■ ■■■ 빙설 폭풍."

실눈 용사가 자기 종자인 얼음 마법사에게 어둠 불꽃을 끄도록 지시했지만, 결과는 미아나 나와 마찬가지다.

"불꽃으로 덮을 수는 없을까?"

아리사가 불 마법으로 덮을 수 있는지 해봤지만 화염이 퍼질 뿐이었다.

"우웅."

"미안미안."

퍼져나간 아리사의 불은 미아와 루루가 급하게 소화했다.

"소화탄으로도 꺼지는 건 아리사의 불꽃뿐이네요."

루루가 난처한 표정으로 말했다.

"오오! 언니야, 엄청 미인아니가! 개안으면 내랑 사귈래?"

"어? 저기?"

실눈 용사가 루루의 초절미모에 매료되어 접근했다.

리젠트 용사도 떨어진 장소에서 눈을 크게 뜨고 루루를 응시하고 있었다.

“용사님, 죄송하지만 그녀는 남성을 어려워하니 너무 다가가지 말아주십시오.”

“뭐가? 니 이 아 남친이가?”

부드럽게 루루를 구해냈더니, 실눈 용사가 시비를 건다.

얼굴은 웃고 있지만, 가는 눈 안쪽은 날카롭군.

“그녀는—.”

“미안하답니다. 주인님과 언니는 결혼을 약속했답니다. 서로 사랑하는 약혼자랍니다.”

가족이라도 말하려는 나를 가로막고, 아리사가 아가씨풍 말투로 실눈 용사를 격퇴했다.

“약혼자? 아직 고교생 정도 아이가?”

“시가 왕국에서는 성인 연령이니까, 딱히 신기할 것 없사옵니다.”

아리사가 오호호 웃었다.

“아~, 그카고보니 여 이세계다.”

“야, 카이. 애들이랑 놀지 마.”

리젠트 용사가 실눈 용사를 타일렀다.

“뭔가 좋은 수 없나?”

“그카 말을 해도, 물로도 얼음으로도 폭풍으로도 안 꺼지는 새까만 불꽃은 항복이래이.”

“역시, 자연적인 불이 아니군…….”

그런 리젠트 용사의 말에 짚이는 게 있어서, 집단에서 조금 떨어져 어둠 불꽃에 「마법 파괴」를 써봤다.

"—아, 꺼졌다."

효과 범위 안의 어둠 불꽃이 꺼졌다.

잠시 기다려도 어둠 불꽃이 부활할 기색이 없는 걸 확인하고, 린그란데 양에게 「마법 파괴」를 제안했다.

"그렇네. 한 번 해볼까—."

린그란데 양이 실행하자, 반경 3미터 정도의 소화에 성공했다.

나 때랑 달리 어둠 불꽃의 화력이 줄어들면서, 잠시 지나 꺼지는 느낌이다.

"해냈다! 사토, 잘했어!"

린그란데 양이 신나서 나를 끌어안았다.

기껏 스킨십을 하는데, 갑옷을 입고 있어서 크게 기쁘질 않아.

다른 종자 마법사들도 술리 마법을 쓰지만, 린그란데 양 정도의 범위는 안 된다.

"저, 저도—."

루루도 술리 마법으로 참가했다.

루루는 술리 마법을 거의 요리에만 쓰기 때문에 그다지 특기는 아니지만, 레벨이 높아서 윤택한 마력이 있으니까 충분히 전력이 된다.

"마스터, 술리 마법 「마법 파괴」로 어둠 불꽃을 끌 수 있다면, 마법 베기로도 제거할 수 있지 않을까 제안합니다."

꺼야할 어둠 불꽃은 아직 많이 있으니까, 한가로운 나나에게 실행을 허가했다.

“성공.”

미아가 박수를 쳤다.

기사들과 용사들도 흉내를 냈지만 성공은 못 했다.

다만, 성검이나 성권이 뿜어내는 성광으로 어둠 불꽃의 기세가 줄어드는 게 판명됐다. 「마법 파괴」 만큼 광범위는 아니지만, 그들도 노력하면 소화가 가능한 모양이다.

보이는 범위의 소화가 끝난 참에, 우리와 용사 일행으로 갈라져서 소화 활동에 전념하게 됐다.

우리는 루루와 나나를 주력으로 하고, 나랑 아인 소녀들이 지원하는 느낌이다. 거리를 충분히 두고 나서, 루루의 타이밍에 맞추어 나도 「마법 파괴」로 소화해야지.

“나나의 마법 베기 같은 걸, 내 마법으로도 할 수 없을까?”

“흥미.”

한가로운 아리사와 미아가 재미있는 말을 꺼냈다.

“복잡한 술식이라면 어렵지만, 단순한 구성의 공격 마법이라면 가능할 거야.”

힘으로 밀어붙여 억지로 부수는 거니까, 술리 마법 정도의 범용성은 없다.

재미있어 보이길래 만들어 본다고 두 사람에게 말하고, 소화 활동을 계속했다.

“뉴! 도움을 청하는 소리~.”

“큰일이랍니다! 얼른 구해내야 해요!”

"네, 인 거예요! 포치는 인명구조의 프로인 거예요!"

카리나 양과 포치랑 타마를 데리고 무너진 건물에서 도망치지 못한 사람들을 구조했다.

나도 소화 활동을 하면서 「이력의 손」으로 지원했다.

"그 밖에도 피해자가 많을까?"

"방금 전까지는 그렇지도 않았는데……."

아리사의 물음에 맵을 재검색하자, 여러 장소에서 불길에 갇힌 것 같은 피해자를 발견했다. 구조 활동 개시 때보다 늘어났다.

맵을 관찰해봤다. 이런 상황에서도 다툼을 벌이는 왕녀파와 뮤데파를 피하다가, 도망친 곳에서 어둠 불꽃에 둘러싸여 궁지에 몰린 느낌이었다.

"전쟁은 참 싫다~."

"정말 그래."

아리사에게 깊이 동의했다.

린그란데 양의 경고가 말단까지 닿지 못한 거겠지.

"다들! 갈라져서 구조활동을 하자."

우리는 큰 소리로 외치면서 분산되어 소화활동에 종사했다. 평소처럼 「전술 대화」로 정보 공유를 하고 싶지만, 마법 파괴를 연발하고 있어서 금방 마법이 해제되어 버린다.

내가 루루와 함께 광범위 마법 파괴로 소화를 하고 다니며, 마법 베기가 가능한 멤버가 남은 어둠 불꽃을 소화한다. 미아의 작은 실프들이 이런 상황에서 다투고 있는 바보를 힘으로 막는다. 다른 멤버는 인명구조 우선이다.

"주인님, 저것을."

소화 활동 와중에, 리자가 가옥 파괴를 하고 있는 집단을 발견했다.

들리는 소리로 판단하건대, 왕녀 휘하의 병사들이 가옥을 파괴해서 연소를 방지하는 모양이다. 거친 소화 활동이군.

"아아아, 내 집이……."

"집이 없어져버렸어어어어어."

대상 가옥에 살고 있던 사람들이 파괴되는 집들을 보고 한탄하고 있었다.

"—주인님."

"그렇네. 그들보다 빨리 소화 활동을 하자."

구조 활동은 동료들에게 위임하고, 나는 루루와 둘이서 광범위 소화 활동을 실행했다.

열심히 한 보람이 있어서, 해가 지기 전에 어둠 불꽃을 모두 끌 수 있었고, 남아 있는 평범한 화재의 소화 활동을 진행할 수 있었다.

"유생체가 도움을 청하는 소리가 난다고 고합니다."

근처에서 소화 활동을 하고 있던 나나가 갑자기 말하고서 달려갔다.

엿듣기 스킬과 맵 검색으로 확인하자, 아이들이 타오르는 집 안에 남겨진 걸 발견했다. 아마 도망치는 방향을 잘못 잡아서 도망칠 길을 잃은 모양이군.

우리도 나나를 따라 현장에 급행했다.

"아이가! 우리 아이들이!"

타오르는 집 앞에서 아이들의 어머니로 보이는 사람이 외치고 있었다.

이 불꽃은 평범한 불이다. 아마 다투다가 불 지팡이 같은 걸 쓴 거겠지.

"나한테 맡겨둬."

"안됩니다, 용사님!"

그곳에 리젠트 용사가 먼저 도착했다.

리젠트 용사가 종자의 제지를 뿌리치고 물을 뒤집어 쓰더니, 불꽃 속에 돌입했다.

"저도 가겠답니다!"

"기다려!"

"안 되는 거예요!"

그것에 낚여 뛰어들려는 카리나 양을 타마와 포치가 찰싹 달라붙어서 말렸다.

"꺄아아아아아."

"유생체!"

앳된 비명을 들은 나나도 돌격해버려서, 미아에게 비를 부르도록 부탁하며 뒤를 따랐다.

"—위험해라."

안으로 들어가자마자 천장이 떨어졌다.

나는 그것을 쳐내면서 나나와 용사를 추적했다. 불길에 휩쓸릴

뻔했지만, 마력 갑옷을 두르고 돌파했다.

"이제 괜찮아. 밖으로 내보내줄게."

"예스. 용사. 유생체의 안전은 반드시 지킨다고 약속합니다."

리젠트 용사와 나나가 아이들을 발견해준 모양이군.

"그런데, 여기서 어떻게 나가지? 우리는 그렇다 치고 꼬맹이들이 불 속을 돌파하는 건 무리야."

리젠트 용사가 검댕이 묻은 얼굴에 흐르는 땀을 닦으며 말했다.

"마스터, 지시를."

나나가 떠넘기길래 맵 상황으로 최선의 방법을 고했다.

"나나, 그쪽 벽에 실드 배쉬."

"예스 마스터. 오더를 실행한다고 고합니다."

나나가 요정 가방에서 꺼낸 대형 방패로 불꽃이 타오르는 벽을 쳐서 부수었다.

"칫, 건너편도 불바다야."

"괜찮습니다."

나는 동료들을 믿는다.

"여기야! 리자 씨, 해버려!"

"알겠습니다."

엿듣기 스킬이 포착한 아리사와 리자의 목소리와 동시에, 불바다 너머의 벽이 부서지고 미아의 물 마법이 옆 방의 불길을 약화시켰다.

"자, 이 틈에!"

나는 리젠트 용사와 나나를 재촉하여 안전한 지역으로 탈출했다.

아이들은 축 늘어져 있지만 무사하다. 아이들 엄마가 달려와 안심하여 울기 시작한 아이들을 끌어안으면서 우리들에게 반복해서 감사의 말을 했다.

"용사님, 이걸로 얼굴을 닦으세요."

활약한 리젠트 용사에게, 나나에게 건넨 것과 같은 젖은 타월을 건넸다.

"땡큐."

리젠트 용사가 호쾌하게 얼굴을 닦았다.

"덕분에 살았어. 아직 자기소개를 안 했지. 나는 리쿠다. 어울리지 않지만, 용사를 하고 있어."

"아뇨. 충분히 용사다운 행동이었다고 생각합니다."

용사의 신체능력이 있다지만, 좀처럼 할 수 있는 일이 아니다.

"그래? 그런데, 당신 이름은?"

"실례했습니다. 시가 왕국의 관광대신을 맡고 있는 사토 펜드래건 자작이라고 합니다."

"관광대신? 아이돌 같은 게 하는 그거?"

리젠트 용사가 뜻밖이란 표정을 지었다.

"리쿠, 기 아이다. 그건 관광대사 아이가."

그런 딴죽과 동시에 실눈 용사가 나타났다. 신과 다른 종자도 함께다.

"그리고 펜드래건이란 이름도 들어본 적이 있재."

실눈 용사가 가는 눈을 살짝 뜨고 험악한 빛을 띠었다.

"브리튼의 영웅왕 아버지의 가문이래이. 사토 씨, 당신 시가 왕국의 용사가?"

"펜드래건이라는 이름은 주군인 무노 백작가에서 붙여주신 겁니다. 본래는 그림책에 나오는 용사님의 가문 이름이라고 합니다만, 용사님의 나라에서는 유명한 이름인 모양이군요."

예상 이상으로 날카로운 말을 하길래, 가문명에 대해서만 사실대로 말해서 따돌렸다.

"그림책?"

"네. 흥미가 있다면 사본을 보낼까요? 무노 백작은 시가 왕국에서도 손꼽히는 용사 연구가입니다. 분명히 장서 중에 있을 거라 생각합니다."

카리나 양이 대화에 끼고 싶은 표정으로 끄덕끄덕 고개를 움직였다.

그녀는 괜한 것까지 말해버릴 것 같으니, 이야기에 끌어들이는 건 관두자.

"교관 말로는, 옛날부터 용사를 소환했었다고 했지."

"하모. 기면 당신 선조가 용사가?"

"용사였는지 아닌지는 모르지만, 제 선조는 일본인입니다. 이름도 대대로 이어지는 것이라 들었습니다. 물론 사가 제국의 용사 목록에 사토라는 이름이 실려있지 않으니 사실인지는 알 수 없습니다만……."

납득한 리젠트 용사와 달리, 아직 의심하는 느낌의 실눈 용사에게 용사 하야토에게 한 것과 같은 커버스토리를 말했다.

사기 스킬이나 변명 스킬 덕분에 실눈 용사도 마지막에는 납득한 느낌이다.

“리쿠 선배, 리젠트 끝이 그을렸어요!”

“뭐라고오오오! 거울, 거울 어디 있냐?!”

신의 말에 리젠트 용사가 당황했다.

“가만 보니 화상도 안 있나. 누구 치료 마법 써주라.”

“맡겨둬.”

영창을 마치고 있던 미아가 리젠트 용사의 화상을 치유해 주었다.

“오, 고맙구만.”

인사를 받은 미아가 고개를 끄덕였다.

“그쪽 언니야는 검댕투성이구마, 갑옷 안쪽에 화상 안 입읏나?”

“예스 용사. 나는 백은 갑옷의 내화 기능에 보호를 받았다고 고합니다.”

“헤에, 용사의 갑옷보다 고성능 아이가—어, 영어! 지금, 니, 영어 안 썼나?”

“예스 용사. 긍정한다고 고합니다.”

“그렇게 간단히.”

실눈 용사가 의혹의 눈을 나나가 아니라 나에게 보냈다.

“전 마스터가 전생자였다고 고합니다.”

“듣고 보니 귀신 교관도 말했었재. 그런 것도 있다켔지.”

나나가 간단히 말하자, 실눈 용사가 순순히 납득했다.

“하지만, 그쪽은 언니야랑은 다르게 갑옷이 드럽지도 않구마.”

마력 갑옷으로 가드했으니까.

물론, 그런 걸 말할 수는 없지만.

"과연 『상처 모르는』 펜드래건이란 거구나."

그렇게 말하며 끼어든 것은 린그란데 양이었다.

"『상처 모른다』카는 문제가 아니지 않나. 불타는 가옥에 뛰어 들고서 검댕 하나 안 묻은 기는 물리 법칙이랑 안 맞는다."

"그런 방호 마법을 쓴 거지. 마왕이 남긴 어둠 불꽃이라면 모를까, 평범한 불을 막는 마법은 꽤 여러 개 있어. 그러니까 이론도 땡땡이치지 말라고 말했지?"

"우와, 괜한 짓이었대이."

린그란데 양을 귀신 교관이라고 부르는 만큼, 용사들은 그녀가 거북한 모양이다.

"주인님, 주변 진화를 확인했습니다. 미아의 정령이 확인했습니다만, 그밖에 불타고 있는 장소는 없다고 합니다."

리자가 보고를 하러 왔다.

맵 검색으로도 잔해에 깔려있던 생존자가 없으니, 구조 활동은 이걸로 종료해도 문제없겠지.

린그란데 양 일행과 함께 도시의 교외에 착지한 비공정으로 갔다.

"왕성 뒤의 빈터에 두면 안 괘안나?"

"비공정은 귀중해. 그런 장소에 둘 수는 없어."

요워크 왕국에는 한 척도 없다. 중앙 소국군에서 비공정을 보유한 나라는 하나뿐이었을 거야.

"—린."

부서진 왕도의 문을 빠져나간 참에, 키가 작은 여성이 린그란데 양을 불러 세웠다.

선대 용사의 종자이며 척후인 세이나다.

"세이나, 뭔가 알아냈어?"

"내가 말할 수 있는 건 왕비의 마왕화가 수상하다는 것 정도? 마왕화 직전까지 평범하게 지냈다고 해."

"마족의 흔적은?"

"전~혀 없어. 마왕신봉자는 있었지만—."

무모하게도 마왕화한 왕비 곁으로 달려가, 어둠 불꽃에 불타 순교했다고 한다.

"역시, 이대로 돌아갈 수는 없나……."

린그란데 양이 미안한 표정으로 나를 보았다.

"사토, 미안하지만 조금만 더 있어줘."

"어쩔 수 없네요."

여기서 먼저 돌아가도, 또 용사 나나시로 돌아오게 될 것 같으니까.

"머무를 곳은 왕녀궁에 있는 숙소를 하나 빌려준다고 하는데?"

"그렇네……."

척후 세이나의 정보에, 린그란데 양이 생각하는 표정을 지었다.

"우리들의 비공정도, 로레이야가 타고 온 비공정도, 둘 다 속도 중시라서 거주성은 최악이니— 아니, 역시 관두자."

"응, 나도 관두는 게 좋다고 생각해. 우리를 방패로 쓸 생각이 가득하니까."

"야영용의 텐트를 실어뒀으니까 비공정 주변에 주둔지를 만들자. 비공정의 상부 갑판은 높이가 있으니까 파수탑을 만들 필요도 없고, 마침 잘 됐어."

린그란데 양은 그렇게 결론을 내리고, 우리를 돌아보았다.

"당신들도 괜찮을까?"

"네, 함께 하죠."

린그란데 양의 부탁에, 나는 조금 거창한 신사의 예를 취하며 대답했다.

"그 녀석, 교관의 좋은 사람이가?"

"어라? 용사 카이는 몰라?"

척후 세이나가 심술 궂은 표정을 지으며 실눈 용사에게 물었다.

"그 녀석이 관광대신이라는 기가?"

"그게 아니라, 사토는 하야토랑 같이 마왕을 쓰러뜨린 『마왕 살해자』야."

"—마왕 살해자?!"

실눈 용사가 가는 눈을 동그랗게 뜨고 나를 응시했다.

그렇게까지 놀랄 일은 아니라고 생각하는데.

"이 기생오래비가 참말이가?"

"응!"

"강철 갑옷을 입은 기사를 쓱싹 일도양단하는 괴물 마왕 앞에서, 방패도 없이 초근접전을 했다카는 그?"

"그래! 사토가 없었으면 하야토도 위험했다니까!"

"제가 없었어도 하야토 님이라면 괜찮았습니다."

자기 일처럼 자랑하는 세이나를 향해 말했다. 실제로 용사 하야토라면 기합으로 어떻게든 했을 거라고 생각한다.

"사람은 겉보기랑 다르구마~."

"이, 이봐, 마왕 살해자."

감탄한 것처럼 나를 보는 실눈 용사 뒤에서, 리젠트 용사가 뭔가 결심한 표정으로 다가왔다.

"나랑 겨루기를 해줘."

리젠트 용사가 두 주먹을 맞부딪히면서 말했다.

그런 서비스는 안 하는데요.

"주인님, 제가."

난처한 나 대신 리자가 나서주었다.

"부탁해. 다치게 하진 말고."

"기다려봐. 나는 여자랑은 안 싸워. 내 주먹은 남자와 치고받기 위한 거다."

"남녀차별은 안 좋아~."

아리사가 검지를 흔들면서 「쯧쯧쯧」 하고 혀 차는 시늉을 했다.

"리자 씨는 당대의 검성에게 배운 시가 왕국에서도 손꼽히는 창술사야. 시가 8검 필두인 쥬레바그 씨한테도 이겼는걸!"

누구인지 모르겠다는 표정을 짓는 용사들에게, 린그란데 양이 검성과 쥬레바그가 어느 정도 강한지 알려주었다.

"그러니까, 교관이랑 비슷할 정도로 위험한 기가."

"그럼! 상대로 부족함이 없지! 상대를 부탁한다!"

리젠트 용사가 기합을 넣었지만, 역시 상대가 안 좋아서 즉시 마무리 2컷 같은 기세로 날아가 버렸다.

백귀야행

“세상은 개똥 같은 놈들밖에 없다. 틈을 보이면 빼앗기고, 정을 베풀면 배신당한다. 믿을 수 있는 건 피가 이어진 누나뿐이다. 우리는 둘이서 밑바닥부터 기어 올라가, 모든 걸 손에 넣을 거다.

—기기라”

“아으으. 저거 너무 강한 거 아냐?’

용사 리쿠가 얻어맞고 뻗은 몸을 문지르면서 투덜거렸다.

그의 트레이드 마크인 새빨간 리젠트도 어쩐지 좀 빛바래 보였다.

여기에 있는 건 용사 리쿠, 실눈 용사 카이, 용사들의 소환에 말려든 소년 신 세 명뿐이다. 종자들이나 호위 기사의 동행을 거부하고 요워크 왕국의 폐허 같은 거리를 산책하고 있었다.

“그래 강하드나?’

용사 카이가 물었다.

“차원이 달라. 근접 전투만 따지면 귀신 교관보다 강하다.”

“그만치가?”

“그래. 처음에 겨뤘을 때는 영문도 모르는 사이에 뻗어버렸고, 그 다음에도 제대로 싸울 수가 없었다.”

“리쿠 선배가 이기지 못한다니. 분명히 비겁한 수를 쓴 거예요!”

신이 용사 리쿠에게 아첨하는 발언을 했다.

"관둬라, 신. 내가 약해서 진 거야. 그것뿐이야."

용사 리쿠가 신을 타일렀다.

"그러고 보니 카리나라카는 크다란 언니야랑 겨뤄보면 어뜻나? 음청 해보고 싶다카든데."

"그런 아가씨랑 싸울 수 있겠냐."

"에~, 아가씨랑 불량 소년은 궁합 안 좋나? 사랑이 싹틀지도 모른대이?"

"그런 건 필요 없어."

"역시 소라 일편단심이가?"

"소, 소라는 상관 없어!"

용사 리쿠가 얼굴이 빨개져서 등을 돌렸다.

"그건 그렇고, 아무도 없네요."

어쩐지 재미없다는 표정으로 신이 화제를 바꾸었다.

"생존자는 피난을 하든가, 교관이 하는 식사 배급에 안 갔겠나?"

"리쿠 선배랑 카이 선배는 식사 배급에 참가 안 해도 되나요?"

"흥미 없어."

"내도 그런 인기를 얻을라카는 위선은 맘에 안 든다."

용사 두 사람은 린그란데가 위문에 참가하라는 말을 해뒀지만, 기분이 안 내킨다면서 도망쳤다.

"크하하하."

"이렇게 되면 마시는 수밖에 없지!"

반쯤 부서진 주점에서 주정뱅이들이 떠들어댔다.

"이런 상황에서도 영업을 하는 기가?"

"주정뱅이는 굉장하구만."

"들어가 볼까요?"

"흥미 없어."

셋이 그런 대화를 하면서 소란스런 주점 앞을 지나갔다.

"저 뭐가?'

용사 카이가 뒷골목에서 수상쩍은 검은 로브 집단을 발견했다.

그가 감정 스킬을 발동했다.

성능이 좋은 인식 저해 아이템을 장비하고 있는지, 집중을 안 하면 감정 스킬의 포인트가 안 맞는다. 그래도 어떻게든 검은 로브 집단이 현자의 제자 파사 이스코와 그 제자들이라는 걸 알 수 있었다.

"현자의 제자라카네. 귀여운 아일까?"

"파리온 신국이 어디야?"

용사 카이와 마찬가지로 감정을 발동한 용사 리쿠가 그들의 출신국에 눈썹을 찌푸렸다.

"분명히 대륙 서쪽에 있는, 파리온 신전의 총본산 같은 나라라켔다. 로마 같은 거 아이가?"

"그런 것치고 수상쩍은데."

"아, 아버지?!"

검은 로브들 쪽을 보면서 두 사람의 대화를 듣고 있던 신이 갑자기 외쳤다.

"신! 너, 신이냐!"

볼품없는 중년 남자가 검은 로브들을 밀어내고 뒷골목에서 나왔다.

"왜 실종된 아버지가 이런 곳에 있는 거야! 영문을 모르겠네!"

신이 패닉에 빠져 외쳤다.

"여기는 어디냐? 너도 나를 함정에 빠뜨린 놈들이랑 한패였냐? 뭐, 됐어. 돈 내놔라. 얼마간 제대로 못 먹었다."

중년 남자가 신의 질문에 대답하지 않고 말하더니, 신의 몸을 뒤져서 지갑을 빼앗았다.

그것을 두 용사가 막았다.

"니 뭐 하나?"

"아버지라도 해도 되는 일과 안 되는 일이 있어."

"시끄러워! 너희들도 그 코스프레 자식들이랑 한패지! 나를 납치하다니! 참치잡이 어선도 베링해도 싫다! 그렇지! 그 보라색 머리 미인은 어디 있지? 그런 미녀는 본 적이 없다. 그 녀석을 안게 해주면 용서해주지."

"그런 이상한 머리의 여자 따위 몰라!"

"나를 납치한 외국의 성 같은 장소에 있던 여자다!"

"어느 나라고?"

"알겠냐! 먼 나라야!"

"왜 모르나?"

"새까만 괴물이 나를 낚아채서 여기 버리고 갔다."

"괴물한테 먹혀버렸으면 좋았을 텐데."

용사 카이의 심문에 대답하던 중년 남자에게 신이 말했다.

"누가 부모한테 그딴 소리를 하랬냐!"

"너 같은 놈은 부모가 아냐!"

"뭐라고!"

"그만둬."

신을 때리려던 중년 남성을 용사 리쿠가 막았다.

"놔라! 이 몸을 누구라고 생각하냐!"

중년 남자는 자기보다 체격이 좋은 용사 두 명에게 겁을 먹으면서도 더욱이 허세를 부리며 외쳤다.

"누구고?"

"마츠도의 자랑 천하무적 고로 님이시다!"

"모른대이."

"내 자식 지갑을 가져가는 게 뭐가 나빠!"

"말이 안 통한대이."

"카이, 주정뱅이를 상대하지마."

용사 두 명은 중년 남자의 지리멸렬한 발언에 기가 막힌 표정을 지었다.

중년 남자는 용사 두 명이 자기에게 흥미를 잃은 틈에 「얼른 내놔」라면서 신에게 손을 뻗었다.

"아무데다 가버려!"

참을 수 없게 된 신이 중년 남자에게 지갑을 던졌다.

중년 남자는 가까이 떨어진 지갑을 서둘러 줍더니, 안에서 현금을 빼냈다.

"오호, 금화까지 있잖아. 이걸로 술을 마실 수 있다!"

이제 용건이 없다는 듯, 중년 남자가 신 일행의 얼굴을 보지도 않고 가까운 주점에 달려갔다.

"오랜만에 만난 아들보다, 술이냐."

그런 중년 남자를 보고 용사 리쿠가 경멸하는 목소리로 내뱉었다.

"그보다, 아까 그놈들 어디 가부렀다."

용사 카이가 뒷골목의 검은 로브들이 없어진 걸 깨달았다.

"가자, 선배."

"냅둬도 되긋나?"

"부모도 아니니까."

신이 딱딱한 목소리로 말하고, 발 빠르게 그 자리에서 떨어졌다.

"그카고 보니, 왜 아빠가 이세계에 있는 기가?"

"어느 나라에서 소환된 거 아냐?"

신을 따라가면서, 용사 카이와 용사 리쿠가 그런 대화를 나누었다.

만약 이 대화를 사토 일행이나 린그란데가 들었다면 동방의 소국 르모크에서 소환된 여덟 명째 일본인을 연상했을 지도 모른다.

그러나 여기 있는 세 명은 그것을 모르고, 딱히 추궁하는 취미도 없었기 때문에 기억의 한구석에서 먼지를 뒤집어쓰게 된다.

◆

"줄을 서~."

"밥은 잔뜩 있으니까, 걱정 안 해도 되는 거예요!"

타마와 포치 두 사람이 식사 배급의 줄을 정리했다.

사람들이 앞다투어 식사를 확보하고자 살기를 띠었지만, 타마와 포치의 천진한 모습이나 미아가 연주하는 차분한 곡을 들으며 진정하여 조금씩 질서를 되찾고 있었다.

그래도 힘으로 끼어드는 자는 있다.

"유생체를 밀어내고 끼어드는 건 금지라고 고합니다."

"시끄러워! 내가 먼저다!"

"리자 씨, 소란 떠는 사람은 제일 뒤에 세워!"

"알겠습니다."

그러나 아리사가 가차없는 페널티를 내리고, 리자가 집행했다.

사토는 루루와 함께 식사 배급의 요리를 대량으로 생산하고, 나나와 카리나가 사가 제국 사람들과 함께 나눠주었다.

처음에는 몰려드는 사람을 대응하느라 정신이 없었지만, 중간부터 요워크 왕국의 부인들이 돕겠다고 나서서 지금은 어떻게든 돌아가고 있었다.

사토는 도와주는 사람들에게, 나중에 좀 오래 보관할 수 있는 식량을 선물로 나눠주어 보답할 생각이었다.

"맛있다."

"오랜만에 제대로 된 밥이야."

"엄마, 건더기 잔뜩 있어."

"고기까지 들어있어!"

이어지는 내란으로 식량 사정이 안 좋았는지, 사람들이 검소한 식사 배급 요리에 눈물을 흘릴 듯 기뻐했다.

"잘 씹어서 먹어라."

"요즘은 가보 열매 배급조차 없었으니까."

"그렇게 잔뜩 만들게 한 주제에, 어디로 사라진 거야."

"어차피 높은 사람이 빼돌려서 자기 배를 채웠겠지."

식사 배급을 받은 사람들의 대화가 들렸다.

관리의 부패도 진행되고 있나 보군.

"사토, 도울게."

"저도~ 미력하지만~ 도울게요~."

왕성에 갔던 린그란데와 신관 로레이야가 돌아왔다.

"용사 두 사람과 신은 도망갔어."

린그란데가 「정말이지」 하고 분개하면서 팔을 걷어붙였다.

"방치해도 되나요?"

"괜찮아. 어린애긴 해도 용사고, 사가 제국의 기사들을 호위로 붙였어."

사토의 질문에 대답하고, 린그란데가 요리 준비 작업을 도왔다.

"능숙하시네요."

"이래봬도 성기사단에서 종자 일을 하던 시절이 있었으니까."

루루가 야채을 껍질 벗기는 린그란데를 칭찬했다.

"그래서, 왕국의 대응은?"

"방치래."

그녀들은 집이 불타 길거리로 쫓겨난 사람들에 대한 처우를 확인하러 왕성에 갔었다.

"높은 사람들은~ 국민은 자기 노력으로~ 의식주를 어떻게든 해야 한다~ 라고 했어요~."

"엉망진창이네. 곤경에 빠진 민중을 지탱해야 귀족과 왕족이 경의를 받는데."

린그란데의 이야기를 들은 아리사가, 경멸하는 표정으로 요워크 왕국의 수뇌진을 까내렸다.

"그래서는, 위정자 실격이야."

"완전히 동감이지만, 거기까지만 해둬. 트집을 잡으려고 감시하는 녀석들도 많으니까."

린그란데가 식사 배급 광장 밖에서 이쪽을 감시하는 왕녀파와 뮤데파의 사람들이 있는 장소를 눈짓으로 알렸다.

"카리나 님~ 교대할게요~."

신관 로레이야가 카리나와 배급 담당을 교대했다.

카리나는 두리번거리며 누군가를 찾는 것처럼 시선을 움직였다.

"무슨 일이신—."

사토가 물어보려는 참에, 사가 제국의 기사들이 숨을 몰아쉬며 돌아왔다.

"린그란데 님, 큰일입니다! 용사님들을 놓쳤습니다!"

"뭐라고!"

린그란데가 나이프를 든 채 기사를 추궁했다.

"걱정되는군요. 지금 요워크 왕도는 치안이 좋다고 할 수 없으니까요."

어른스러워 보여도 중고생 정도의 아이들이 모르는 나라를 헤매는 건 위험하다.

"제가 찾으러 가겠답니다!"

카리나가 외치고 달려갔다.

"카리나 님!"

사토로서는, 용사들보다 카리나가 혼자 돌아다니는 게 더 위태로워 보였다.

"혼자는 안돼~."

"포치가 같이 가주는 거예요!"

타마와 포치가 카리나를 따라갔다.

불안이 배로 늘었다.

"실프, 따라가."

미아가 주변을 경계하고 있던 작은 실프 하나를 카리나에게 붙였다.

이걸로 무슨 일이 있으면 작은 실프를 통해 소환자인 미아에게 전달된다.

"고마워, 미아."

"응, 맡겨둬."

사토에게 인사를 한 미아가 작은 가슴을 쭉 폈다.

두 사람은 깨닫지 못했다. 작은 실프가 보고할 때는, 이미 사건의 한복판에 있다는 것을…….

◆

"뮤데 님. 정말로 기기라 님과 따로 행동해도 괜찮은 건가요?"

"그래. 기기라에게는 소동을 일으켜서 용사들을 사가 제국 주둔지에서 끌어내도록 명했습니다."

요워크 왕국을 둘로 나누어 항쟁을 계속하는 세력의 수괴인 뮤데는 소수의 호위를 데리고 사가 제국의 주둔지로 가고 있었다.

"뮤데 님, 용사들은 거점에 없는 모양입니다."

"선대 용사의 종자들과 린그란데나 로레이야도 성 아랫마을에 갔다고 합니다."

뮤데는 주둔지 근처에서 선행했던 간자의 보고를 받았다.

"어머? 기기라가 소동을 일으킬 필요가 없었다는 건가요?"

"아뇨, 뮤데 님. 용사들이 언제 돌아올지 모릅니다. 그들을 끌어들이는 책략은 유효하다고 판단됩니다."

"그래?"

"네, 뮤데 님."

측근이 뮤데를 긍정했다.

"용사의 종자가 될 정도인 사가 제국의 정예를 장악하면, 새파란 계집애나 배경이 되는 꽉 막힌 귀족들을 단숨에 섬멸해주겠어."

뮤데에게는 승기가 있었다.

마왕과 격전 때문에 피폐해졌다지만, 한 번은 종자들을 매료할 수 있었다.

준비를 갖추고 임하면, 확실하게 자신의 꼭두각시로 만들 수 있다고 그녀는 생각했다.

"주둔지가 보이네. 너희들은 이제 가봐도 돼요. ■■■……."

긴 지팡이를 잡은 뮤데가, 정신 마법의 영창을 시작했다.

그녀가 영창하는 것은 「유혹 공간(템테이션 필드)」이라는 마법이다. 뮤데는 유혹 공간에 이어서 「발정 공간(히트 하트 필드)」을 쓰더니, 로브를 벗어 얇은 옷 한 장만 입고 걷기 시작했다.

그녀가 걸을 때마다 얇은 천에 피부나 그림자가 떠올랐다.

뮤데의 부하들도 그 뒷모습에 매료된 것처럼 시선이 고정되었다.

"정신 차려. 뮤데 님을 지원해야지."

측근이 물 마법과 빛 마법 영창을 시작하고, 주변을 안개와 환술로 가라앉혔다.

"—안개?"

사가 제국의 주둔지에서, 파수를 보던 병사가 안개를 깨달았다.

"그러고 보니 아침저녁에는 안개가 많이 낀다고 세이나 님이 말했었지."

"그래? 파수 보기가 힘들어지겠군."

"바람 마법을 쓸 수 있는 종자님에게 안개를 흩어달라고 부탁해 보자."

"아니, 관둬. 종자님들은 낮의 마왕전으로 지치셨다. 지금은 쉬셔야지."

젊은 병사가 가려는 것을 나이 든 병사가 막았다.

"뭐, 우리들의 스킬이 있으면 시골 소국 녀석들 정도는 어떻게든 되겠지."

그들은 색적 스킬과 위기 감지 스킬을 가진 정예였다.

"그럼, —누구냐!"

맞장구를 치려던 나이 든 병사가, 안개 속에서 다가오는 인물을 재빨리 깨닫고 수하를 했다.

"안녕하세요? 사가 제국 여러분."

"굉장한, 미인이다."

"여자, 누구냐?"

요염한 뮤데의 몸에 눈길을 빼앗기고 넋을 잃은 젊은 병사와 달리, 나이 든 병사는 내면에서 끓어오르는 갈망과 비슷한 정욕을 억눌렀다.

"여러분을 위문하러 왔습니다."

"우오~, 정말이냐! 요워크 왕국, 최고다!"

젊은 병사가 갑옷을 벗으며 뮤데에게 달려갔다.

"이, 이봐! 임무를 잊지 마라!"

"선배도 어서! 나랑 같이 치유를 받읍시다~."

"아니, 나에겐…… 임, 무가…… 있다."

젊은 병사는 완전히 매료됐다.

나이 든 병사는 뮤데에게 매료당하면서도, 자신의 이변을 깨달았다.

"—무슨 짓을, 했구나!"

나이 든 병사가 팔을 깨물어, 고통으로 각성했다.

"말단까지 정예구나. 대국이 부럽네."

뮤데가 고개를 돌리며 나이 든 병사를 내려다 보았다.

그는 허리춤에 찬 뿔 나팔에 손을 뻗었다.

"하지만—."

"윽, 으가아아아."

입에서 거품을 무는 나이 든 병사의 손에서 뿔 나팔이 떨어졌다.

"상처를 내면 안 되지. 왜냐면, 이 안개에는 독약이 듬뿍 들어 있으니까."

뮤데는 매료가 안 들을 경우의 보험을 빨리도 쓰게 된 것에 눈썹을 찌푸렸다.

나이 든 병사가 쓰러졌는데도, 젊은 병사는 뮤데의 몸을 맛보는 일에 몰두하고 있었다.

"너는, 잠시 잠들어 있으렴."

얇은 천 너머로 가슴을 빨아대던 젊은 병사가 혼절했다.

옷이나 몸에 수면약을 발라놓은 모양이다.

"내성이 없는 자한테는 잘 듣는구나. 나도 가끔은 악몽을 안 꾸고 푹 자고 싶은걸."

뮤데가 괜한 허풍을 떨며, 본래의 목적을 이루고자 종자들의 천막으로 들어갔다.

◆

"식량을 공출하시겠다고요?"

신기한 기색으로 묻는 사토 앞에는, 이 나라의 케라사우네 왕녀가 있었다.

"네. 병참이 부족합니다. 민중에게 내어줄 식량이 있다면 우리들에게 제출하세요."

부탁이 아니라 명령이군.

"그 명령에 따를 의무는 없습니다만, 굶고 있다면 병사라도 받아들일 테니 여기 와서 줄을 서도록 명해주세요."

"뭐라고! 공주님의 명령을 거스르는가!"

"이 불경한 놈!"

왕녀 뒤에 있던 기사와 귀족이 소리를 내며 무기를 겨누었다.

줄을 서고 있던 사람들이 겁을 먹으면서도 왕녀 일동을 지긋지긋하단 기색으로 노려보았다.

"힘으로 빼앗을 셈이야?"

사토 옆에 있던 아리사가 왕녀에게 물었다.

리자와 나나가 침착한 움직임으로 사토를 커버할 수 있는 장소에 이동했다.

"우리들의 밥을 뺏겠다고?"

"살 곳을 빼앗기만 하는 게 아니고, 간신히 먹게 된 밥까지……."

"용서 못해."

"뭐가 왕녀야."

"뭐가 귀족이야."

식사 배급에 모인 사람들이 발치의 잔해를 들고 험악한 표정으로 왕녀 일동을 포위했다.

"너, 너희들! 왕국에 반역할 셈이냐!"

"전원, 감옥에 처넣어주마!"

허세를 부리는 귀족들의 안색이 나쁘다.

아무리 그래도, 이렇게 수가 차이 나면 불리하겠지.

"자, 그만!"

짝짝 손뼉을 친 사토가 중재했다.

"여기서 싸우면, 식사 배급을 중지합니다."

사토가 그렇게 말하자, 식사 배급에 모인 사람들이 마지못해 잔해를 땅에 떨구었다.

"왕녀 전하. 괜찮다면 먹고 가세요."

"무례한 놈! 전하께 그러한 잡곡 죽을!"

왕녀가 반사적으로 사토가 내민 그릇을 받으려고 손을 뻗기 전에, 귀족이 끼어들어 그릇을 쳐서 떨어뜨리려 했다.

"아깝게스리."

사토가 슬쩍 귀족의 손을 피했다.

물론, 그릇 안의 죽은 한 방울도 안 흘렸다.

"네, 네놈!"

"—돌아갑니다."

바보 취급을 당했다고 흥분하는 귀족을 무시하고, 왕녀가 몸을 돌려 걷기 시작했다.

"고, 공주님?"

"기다려 주십시오, 공주님!"

귀족들과 기사들이 왕녀를 따랐다.

마지막으로 귀족들이 진부한 대사를 남기고 갔지만, 사토 일행을 포함하여 아무도 그 말을 안 들었다.

"훌륭한걸."

묵묵히 야채 껍질을 벗기고 있던 린그란데가 사토에게 말했다.

"린그란데 님, 구경만 하다니 너무하군요."

"저런 잔챙이, 사토라면 여유잖아?"

"과분한 신뢰가 무겁습니다."

사토가 연극조로 말하고, 식사 배급을 하러 돌아갔다.

그 직후에 미아의 작은 실프가 이변을 고했다.

◆

작은 실프가 이변을 보고하기 조금 전—.

"없답니다. 용사님들."

"없어~."

"괜찮은 거예요. 금방 찾는 거예요."

"정말로?"

"네, 인 거예요. 포치는 사람 찾기의 프로인 거예요!"

세 명은 용사들을 찾기 위해 폐허가 되어가는 왕도를 걷고 있었다.

치안이 나쁜 거리를 탐색하기 때문인지, 식사 배급 때는 벗었던 무장을 하고 있었다.

"싫어! 그만둬어어어!"

비명이 들렸다.

"큰일이랍니다!"

"에머젠~?"

"스크램블 에그인 거예요!"

세 명이 비명 쪽으로 달려갔다.

『카리나 님, 저기다!』

카리나의 가슴에서 「지성이 있는 마법 도구」 라카가 외쳤다.

옷이 찢어진 반라의 여성이 거한 기기라에게 저항하고 있었다.

“행패 금지랍니다!”

대쉬한 카리나가 기기라에게 날아차기를 했다.

기기라는 겉모습에 안 어울리는 민첩한 움직임으로 회피했다.

“괜찮아이~?”

“찢어진 옷 대신에, 포치의 담요를 주는 거예요.”

타마와 포치 두 사람은 기기라의 상대를 카리나에게 맡기고, 피해자 여성을 케어했다.

“용사인가 했더니, 더 좋은 게 낚였군.”

기기라가 카리나의 몸에 시선을 보내며 입술을 핥았다.

꽤 오래 못 받았던 노골적인 시선에, 카리나는 양팔로 풍만한 몸을 감추듯 끌어안았다.

“오, 뭐야? 위세가 좋은 건 처음뿐이냐?”

기기라가 카리나를 부추겼다.

“아, 악당은 처벌이랍니다!”

카리나가 용기를 짜내 자세를 잡았다.

“허어? 격투냐? 마음이 맞는군— 결투를 해보자.”

기기라가 허리춤에 차고 있던 뾰족한 너클 가드를 양손에 끼웠다.

“저, 저는 지지 않는답니다!”

“이 몸이 이기면 너를 받겠다. 아침까지 듬뿍 귀여워해주지. 울면서 용서를 구해도, 망가져도 멈추지 않을 거다.”

기기라의 선언에 카리나가 겁을 먹었다.
"카리나, 파이팅~."
"힘내는 거예요! 카리나라면 분명히 이기는 거예요!"
『카리나 님. 이러한 무뢰한에게 겁을 먹어서는, 사토 공 옆에 설 수가 없다.』
타마와 포치가 응원하고, 라카가 격려했다.
"뭘 꿍얼대며 말하고 있냐!"
기기라가 카리나에게 덤벼들었다.
카리나는 「라카의 수호」에 의지하지 않고 재빨리 기기라의 공격을 회피했다.
목표를 잃은 기기라의 주먹이 가까운 건물을 때려 부수었다.
"포치의 빠르기나 타마의 날카로움과 비교하면 대단할 것 없답니다."
"방심 금물~."
"불이 활활인 거예요!"
카리나의 방심을 타마와 포치가 야단쳤다.
"가슴만 큰 아가씬줄 알았더니 제법 하는구만!"
기기라가 잔해로 변한 건물에서 주먹을 뽑고, 카리나에게 맹공을 가했다.
카리나는 그것을 모두 회피하고, 빈틈을 찾아 카운터를 날렸다.
"좋은 펀치다."
카운터에 기기라의 얼굴이 일그러졌지만, 기기라는 꿈쩍도 안 하고 양팔로 카리나를 붙잡았다.

"이 상태라면 못 도망가지."

"라카 씨!"

승리를 뽐내는 기기라의 팔을, 라카의 수호— 작은 판 모양의 방패 무리가 튕겨냈다.

"마법 도구냐?!"

카리나는 대답하지 않고, 기기라에게 맹공을 가했다.

공수를 바꾸면서, 양자는 일진일퇴의 싸움을 벌였다.

카리나의 무거운 일격이 기기라의 몸 표면에 떠오른 붉은 밧줄에 위력이 줄어들었다.

"붉은 밧줄?"

『아니, 저건 조금 다르다.』

기기라의 몸 표면에 검붉은 빛이 깜박였다.

마인약을 과잉 섭취한 자가 몸을 보호하는 「마신 부여」의 효과와 비슷했다.

"마인약의 효험이다. 너도 해볼래?"

"그러한 금지 약품에 의지하지는 않는답니다!"

기기라가 마인약의 병을 흔들면서 말했다.

"케케케. 깔끔을 떠시긴."

기기라가 병 안의 액체를 들이키고, 더욱 육체를 강화했다.

"크, 무거워."

"위력 더 올라간다아아!"

기기라의 공격은 「라카의 수호」가 위력을 줄였지만, 그래도 때때로 강력하게 들어온다.

"이 정도는 아무것도 아니랍니다!"

"이런 건 어때?"

기기라가 카리나의 얼굴에 모래를 뿌려서 시야를 가렸다.

"비겁자!"

"눈 가리기는 결투의 기본이다."

우등생의 방식으로 싸우는 카리나는 기기라의 뭐든지 쓰는 지저분한 방식에 대응하지 못한다.

양자의 레벨은 비슷했지만, 카리나는 라카의 우위성으로도 완전히 우세를 점하지 못하고 점점 밀리고 있었다.

"카리나, 지지마~."

"더 차분하게 싸우는 거예요!"

머리에 피가 몰렸는지, 카리나의 귀에는 타마의 응원과 포치의 조언이 닿지 않았다.

"너를 쓰러뜨리면, 그 새빨간 장갑도 받아주마."

기기라는 카리나가 장비한 수왕장구가 마음에 든 모양이다.

"물론, 이 몸의 커다란 걸 쑤셔박으면 부서질지도 모르지만 말이다."

기기라가 커다란 손을 쥐었다 폈다 하면서 저열하게 웃었다.

"—이건 무슨 상황이지?"

그때, 새로운 등장인물이 나타났다.

"어이쿠, 너무 놀랐나?"

기기라가 방심하지 않고 그 인물에게 시선을 보냈다.

"비명을 듣고서 와봤더니, 본 적 있는 미인이 싸우고 있구마."

"서, 선배. 저 녀석, 어쩐지 강해 보여요."

용사 리쿠가 기기라를 노려보고, 용사 카이가 유쾌한 기색으로 주변을 둘러보았다. 그리고 신이 겁먹은 목소리로 두 사람 뒤에 숨었다.

"잘 버텼어. 여기서부터는 내 싸움이다."

용사 리쿠가 성권을 낀 좌우의 주먹을 마주치면서 카리나를 감싸듯 앞으로 나섰다.

"용사님……."

용사라는 존재를 동경하는 카리나가 멍한 소녀의 표정으로 자신을 감싸는 용사 리쿠의 등을 보았다.

"헷헷헤. 기사님이 아니라 용사님이 공주님을 구하러 나타난 거냐?"

기기라가 용사 리쿠를 조소하면서 부추겼다.

"리쿠, 방심하믄 안 된다. 상대는 우리들만큼은 아니라도 고레벨이다."

"상관없어! 질 것 같다고 멈추는 건 싸움이 아냐."

용사 리쿠의 말을 들은 카리나가 정신이 든 표정을 지었다.

"덤벼라, 덩치! 내 주먹은 조~금 뜨겁거든?"

중지를 세우며 저열한 포즈로 기기라를 부추긴다.

"카리나, 괜찮은 거예요?"

"안 다쳤어~?"

"네. 괜찮답니다."

주저 앉은 카리나를 걱정하여 포치와 타마가 말을 걸었다.

"뒤는 리쿠한테 맡기믄 된다. 저래 봐도 싸움에서 진 적이 읎다."

"그래그래. 여자는 뒤에서 보호나 받으라고."

용사 카이의 말에 편승해서, 신이 남존여비의 발언을 했다.

—여자가 싸움터에 나서지 마라! 약한 여자는 강한 남자 뒤에 숨어 있어라!

카리나의 뇌리에 누군가의 말이 되살아났다.

"저, 저는……."

—여성이라서 어쨌다는 겁니까? 카리나 님은 한 사람의 전사입니다.

"……그랬답니다."

사토의 말을 가슴에 품고, 카리나는 벌떡 일어섰다.

용사 카이와 신의 시선이 카리나를 보았다.

"뭐하는 기가?"

"중요한 걸 잊고 있었답니다."

카리나는 수왕장구의 상태를 확인하고, 결심한 표정으로 기기라를 보았다.

"라카 씨, 마력의 저장은 충분한가요?"

『물론이다. 한나절 정도라면 마력이 떨어질 걱정은 없다.』

라카의 초강화가 카리나를 감쌌다.

"어이! 여자는 빠져있어."

"아뇨. 이건 저의 싸움이랍니다."

신에게 말하고, 카리나는 기기라와 용사 리쿠가 격전을 펼치는 전장으로 들어섰다.

"좋구마. 그런 거 내는 좋다."

용사 카이가 실눈을 더욱 가늘게 뜨고 웃었다.

"리쿠! 선수 교대하그라."

선언에 답하듯 용사 리쿠가 기기라와 거리를 벌렸다.

"카이, 네가 하려고?"

"아이다. 이쪽 아가씨래이."

용사 리쿠가 카리나를 보았다.

"나한테 맡겨, 당신의 싸움은 내가 받아 준다."

"아뇨, 저건 제가 쓰러뜨려야 할 상대랍니다."

각오를 굳힌 카리나의 표정에, 용사 리쿠는 상대가 그저 보호받는 것을 바라지 않음을 이해했다.

"그래— 그럼 나쁜 말은 안 한다. 전력으로 부딪히고 와."

"물론이랍니다!"

카리나의 몸을 「라카의 수호」가 갑옷처럼 지켰다.

"케케켁. 그건 만용이라는 거다."

카리나의 용기를 기기라가 비웃었다.

"카리나, 장갑에 마력~."

"그런 거예요! 무기에는 마력을 채워서 손의 연장으로 하는 걸 잊으면 안 되는 거예요!"

"무기— 그랬답니다. 이건 방어구이자 무기……."

타마와 포치의 조언을 듣고, 카리나가 심홍의 장갑에 시선을 내렸다.

"수왕장구를 저의 일부로—."

“전투 중에 한눈팔지 마라!”

기기라가 카리나에게 속공을 걸었다.

아까 전의 재현처럼 눈을 가리기 위해 모래를 뿌렸지만, 같은 기술은 먹지 않는다는 듯 「라카의 수호」로 모래를 튕겨냈다.

카리나가 팔을 들어 모래를 방어하는 걸 상정했던 기기라가 사각에서 덮치려고 했던 속셈이 빗나가서 혀를 찼다.

억지로 들어온 기기라의 펀치를 받아 흘리고, 카리나는 근거리에서 필살기를 뽑었다.

“—앵화백열섬!”

“빌어먹을.”

기기라는 두꺼운 양팔로 카리나의 공격에서 몸을 지켰다.

금강신 스킬이나 마법 갑옷에 있는 방어 장벽으로도 카리나의 공격을 모두 막아내지 못해서 일격마다 대미지가 축적된다.

“언제까지 할 거냐!”

이대로 계속 밀리게 되는 것에 초조해진 기기라가, 억지로 차기를 해서 카리나와 거리를 벌렸다.

“만아맹조(밴디트 클로)!”

방금 전의 공수를 교대하듯 맹공격이 카리나를 덮쳤다.

“그 정도로는 라카 씨의 수호를 돌파할 수 없답니다!”

디폴트로는 전방위를 지키는 라카의 장벽을, 전방에 집중하여 맹공을 버텼다.

“그러냐— 만아천락(밴디트 폴)!”

카리나의 머리 위에서 제3의 손이 쏟아졌다.

"—무슨."

밀도가 옅은 머리 위의 장벽을 부수고, 카리나의 머리 위에 명중했다.

갑옷처럼 몸을 지키고 있던 「라카의 수호」로 치명상은 면했지만, 그래도 적지 않은 대미지를 입었다.

"카리나~."

"아우치인 거예요!"

타마와 포치가 다운된 카리나를 보고 걱정했다.

『맹공을 막아내기 위해 장벽을 전방에 집중한 것이 실수였군.』

라카가 장벽을 조작하여 제3의 손이 기습하는 것을 대비했다.

"저, 저 녀석, 팔이 세 개 있어!"

"징그럽구마. 저게 뭐고?"

관전하고 있던 신이 놀라고, 용사 카이가 기겁하면서 액막이 주문을 중얼거렸다.

"성가시군."

용사 리쿠가 기기라와 싸울 때 공략을 궁리했다.

"편리하지? 마인약의 부작용으로 돋은 팔이다. 이걸 쓰는 상대는 오랜만이야아아아!"

기기라가 세 번째 손으로 턱을 쓰다듬으며 말했다.

"마무리다!"

다운 공격을 거듭하려는 기기라를 카리나가 타마에게 전수받은 브레이크 댄스 같은 차기로 격퇴했다.

"—칫, 아직 팔팔하구만."

『카리나 님, 무사한가?』

"아직 머리가 어질어질하답니다."

"그걸로 안 죽다니. 튼튼한 여자구만."

몸을 일으킨 카리나를 보고, 기기라가 가학심이 가득한 표정으로 내려다 보았다.

카리나는 아직 뇌진탕이 낫지 않았는지, 발치가 비틀거리고 있었다.

"카리나, 화이티잉~."

"네버기브업인 거예요!"

『저 애들은 카리나 님의 승리를 의심하지 않고 있군.』

라카의 말을 듣고, 카리나가 자신을 응원하는 타마와 포치를 보았다.

"명견지수인 거예요! 아직 무기랑 일체화가 안 된 거예요!"

포치는 명경지수를 잘못 말하며 카리나에게 조언했다.

"명경지수…… 머나먼 서방에 있는 사무라이 대장의 가르침……."

카리나가 호흡을 가다듬고, 수왕장구 구석구석까지 마력을 주입했다.

수왕장구에 양각된 짐승의 문양이 반짝 빛났다.

"자아아 즐거운 싸움의 시간이다아아아— 만아맹조!"

기기라가 어두운 적색 빛을 끌면서 연속기를 뿜었다.

"천수방진(멀티플 패링), 이랍니다!"

홍색 빛을 띤 수왕장구가, 기기라의 주먹을 모두 받아 흘렸다.

"건방진 여자구만! 만아천락!"

카리나가 몸을 기울여 세 번째 팔을 피했다.

"방어가 무너졌구만!"

—명견지수인 거에요!

얼굴을 노리고 날아오는 기기라의 펀치와 포치의 조언이 겹쳤다.

"피했다! 카리나가 피한 거예요!"

"베리굿~."

무의식중에 움직인 수왕장구가 기기라의 주먹을 요격해냈다.

"지금이랍니다!"

카리나의 눈동자가 반짝이는 것과 수왕장구에 양각된 짐승 문양이 동기화하는 것처럼 반짝였다.

—《제1봉인》 해방.

수왕장구에서 짐승이 으르렁대는 소리가 흘러나왔다.

그것에 호응하여, 수왕장구가 뿜어내는 홍색 빛이 강해졌다.

"카리나 너크으으으으으으으을!"

순동으로 파고든 카리나가 돌진 필살기를 썼다.

홍색의 잔광이 불꽃처럼 흩어지고, 방어를 하려던 가드의 팔을 때려서 기기라를 날려버렸다.

"지금인 거예요!"

카리나가 도약하여, 상공에서 자세를 바꾸었다.

"카리나 키이이이이이이이이이이익!"

홍련의 불꽃을 두른 것처럼 홍색의 빛을 두르고, 카리나가 일어선 기기라에게 날아차기를 박았다.

기기라는 아슬아슬하게 양팔로 가드하여 치명상은 면했지만,

피해는 막대했다.

양팔의 뼈가 부서지고, 날아간 곳에서 격돌한 건물의 벽을 부수며 실신했다.

"처벌, 이랍니다!"

카리나가 승리 포즈를 취했다.

"대승리~?"

"해냈다~인 거예요!"

타마와 포치가 카리나를 얼싸안고 승리를 축하했다.

"제법인걸."

용사 리쿠가 카리나를 보고 말했다.

"예쁜 데다가 강하다카이. 싸우는 히로인이 될 법한 아다."

"기술 이름은 촌스럽지만요."

"그거재."

용사 카이와 신이 웃었다.

그 사이에 몰래 수왕장구에서 흘러나오던 소리가 사라졌다.

—《제1봉인》 폐쇄.

말 없는 목소리를 깨달은 자는 없었다.

◆

"큰일이었네. 뮤데에게 엄중히 항의를 해둘게."

용사들을 회수하고 돌아온 카리나에게, 거한 기기라와 싸운 일을 듣고서 린그란데가 분개했다.

포치와 타마가 리자에게, 카리나가 얼마나 열심히 싸웠는지 자랑스럽게 말하고 있었다.

떠들썩한 그녀들과 조금 떨어진 장소에서 사토가 식사 배급 정리를 하면서 허공을 노려보고 있었다.

"주인님, 뭐 알아냈어?"

"왕녀의 암살계획을 들어버렸어."

아리사의 물음에 사토가 대답했다.

사토는 맵 검색으로 발견한 환도원의 아지트를 공간 마법「멀리 보기」와「멀리 듣기」로 조사하고 있었다.

"정말로? 역시 구할 거야?"

"아무래도 알아버렸으니 방치는 못하지."

사토는 말하면서 맵 검색으로 왕녀의 거점— 왕녀궁 주변에 일반인이 없는 것을 확인했다.

왕녀궁 안에는 소수의 사용인이 있지만, 마왕 현현으로 수많은 사람들이 도망쳐서 일종의 공백지대가 되어있었다. 며칠 지나면 돌아오는 사람도 있을지 모르지만, 당분간은 전투에 말려드는 사람을 걱정할 필요는 없어 보였다.

"뭐, 주인님이라면 그렇게 말하겠지. 나라면 그런 재수 없는 왕녀 방치할 거라고 생각하지만."

"그래그래."

사토가 아리사의 말을 대충 흘렸다.

같은 상황이라면 아리사가 불평을 하면서도 왕녀를 구할 것을, 사토는 확신하고 있었기 때문이다.

"그러면 구조가 필요한 사람이 남아있지 않은지 순찰을 하고 오는 걸로 할래?'

아리사의 제안을 채용하여, 정리가 끝난 뒤에 사토 일행은 린그란데 일행과 둘로 갈라지는 것을 허락받았다.

"치안이 나쁘니까 해가 지기 전에 주둔지로 돌아와."

"네, 알고 있습니다."

이미 해가 꽤 기울었으니, 일각도 안 지나서 산 너머로 저물 것이다.

린그란데 일행과 충분히 떨어진 참에, 사토는 동료들에게 제안했다.

"수가 좀 많다. 반으로 갈라지자."

사토는 아인 소녀들과 카리나를 다른 반으로 따로 보내고, 홀로 쿠로의 모습으로 변신하여 비밀리에 왕도에서 떨어진 환도원의 아지트로 갔다.

◆

"여기가 코르세아느 왕비가 마왕화하기 전에 찾아온 장소구나……."

선대 용사 하야토의 종자, 척후 세이나는 왕성 지하에 있는 유적에 잠입해 있었다.

"에르데오크 대왕 시대의 유적이네…… 어쩐지 있기만 해도 오한이 들어."

세이나는 알 리 없었지만, 이 유적은 피아로오크 왕국의 자이크온 중앙신전 지하에 있던 「따르지 않는 것」을 봉인하고 있던 장소와 분위기가 비슷했다.

"이 벽화는 마족이 그린 걸까?"

왕비의 흔적을 찾던 세이나가 발견한 벽화를 올려다보았다.

검은 도료로 그려진 기묘한 생물의 벽화는 자이크온 중앙신전에 나타난 엔스의 기본형과 비슷했다.

그러나 「따르지 않는 것」에 관한 지식이 없는 세이나에겐, 그저 단순하게 기묘한 벽화로만 보였다.

벽화 앞에서 한 장의 중후한 문을 발견했다.

"문—은 안 되네. 내 소녀의 감이 말하고 있어. 이건 열면 안 되는 거야."

세이나는 위기 감지 스킬을 믿고서, 엔스가 새겨져 있는 신기한 광택의 문을 만지지 않았다.

"하지만, 무슨 문일까?"

세이나는 떨어진 장소에서 문을 돌아보았다.

"성인? 일곱 신들의 성인이 같은 간격으로?"

문에는 엔스의 조각을 둘러싸듯 성인이 새겨져 있었다.

"성인이 희미하게 빛나고 있어서 예쁘다. 아하하, 어쩐지 자이크온의 성인만 빛바래 있고— 어라라?"

세이나는 성인에 위화감을 느꼈다.

"하나둘셋…… 역시 아홉 개 있어."

문에 새겨진 성인의 수였다.

"일곱 개는 신들의 성인이지? 뭐가 많은 거지— 으엑. 이거, 마왕신봉자의 경전에 새겨진 사인이잖아!"

세이나가 발견한 사인을 보고 표정이 굳어졌다.

"왜 이런 게…… 그리고 하나는 어느 거지?"

남은 여덟 개의 성인을 보며 위화감을 찾았다.

"어라? 파리온 님의 성인이 두 개가 있어? 아니, 조금 다른가?"

세이나는 품에서 꺼낸 탈리스만에 새겨진 파리온 신의 성인과 비교해봤다.

한쪽 성인이 거울에 비친 것처럼 좌우가 반대로 되어있었다.

"파리온 신의 성인이 아니라면— 혹시 용신 님일까? 용사 소환의 마법을 파리온 님에게 줬던 신이니까, 사이가 좋았던 걸까?"

신화를 논하는 그림책 속에서 용신을 여덟 번째, 마신을 아홉 번째 신으로 가르치는 것이 있다는 것을 떠올리고, 세이나는 홀로 납득하여 중얼거렸다.

"뭐, 일하고 상관없는 건 됐어."

세이나는 그렇게 말하고 주위를 둘러보았다.

"여기에 누가 있던 흔적이 있는데 말야~."

문이 있는 광장에는 의자나 책상의 잔해가 굴러다니는 곳이 있었다.

"—응? 여기, 뭔가 이상해."

세이나가 벽화가 그려지지 않은 벽을 만졌다.

"찾았다! 이거야!"

땅바닥 가까운 곳에 있는 돌을 누르자, 뭔가 풀어지는 소리가 나고 벽에 틈이 생겼다.

“오, 열린다.”

무거운 소리를 내면서 숨겨진 문이 열렸다. 중간에 돌이 깨지는 것 같은 소리가 나서 손을 멈추었지만, 잠시 기다려도 반응이 없어 신중하게 문을 열었다.

“이 정도만 열리면 들어갈 수 있어.”

벽과 문 사이의 틈으로 세이나가 미끄러져 들어갔다.

숨겨진 문 안쪽에, 작은 선반을 갖춘 서재가 있었다.

“역사책, 종교의 책, —이건 사교의 경전? 역시, 왕비는 마왕 신봉자였구나.”

세이나는 마왕 신봉 집단 「자유의 날개」의 경전을 오물을 만지는 것처럼 손가락 끝으로 집어 버렸다.

“뭔가 단서가— 이 낙서는…… 교주님? 스승님? 마왕의 힘이 깃든 보옥? 우~응. 단편적인 단어나 낙서밖에 없어서 알 수가 없네~.”

세이나는 단서가 될 법한 낙서를 아이템 박스에 수납했다.

“뭐, 회수만 하고 다음은 린한테 떠넘기면 되지.”

세이나는 「이제 더 이상, 여기 있기도 싫어」라고 한 뒤, 지하의 조사를 마쳤다.

그녀의 뒤에서, 자이크온 신의 성인에 희미한 균열이 생긴 것을 깨닫지 못하고…….

◆

"꽤 조용하네."

주둔지에 돌아온 린그란데가, 한산한 모습에 위화감을 느꼈다.

"이상하네요~. 냄비가 불 위에 그냥 올라가 있어요~."

"참말이래이, 다 탔다 안하나."

신관 로레이야와 용사 카이가 검게 탄 냄비를 들여다 보았다.

신이 불안한 기색으로 주위를 둘러보고, 용사 리쿠는 경계심을 드러내며 시선을 돌렸다.

"그런 것보다, 파수병이 한 명도 없는 건 이상해."

린그란데가 말하고, 몇 갠가의 천막을 걷어 안을 확인했다.

"아무도 없어? 뤼켄이 어디에 데리고 간 걸까?"

"그건~, 아닐~ 거예요~."

로레이야가 가리킨 곳에, 꿈틀거리며 움직이는 애벌레 같은 물체가 있었다.

밧줄을 풀고 둘둘 감긴 천을 벗겨내자, 흑기사 뤼켄이 나타났다.

"뤼켄, 이건—."

"—무슨 짓이냐!"

린그란데의 물음을 흑기사가 가로막았다.

"잠깐 눈 붙이고 있던 나를 포박하다니! 그렇게까지 공을 세우고 싶은가! 이 시가 왕국의 개가!"

흑기사가 린그란데를 매도했다.

"아저씨. 당신을 묶어놓은 건 여기에 없는 누군가야."

"하모. 우리는 방금 식사 배급을 하고서 돌아온 참이재. 다들 어데 갔나?"

용사 두 사람이 흑기사에게 설명했다.

아무리 그래도 용사의 발언을 거짓말이라고 단언할 수는 없었는지, 흑기사의 기세는 약해졌다.

"그, 그것이 사실입니까?"

"내 성권을 걸어도 좋은데?"

그렇게까지 말하면 흑기사도 더 우길 수가 없어서, 마지못해 자신의 착각을 인정했다.

"교관, 이쪽 비공정에 아무도 없는 기라."

"이쪽의~ 비공정에도~ 아무도 없어요~."

"비상 신발로 높은 곳에서 봤는데, 비공정 주위에는 없는 것 같았어."

각자 정보를 교환했다.

"누군가~ 데리고 간 게 아닐까요~."

"하지만, 여기서 전투를 한 흔적이 없는걸?"

"환술이나~ 정신 마법이나~ 매료 같은 게 아닐까요~."

로레이야의 발언에 딱 떠오르는 것이 있었는지, 린그란데의 미간에 주름이 잡혔다.

"―환도원의 마녀, 뮤데."

"만약~ 그렇다면~ 용사의 종자들을~ 데리고 간 곳은~."

"왕녀의 거점이네."

이러고 있을 수 없다. 린그란데가 달려나갔다.

"이봐! 혼자서 가지마!"

"아무리 귀신 교관이라도 혼자서는 안 되재."

용사 두 사람이 린그란데를 따라가고, 신도 그것에 이끌려 달려갔다.

뒤를 따라가려는 흑기사의 어깨를 로레이야가 붙잡았다.

"비공정을~ 무방비하게 방치할 수는 없어요~."

"잠가두면 문제없지 않나!"

"하다못해~ 공중에 띄운 다음이 아니면~ 안돼요~."

로레이야와 흑기사는 비공정의 보전을 우선하여, 린그란데 일행보다 늦게 되었다.

◆

"하아, 하아, 하아, 선배들, 너무 빨라……."

달려나가는 용사들에게 이끌려 따라 달리기는 했지만, 레벨 50의 용사들과 레벨 한 자리 수의 신은 달리는 속도가 전혀 달라서 순식간에 뒤쳐지고 말았다.

"이 꼬맹이는 뭐야?'

"옷 좋은 거 입고 있구만. 부잣집 꼬마 아냐?"

"적당히 훔치러 왔는데 죄다 텅 비어 있었지. 이제 이 녀석이면 되겠다."

폭력적인 분위기를 두른 남자들이 신을 둘러쌌다.

"야. 험한 꼴 보기 싫으면 있는 돈 전부 내놔라."

협박을 받은 신이 곧장 돈을 꺼내 넘어가려고 했지만, 지갑이 안 보였다.

"아차. 그때……."

아버지에게 지갑을 던지고 있는 돈을 모두 잃은 것을 떠올렸다.

"두들겨 패고서 뺏어도 되거든?"

험상궂은 한 명이 손가락으로 우득우득 소리를 내면서 신에게 다가왔다.

"난폭한 거, 금지~?"

"나쁜 짓 하면 안 되는 거에요!"

"뭐야? 이 꼬마들은?"

남자들을 막은 것은 사토와 따로 행동하게 된 카리나와 아인 소녀들이었다.

"어이쿠, 보호자인 미인도 있잖아~."

"아저씨 상대를 좀— 꾸엑."

저열한 표정으로 카리나를 보면서 헤벌레하던 남자들이, 그 뒤에서 확 들이민 리자의 창을 보고 얼굴이 파래졌다.

"얼굴에 구멍이 뚫리기 싫으면 물러나세요."

살기가 담긴 리자의 위협 한 마디로, 남자들이 바들바들 떨며 순식간에 이 자리에서 도망쳤다.

"이런 곳에서 혼자 뭘 하시는 건가요?"

"선배들이— 아무것도 아냐."

연상의 미녀에게 미아가 됐다고 말하지 못하고, 신은 기분이 틀어진 표정으로 고개를 돌렸다.

"미아~?"

"그러면, 포치가 데려다주는 거예요!"

"아니야! 조금 산책하던 것뿐이다!"

얼버무리려던 사실을 고하자, 신이 황급히 부정했다.

"산책인가요? 이 주변은 치안이 안 좋으니까 혼자서는 위험합니다. 돌아가는 곳이 같으니까 동행을 하면 되겠지요."

"그게 좋답니다! 저희들은 여성들뿐이라, 남성이 있으면 마음이 든든하답니다."

커뮤증인 카리나라고 생각하기 어려운 남자의 마음을 이해한 발언이었지만, 그것은 미궁도시에서 제나 부대의 이오나가 했던 「여성들만 있으면 남자들이 다가오니까, 한 명 정도 남자를 데리고 가는 편이 좋다」라는 말을 기억하고 있는 것뿐이었다.

물론 폐허나 다름없는 장소에 미덥지 못한 소년을 방치하는 것이 안쓰럽다는 이유가 더 컸다.

"그, 그렇다면야 같이 가줄 수도 있지."

"그러면 함께 가죠."

걷기 시작한 카리나 일행의 귀에 폭발음이 들렸다.

"뭘까요?"

"전투 소리인 거예요."

"성이 있는 쪽에서~?"

"아! 작은 실프가 있는 거예요!"

카리나 일행 곁으로 작은 실프가 날아왔다.

『리자 씨, 왕녀궁에서 전투가 발생했나봐.』

아리사가 리자에게 원거리 통화를 보냈다.

"저쪽은 리쿠 선배랑 카이 선배랑 린 씨가 갔어."

"신 공, 정말인가요?'

"어, 응. 사가 제국의 거점이 텅 비어있어서, 린 씨가 왕녀의 거점에 간다고 했어."

"어째서, 그걸 처음에 말하지 않은 건가요!"

리자에게 야단맞은 신이 눈물을 흘리며 겁을 먹었다.

『리자 씨, 뭔가 알아냈어?』

물어보는 아리사에게 리자가 정보를 전했다.

『그러면 우리도 왕녀궁으로 갈게.』

"그러면 저희들도—."

간다고 말하려던 리자는, 보호 대상인 신이 함께라는 것을 깨달았다.

리자는 작은 소리로 아리사에게 신이 같이 있다는 사실을 알렸다.

『그건 안 좋은걸. 작은 실프들만 두면 호위로서 약하고, 납치되어 용사에 대한 인질이 되면 너무 위험해.』

"신의 호위로—."

리자가 타마와 포치에게 시선을 보냈다. 전투력은 충분하다. 그러나 긴급 사태에 임기응변으로 대응하기에는 너무 어리다. 본래는 호위 대상인 카리나만 남겨두는 것은 논외다.

『일단은 합류하자. 그리고 안전해 보이는 장소를 확보한 다음이야.』

리자가 아리사 일행과 합류하자는 뜻을 전하고, 작은 실프의 안내로 동료들과 합류했다.

그곳은 1층이 주점인 여관으로, 내분이나 마왕 재해에서도 타지 않고 서 있는 튼튼한 건조물이었다.

"여기라면 안전하겠어. 불 지팡이의 직격 정도에는 부서지지 않을 정도로 벽이 두껍고, 문도 내화 마법진이 있어."

아마 귀족의 안전 가옥 같은 가게였으리라.

"마왕 소동 탓에 왕녀궁 말고는 인기척이 없고, 몰래 숨어있으면 아무도 안 올 거야."

미아의 작은 실프가 경계하고, 타마가 조사하고, 아리사의 공간 마법으로 주변에 사람이 없는 것은 이미 확인했다.

"주인님께 연락했나요?"

"아직이야. 적지에 잠입중이니까, 주인님을 방해하게 되잖아."

그리고 지금의 자신들이라면 마왕이라도 나타나지 않는 한 충분히 대처가 가능하다고 자부하고 있었다.

"지하실도 있어~."

"입구에 바리케이드를 쌓아두면 폭발 대책은 충분하다고 평가합니다."

타마와 나나가 여관의 요새화를 실행했다.

"정령 마법."

"미아가 정령 마법으로 강화한다면 완벽하네."

"응, 맡겨둬."

미아가 긴 지팡이를 손에 들고, 여관의 1층을 돌았다.

"이, 이봐, 나만 여기 남겨두는 거냐?"

신이 불안한 표정으로 잘난 듯이 물었다.

"그래—라고 하고 싶지만, 혼자서는 너무 위험해. 카리나 님. 미안하지만 작은 실프랑 같이 여기서 대기해줄래?"

"싫답니다! 저는 함께 갈 거랍니다!"

카리나와 아리사가 실랑이를 할 무렵, 여관에서 조금 떨어진 장소에 있는 왕녀궁에서는 인간족끼리 격렬하게 싸우고 있었다.

◆

"왕녀 전하! 제3문이 돌파당했습니다!"

"베르존 경, 조릴른 경, 전사!"

왕녀궁의 집무실에 차례차례 비보가 날아들었다.

왕녀는 조바심을 얼버무리듯 손톱을 깨물었다.

"……누님."

"한심한 소리를 내선 안 됩니다. 당신은 다음 국왕이 되는 거예요!"

왕녀는 스커트에 매달리는 기가 약한 동생을 질타하고, 부하에게 요격의 지시를 내렸다.

"전하, 뭔가 이상합니다."

"그런 것은 알고 있습니다. 기기라 일파와 뮤데에게 매료된 어리석은 자들만 가지고서는 이쪽의 수비를 이토록 손쉽게 돌파할 수 있을 리가 없어요."

"혹여, 족제비 놈들이……."

"그건 있을 수 없어요. 의리가 없는 수인들이지만, 그들이 우리나라에 가치를 끌어낼만한 것은 아무것도 없습니다."

국왕의 사후, 족제비 상인들이 손을 뗐다.

"그들이 우리나라에 개입했던 것은, 비스탈 공작령의 내란에 우리나라의 군대를 쓰고 싶으니까. 그 내전에서 마수사냐 유인 골렘의 전투 기록을 얻은 지금, 내란이 끊이지 않는 황폐한 나라 따위 고집할 필요가 없어요."

그 결과로 뮤데 일파가 대두하는 것에 저항하지 못하고, 그녀들은 궁지에 몰렸다.

"하다못해, 족제비 놈들이 남긴 유인 골렘을 쓸 수 있다면……."

"테이머들을 빼가고, 유인 골렘도 정비 불량으로 움직일 수가 없습니다— 이제 명운이 다했습니다."

"포기해서 어쩐단 말인가! 우리들에게는 대의도, 정통한 후계자도 있다! 이런 곳에서 유서 깊은 우리들이 끝을 맞이한다니! 견딜 수 있겠는가!"

왕녀들의 방에서 귀족들이 말다툼을 했다.

"그렇고말고! 뮤데 따위에게 굽힐 무릎은 없다!"

"왕비님이 그러한 모습이 되신 것도, 뮤데가 왕국에 끌어들인 수상쩍은 놈들 탓이 틀림없다!"

"……어머님."

왕비를 떠올린 어린 왕자가 울먹거렸다.

"그만두세요. 지금은 과거의 일보다도, 현재 상황을 타개할 수 있는 안을 생각하세요!"

"그렇지만, 전하……."

이미 상황은 마지막 일보직전이다.

"저, 전하! 도망치십시오!"

측근과 의논을 나누는 왕녀 곁으로, 시종 한 명이 황급하게 방으로 뛰어들어왔다.

"놈들이 바로 근처까지—."

시종의 가슴에 칼날이 돋았다.

피를 토하며 쓰러지는 시종의 등뒤에, 칼을 뽑아 든 기이한 남자가 나타났다.

"발견~. 대장! 왕녀가 있다고~."

시종을 살해한 상어 피부의 남자가 복도 너머로 말을 걸었다.

"이 몸이 갈 때까지 손대지 마라!"

두껍고 탁한 목소리가 들렸다.

"저 목소리는, 기기라……."

"전하, 제가 혈로를 열겠습니다."

측근이 각오를 굳힌 눈으로 왕녀를 보았다.

"당신의 충의는 잊지 않습니다."

"반드시 왕자 전하께 왕관을."

측근이 말하고서, 나이프를 들고 기이한 남자에게 몸통박치기를 했다.

"그런 지저분한 수는 안 먹혀."

기이한 남자는 측근이 나이프를 든 손을 베어 떨어뜨리고, 아무렇게나 걷어찼다.

역수로 쥔 검을 측근의 가슴에 박으려고 다가가서—.

"—바보 놈."

측근이 가슴팍에 숨기고 있던 마도 폭탄의 스위치를 켰다.

측근과 기이한 남자가 한순간에 피투성이가 되고, 피보라가 집무실 벽을 더럽혔다.

"갑니다!"

왕녀는 동생인 왕자의 손을 잡고, 피를 밟는 것을 주저하는 왕자를 끌면서 방을 뛰쳐나갔다.

그리고, 기기라가 오는 것과 반대 방향으로 달렸다.

그쪽은 출구와 반대편. 왕녀들은 건물의 위로 계속 몰리고 있었다.

기기라에게 따라 잡힐뻔하면서, 왕녀와 왕자는 옥상으로 뛰쳐나왔다.

그곳에서 기다리는 것은—.

"어서 오세요, 왕녀님."

"—뮤데."

환도원의 마녀 뮤데, 그리고—.

"용사의 종자님들? 어째서 뮤데 따위와 함께……?"

"참으로 실례되는 말이군. 우리들은 우국의 뜻을 가진 뮤데 공에게 공감하여, 이렇게 도적 토벌을 돕고 있는 것이다."

뮤데에게 매료된 용사의 종자가, 열띤 표정으로 고했다.

"—도적? 정통한 이 나라 왕가의 핏줄인 저와 동생이, 도적이라고요?!"

왕녀가 분노가 극에 달한 표정으로 종자를 노려보았다.

"거기 있는 뮤데야말로, 나라를 어지럽히는 도적이 아닙니까!"

"어머나, 무서워라."

피눈물을 흘릴 것 같은 왕녀와 대조적으로, 뮤데는 남일처럼 반응했다.

"뮤데 님을 도적이라 하다니, 어린아이라 해도 용서할 수 없군요."

"얼른 죽여버리자. 이 녀석들을 처치하면, 왕의 힘을 자유롭게 쓸 수 있는 거지?"

"기다리세요. 살려두는 편이 왕의 힘을 찬탈하기 쉬워요."

"이 녀석들한테 매료는 안 통하는 거 아니었어?"

"정신 조작을 저해하는 왕가의 탈리스만이 없다면 조종하는 것 따위 간단해요."

"그러니까 벗겨버리면 되는 거구만."

기기라가 가학심이 가득한 표정으로 왕녀의 몸에 시선을 보냈다.

욕망이 가득한 시선을 받은 왕녀는, 수치와 혐오로 표정을 찌푸렸다.

"그, 그 이상 다가오면 여기서 뛰어내립니다."

왕녀가 동생 왕자를 끌어안으면서, 옥상 가장자리로 다가갔다.

"누, 누님."

"어머나아. 겁쟁이 왕자는 동반자살이 싫은가 본데?"

뮤데가 쥐를 가지고 노는 고양이 같은 웃음으로 왕녀를 부추겼다.

"누군가, 살려줘—."

왕녀가 절망에 무릎이 꺾였다.

"—알겠다."

한 줄기 바람이 몰아치고, 왕녀 곁에 실눈 용사 카이가 서 있었다.

"용사 카이."

"하모."

훌훌 손을 흔드는 용사 카이를, 뮤데가 씁쓸한 표정으로 노려보았다.

"교관, 인제 됐다."

용사 카이가 품의 탈리스만에 속삭이는 것과 동시에, 뮤데 일행이 있는 곳이 아래쪽에서 폭발했다.

"뮤데!"

입구에서 뛰쳐나온 기기라가 공중에서 뮤데를 회수했다.

"습격범의 수괴가 살아남아버린 모양이네."

부서진 바닥에서 나타난 것은, 선대 용사의 종자「천파의 마녀」린그란데와 리젠트가 트레이드 마크인 용사 리쿠다.

"다른 종자들도 죽지는 않았나?"

"그야 그렇지. 그래서 위력을 줄였으니까."

린그란데와 용사 리쿠가 대화하는 사이에도, 잔해를 밀어내면서 종자들이 아래층에서 옥상으로 부활했다.

"용사 두 명과 종자 한 명. 고작 그걸로, 이 수를 이길 수 있을까?"

"물론이지. 그런 애송이 종자에게 질 정도로, 용사의 간판과 『천파의 마녀』 칭호는 싸구려가 아니야."

뮤데와 린그란데 사이에 보이지 않는 불똥이 튀었다.

◆

"젠장. 빚쟁이 놈들, 기분 좋게 마시고 있는데 죄다 가져가다니."

신에게 부모도 아니라는 말을 들은 중년 남자가 엉망으로 두들겨 맞아 굴러다니고 있었다.

"됐어. 내일도 그 자식을 찾아서 돈 뺏으면 되니까."

중년 남자는 자기 아들을 걱정하지도 않고, 제멋대로 말을 해댔다.

"스승님, 있습니다. 저 남자입니다."

"적당한 응어리를 추적해봤더니, 낮의 그 남자로군."

검은 로브 남자들이 중년 남자를 발견하여 다가왔다.

"너희들은, 낮의—."

말하는 도중에 중년 남자가 혼절했다.

검은 로브 남자가 뒤에서 수상쩍은 마법 도구로 감전시킨 것이다.

"조금 난폭하지 않은가?"

"안심하십시오. 실험체가 상하는 실수는 저지르지 않았습니다."

스승의 잔소리에 제자가 예의 바르게 대답했다.

"뭐, 좋습니다. 그러면 예정대로, 이 개체로 마지막 실험을 합니다."

"방해가 없도록, 어둠 마법으로 골목을 막겠습니다."

"그러면 소리가 새지 않도록, 본관이 바람 마법으로 결계를 치겠습니다."

스승의 지시를 기다리지 않고 제자들이 솔선해서 행동했다.

"스승님. 마왕주의 실험은 이미 충분하지 않을까요?"

"필두 제자인 자네는, 이 실험을 반대합니까?"

"네. 귀중한 마왕주를 이러한 남자에게 낭비하는 것은 반대입니다."

필두 제자는 스승의 말을 정면으로 반대했다.

"이미 코르세아느 왕비로 능동적인 권능의 실험이 완료되었고, 마녀 뮤데나 그 동생인 기기라로 수동적인 권능의 실험도 거의 완료했습니다."

필두 제자가 말하는 권능이란, 사토가 말하는 유니크 스킬이었다.

"왕비로 마왕화까지 확인하고, 토벌 뒤 상태까지 실험이 완료됐습니다. 실험은 필요 충분하게 했습니다. 굳이, 남은 마왕주를 낭비하는 의미를 저는 모르겠습니다."

"필두! 수동적인 권능을 가진 자가 마왕화하는 조건을 조사하는 것도 실험의 일환이 아닐까요?"

다른 제자가 필두 제자에게 의문을 제기했다.

"그걸 위해서 뮤데와 기기라를 고르지 않았나? 오염이 넘치는 남매, 게다가 동생은 외형이 무너질 정도로 마인약을 남용했다. 그 정도의 악조건이 겹쳐도 마왕화하지 않고 있어. 수동적인 권능을 가진 마왕주로는 마왕화하지 않는다고 생각하는 것이 논리

적이겠지."

"맞는 말입니다."

그의 스승이 필두 제자를 긍정했다.

"그러나, 자네는 한 가지 잊고 있어요."

스승이 품에서 검고 작은 병을 꺼냈다.

"그것은……."

"내 스승, 현자 솔리제로 님께 받은 『연옥 저주』."

그들이 말하는 연옥 저주란 것은, 사토가 말하는 마신 잔재—시가 왕국을 공격한 「마신의 찌꺼기」가 남긴 흔적이었다.

"그래요. 권능을 가진 자를 강화하고, 마왕화를 촉진할 수 있지요."

"그런 귀중한 것을 쓰신다는 겁니까?"

필두 제자의 말에 스승이 긍정했다.

"그렇지만, 스승이여. 그렇다면 이 남자에게 쓰지 않아도 뮤데나 기기라에게 쓰면 되지 않을까요?"

"유감이지만, 그들은 감이 좋아요. 코르세아느 왕비가 마왕화한 지금, 우리가 쉽게 접근할 수 없겠지요."

"그래서, 이 남자를 쓰신다는 겁니까?"

"그것뿐만이 아닙니다. 뮤데에게 내린 것과 같은 권능을 기기라에게 내린 이유를 잊은 겁니까?"

"그렇군요, 공명!"

"그렇습니다. 같은 권능은 공명한다. 뮤데에게만 내렸을 때보다, 기기라에게 권능을 내린 다음에 뮤데의 권능이 훨씬 강해졌어요. 그것을 다시 이용해 새로운 실험을 하는 겁니다."

"과연 스승님! 저는 자신의 어두움이 부끄러울 따름입니다."

"괜찮습니다. 이렇게 하나를 알려주면 열을 이해하지 않습니까?"

무릎을 꿇는 필두 제자를 스승이 위무했다.

"스승이여. 필두는 이해한 것 같지만, 부족한 저희들은 이해하지 못했습니다."

"대체 어떠한 목적으로 하시는 실험인지요."

다른 제자들이 스승에게 설명을 청했다.

"공명이야! 마왕화의 공명 실험이다."

필두 제자가 황홀한 표정으로 말하기 시작했다.

"이 남자에게 뮤데 남매와 같은 종류의 『마왕주』를 쓰고, 그 뒤에 『연옥 저주』를 주입하여 강제로 마왕화시킨다. 이것이 첫 번째 실험. 그리고, 권능의 공명으로 뮤데와 기기라에게 마왕화가 연쇄되는지를 확인한다. 그것이 두 번째, 그리고 스승께서 기도한 진짜 실험이다."

설명하는 필두 제자에게, 스승이 만족스럽게 고개를 끄덕였다.

논하는 내용은 대단히 뒤숭숭하지만, 의논하는 모습은 참으로 성실한 연구자로 보였다.

"그렇군, 드디어 이해했습니다."

"이 실험이 성공하면, 어떤 대국이라도 함락시킬 수 있는 위협적인 병기가 되겠군요."

"유감이지만, 그것은 불가능합니다."

제자의 뒤숭숭한 발언을 스승이 부정했다.

"왜냐하면, 마왕주를 재생산할 수 없기 때문입니다."

"현자님이 돌아가셨기 때문입니까?"

"현자님이 하실 수 있었다면, 그 제자인 스승님도 반드시 할 수 있을 겁니다."

"마왕주의 근본이 되는 전생자는 찾으면 발견할 수 있을 거라 생각합니다만……."

제자들에게 스승이 말했다.

"불가능합니다. 내가 현자님을 대신할 수 있더라도, 성녀님의 권능 없이는 마왕주를 만들 수 없어요."

스승은 제자들의 얼굴을 둘러보면서 설명을 시작했다.

"성녀님이 『축복의 보주』에서 스킬을 추출한 『무구의 보주』에, 전생자에게서 뽑아낸 권능을 담아서 만들어진 것이 마왕주. 같은 권능을 가진 마왕주를 만든 것 또한, 『무구의 보주』 하나로는 권능이 넘쳐서 나머지를 다른 『무구의 보주』에 담을 수 있었기 때문입니다."

세 종류의 권능에서 아홉 개의 마왕주를 만들었다고 말을 이었다.

"스승님은 네 개의 마왕주를 가졌다고 말씀하지 않으셨습니까?"

"그래요. 나머지 다섯은 다른 제자들이 가지고 있습니다. 그러고 보니, 현자님이 내려 주셨을 때 자신에게 쓴 자도 있었군요."

"스, 스승님."

어떤 것을 깨달은 제자가 창백한 표정으로 스승에게 물었다.

"만약, 코르세아느 왕비에게 쓴 것과 같은 마왕주를, 그 제자

분들이 사용했다면…….”

“만약, 공명에 거리가 상관없다면— 마왕화했겠죠.”

좋은 착안점이라고 말하는 표정으로, 스승이 제자를 보았다.

“새로운 실험을 또 하나 할 수 있겠군요. 참으로 효율이 좋아요. 멋진 일입니다.”

스승은 자신의 동문이 마왕화하는 것을 나쁜 일이라고 생각지 않는 것 같았다.

“자, 이제 더 질문이 없나요?”

스승은 제자들의 얼굴을 둘러보았다.

“없는 모양이군요. 그러면 이 나라에서 마지막 실험을 시작하죠.”

그렇게 말하고 혼절한 중년 남자에게 마왕주를 심은 뒤, 술리 마법 「이력의 손」을 써서 위험한 「연옥 저주」의 병을 중년 남자의 입으로 밀어 넣었다.

“으, 으가아아아아아아아.”

경련하는 중년 남자에게서 사제들이 거리를 벌렸다.

“케햐, 크햐햐햐.”

중년 남자의 피부 안쪽에서 애벌레가 기어 나오는 것처럼 새까만 혈관이 맥동하고, 피부가 부글부글 끓어오르기 시작했다.

암자색의 빛이 눈구멍과 구강 안에서 흘러넘치고, 코와 손가락 끝에서 검은 안개가 흘러나왔다.

“크HYA하.”

쓰러진 상태에서 무반동으로 일어난 중년 남자가, 하늘을 향해 포효했다.

"자, 새로운 마왕의 탄생입니다!"

—SZHUUBBBTYEN.

중년 남자의 근육이 한 사이즈 커지고, 조잡한 옷이 안쪽에서 찢어졌다.

그 안쪽에서 나타난 몸은 칠흑과 암자색의 얼룩무늬였고, 금속 같은 질감을 띠고 있었다.

"스승님, 마왕의 칭호를 확인했습니다."

"그럼, 다음은 뮤데 남매의 확인이군요."

감정 스킬을 가진 제자에게 보고를 받은 스승이 제자들에게 다음 지시를 내렸다.

제자들은 사역마를 보내 뮤데와 기기라를 찾았다.

"그럼, 우리는 관찰에 적합한 장소로 이동합시다."

스승은 마왕화한 중년 남자를 방치하고 발 빠르게 왕도 밖으로 탈출하기 시작했다.

"스승님. 이번 일이 끝나면, 예정대로?"

"네. 세류 시의 미궁에서 모판을 키워 본격적으로 움직입니다."

"알겠습니다. 모판의 확보는?"

스승의 발언을 듣고, 필두 제자가 다른 제자들에게 진척을 확인했다.

"사역마를 붙여뒀습니다. 지금은 동방 소국군에서 신의 사도를 사칭하는 모양입니다."

"신의 사도? 그것은 또 목숨 아까운 줄 모르는군."

"천벌로 모판이 사냥당하기 전에 실험을 진행해야겠군요."

"그러면 왕도에서 탈출하자마자 모판을 확보하러 가겠습니다."

"부탁하지요."

국가 전복이나 다름없는 일을 계획하면서, 그들에게 마왕을 현현시켜 세상을 혼돈에 빠뜨리려는 소망은 없었다.

그저 하염없이 자신들의 지적 호기심을 채우는 것에만 전념하고 있었다.

그들에게 부족한 것은 세 가지. 「양심」과 「상식」, 그리고 「윤리관」이었다.

◆

그 무렵, 사토는 왕녀 암살을 계획하고 있던 「환도원」의 아지트에 잠입해 있었다.

"폐광산에 잠복하고 있었군……."

사토는 맵을 확인하면서, 개미굴처럼 복잡한 폐광산을 나아가 최하층에서 수상쩍은 제단 같은 것을 발견했다.

제단 주변에는 수상쩍은 차림을 한 환도원의 구성원이 작업을 하고 있었다.

(마신옥?)

사토는 제단이 파리온 신국에서 본 마신옥의 깊숙한 곳에 있던 의식장과 비슷한 것을 깨달았다.

(아니, 조금 다르네…….)

그 자리에 있는 물건을 차례차례 감정하고, 위험한 물건이 없는 것을 확인했다.

조금 시간이 걸렸지만, 사토가 여기에 온 목적— 왕녀 암살을 꾸미는 간부들은 열띤 회의를 하고 있었기 때문에 사양하지 않고 시간을 들일 수 있었다.

(환술이나 정신 마법을 증폭하는 마법 장치 같네. 아마, 뮤데의 힘을 증폭하기 위해 준비한 거겠지.)

사토는 그렇게 결론을 내리고, 돌아갈 때 파괴할 것을 결심했다.

"—말하는 거다!"

간부들이 회의를 하고 있는 구역으로 다가가자, 엿듣기 스킬이 목소리를 포착했다.

"『부국의 숨겨진 공주』였던가?"

"아니다! 『망국의 마녀』다!"

"별칭 따위는 아무래도 좋다. 그러한 나이도 얼마 안 되는 계집아이가 뭘 할 수 있나?"

사토는 그 별칭을 기억하고 있었다.

"아리사 왕녀는 위험하다! 우리들이 획책한 기근으로 쿠보크 왕국이 기울었을 때, 지금보다 더욱 어린 그 계집아이가 다시 세웠단 말이다!"

"위정자로서 뛰어난 것뿐이 아닌가?"

"그렇지. 그 뒤에 획책한 방해공작에 간단히 걸려서, 실의에 빠진 사이에 노예가 되지 않았나?"

간부들은 모른다.

자신들이 범의 꼬리를 밟고, 용의 역린을 건드리는 어리석음을 범했다는 것을.

"우리들이 처리해야 할 것은 이 나라의 왕녀다. 그렇게 걱정된다면, 왕녀를 죽이는 김에 아리사라는 계집아이도 죽이면—."

말하는 도중에, 회의실의 두꺼운 문이 날아갔다.

문은 테이블에 격돌하고, 나무 파편을 뿌리면서 불운한 간부를 혼절시켰다.

"웨, 웬놈이냐!"

"습격이라고? 용사들인가?"

간부들이 당황하고, 무투파가 암기나 지팡이에 손을 뻗었다.

"나는 용사 나나시 님의 종자 쿠로."

쿠로의 모습이 된 사토가 분노를 드러내며 간부들을 바라보았다.

"네놈들을 왕녀 암살 미수의 죄로 포박한다."

사토는 일제히 덤벼드는 무투파 간부들을 무영창으로 발동한 「가벼운 기절탄」과 「유도 기절탄」으로 요격했다.

가차없는 타격의 비가 쏟아져 내리자, 간부들은 몸을 지키는 것도 못하고 두들겨 맞았다.

움직이는 자가 없어지고 희미한 신음 소리마저 끊어진 참에, 사토는 마법의 연타를 멈추었다. 그로서는 보기 드물게 오버킬이었다.

"이 녀석들을 포박하고, 서류를 확인해야지……."

힐끔 보인 서류에는, 요워크 왕국을 제압한 뒤에 이웃 나라인 쿠보크 왕국을 재정복하기 위한 계획서가 있었다. 가보 열매를 뿌려서 데미 고블린의 번식을 가속시키고, 인위적인 스탬피드를 발생시켜 군사력을 빼앗을 셈인가 보다.

그 밖에도 세류 시의 미궁을 넘치게 하는 계획서까지 있었다.

"퇴치하러 와서 다행이야."

사토는 아는 사람의 얼굴을 떠올리면서 안도의 한숨을 쉬었다.

"이건, 『환도원』을 이용한 침략 계획?"

신경 쓰이는 타이틀의 서류를 발견하고, 사토는 그것을 살폈다.

"조직 이름의 뿌리가 된 『신화 시대의 비보』인가……."

뮤데의 잠재능력을 끌어내, 도시 하나 분량으로 효과를 발휘하는 위험한 비보다.

방금 전에 사토가 발견한 마법 장치는 그 비보를 모방한 것이었나 보다.

"뭐, 본래의 성능을 발휘하기 위해 필요한 『현자의 돌』이 없는 모양이니까, 걱정할 것 없겠지……."

사토는 모른다.

뮤데에게 접촉한 「현자의 제자 파사 이스코」가, 마왕주와 함께 「현자의 돌」을 넘겨준 것을.

"이쪽에는 다른 계획서가— 왕비의 꿈에 침입하여 밤마다 악몽으로 정신을 파괴한다고? 그렇군……."

그 계획서를 보고, 사토는 코르세아느 왕비를 마왕화시킨 것이 환도원의 구성원이라고 오해했다.

사토는 모른다.

요워크 왕국의 왕도에서 암약하는 「현자의 제자」가 코르세아느 왕비를 마왕화했고, 지금 또 새로운 인조 마왕을 만들려 하는 것을.

그러나, 사토는 알고 있었다.

자신이 해야 할 일을.

◆

"오라오라오라오라오라아아아아!"

"포기하그라아!"

왕녀궁의 옥상에서 사투가 이어지고 있었다.

레벨 차이가 있다지만, 왕녀와 왕자를 지키면서 싸우는 것은 어렵다.

"이만큼 수가 차이 나면 좀 힘드네."

뮤데에게 조종당해 능력이 떨어져 있다지만, 종자들은 용사와 함께 행동할 정도로 우수하다. 잡졸처럼 한 방에 쓰러뜨릴 만큼 약하지는 않았다.

무엇보다 기기라가 예상보다 강해서, 용사 리쿠가 그를 상대하느라 묶여 있어서 힘들다.

"세이나랑 로레이야가 와줬다면—."

린그란데가 보기 드물게 약한 소리를 했다.

"오호호호호, 아무리 기다려도 구원 따위 안 와. 얼른 포기하고서 왕녀와 왕자를 내놓으시지."

뮤데가 후방에서 린그란데를 비웃었다.

"그럴 필요는 없어!"

태양 같은 열의가 담긴 목소리가 전장에 울렸다.

"누구냐!"

뮤데가 외쳤다.

옥상에 인접한 파수탑 위에 사람의 모습이 있었다.

"하늘이 알고 땅이 알고 사람이 안다! 미스릴 탐색자이자 광룡급 모험가 『펜드래건』! 소녀의 바람에 응답하여 지금 등장!"

백은의 반짝임을 두른 소녀들이 있었다.

"리자 씨!"

"나나, 타마, 포치, 갑니다!"

"예스, 리자."

"아이아이 서~?"

"네, 인 거예요! 오늘 카타나는 정의에 굶주려 있는 거예요!"

―LYURYU.

아인 소녀와 하얀 어린 용 류류가 전장을 헤치고, 나나가 왕녀와 왕자를 지키는 포지션에 섰다.

아리사와 미아도 나나의 등뒤로 이동했다. 아쉽게도 루루는 카리나와 신을 호위하기 위해 여관의 거점에 남아 있었다.

"먹어라, 산소 결핍의 술법! ―산소 연소 공간(옥시즌 디스트로이어)!"

아리사가 사토가 설계한 대인 제압 마법을 썼다.

숨을 못 쉬게 된 자들이 당황하고, 괜히 더 산소를 잃어서 차례차례 혼절했다.

"뉴루루~룽. 회수, 회수, 몰수~?"

타마가 혼절한 사람들을 인술로 「그림자 감옥」에 떨어뜨렸다.

냉정한 자들이나 마인약으로 부스트한 자들은 금방 숨을 멈추고, 「산소 연소 공간」 밖으로 뛰쳐나가 무사했다.

"과연 『망국의 마녀』. 방심할 수 없는 상대야."

"그런 별칭으로 칭찬해도 미묘하네."

"자만하는 것도 정도껏 하렴. 이 정도로 역전할 수 있다고 생각하지마."

이미 승패는 갈린 거나 다름없지만, 팀 「펜드래건」의 차원이 다른 강함을 모르는 뮤데는 승리를 뽐내는 표정을 지었다.

"매료나 정신 마법이 안 통하는 상대한테 뭘 할 수 있는데?"

"환도원. 그게 이 비보의 이름이야."

뮤데가 랜턴 같은 마법 도구를 들었다.

아리사가 무영창으로 비보에 불꽃탄을 쏘았지만, 옆에 있던 종자가 몸을 던져 막았다.

"자, 끝의 시작이야."

비보에서 안개가 퍼졌다.

"달콤한 냄새가 나는 거예요."

"복숭아~?"

—LYURYU.

포치와 타마와 류류가 안개에서 거리를 벌렸다.

"리자 씨!"

"알겠습니다."

리자가 순동으로 뮤데에게 다가갔다.

"못한다 인마."

리자는 막아서려는 기기라를 창을 한 번 휘둘러 쓰러뜨렸다.

"크아아아아!"

비보가 부서지기 직전, 뮤데가 갑자기 괴로워하기 시작했다.

쓰러진 기기라도 그랬다.

리자는 상관하지 않고 비보를 부수려 했지만, 급속하게 거대화한 뮤데의 몸에 막혔다.

"리자 씨, 떨어져! 그 녀석은—!"

밀가루 반죽 같아진 뮤데의 몸이 비보를 몸 안으로 끌어들였다.

"—마왕이야!"

아리사의 외침과 동시에 뮤데의 몸에서 분출된 안개가 왕녀궁의 옥상을 뒤덮고, 왕성마저 삼키더니 왕도에 퍼졌다.

사토가 왕도로 귀환한 것은 그런 심상치 않은 타이밍이었다.

환도원

"사토입니다. 등산 중간에 농무 같은 구름속에 들어간 적이 있습니다. 한 치 앞도 안 보이고, 나무들 그림자가 흐릿하게 안개 속에 떠오른 경치에, 마치 악몽 속에 들어선 것 같은 불안감을 품었던 것을 기억합니다."

"저게, 뭐지?"

왕성을 중심으로 한 구역을 하얀 안개가 감싸고 있었다.

AR표시에 따르면 「결계: 환도원」이라고 한다. 비보 「환도원」이랑 「현자의 돌」이 없으면 기동하지 못하는 것이었을 텐데, 어디선가 입수해서 쓸 수 있게 된 모양이군.

아리사 일행이 결계 안에 있는 모양이라서 공간 마법 「원거리 통화」를 쓰려고 했는데, 방해를 받아서 제대로 안 이어진다.

맵의 마커 일람으로 무사한 건 확인했지만, 그래도 걱정이다. 안개 속에 돌입해서 합류해야지.

그렇게 정한 나는 돌입하기 전에 한 가지를 준비했다.

공간 마법이 저해된다면 「귀환전이」로 탈출하는 것도 방해를 할 가능성이 높으니까, 유닛 배치로 탈출할 수 있도록 폐허가 된 구역에 탈출용 세이프 하우스를 「집 제작 마법」으로 만들었다.

준비를 마친 나는 신속하게 결계 너머에 진입했다.

농밀한 우유처럼 짙은 안개지만, 인체에 영향은 없는지 로그를 봐도 레지스트 표시가 없었다.

『주인님!』

마침 다행히도, 결계에 들어가자마자 아리사에게 「원거리 통화」가 연결됐다.

노이즈가 섞이고 음성이 안정되지는 않지만, 그래도 둘 다 안개 안쪽에 있으면 통하는 모양이군.

"다들 괜찮니?"

『다친 사람은 아무도 없어.』

마커 일람으로 무사하다는 걸 알고는 있어도, 직접 대화를 해서 괜찮다는 걸 확인하자 안심했다.

『하지만, 루루랑 카리나 님은 따로 행동하고 있어.』

"어째서 그렇게 됐어?"

아리사가 경위를 설명해주었다.

왕녀궁 방면에서 발생한 이변을 조사하러 가는 도중에 미아가 된 신을 발견하고 방치할 수 없어, 여관을 반쯤 요새화시켜 보호했다고 한다. 그리고 호위로 카리나 양과 루루를 남겨뒀다고 한다.

아마도 카리나 양이 무모한 짓을 하지 않도록 호위로 남겨둔 거겠지.

맵을 열어 장소를 확인하고자 했는데, 「맵이 존재하지 않는 공간」으로 표시되어 버렸다.

『방금 「원거리 통화」로 확인했는데, 루루 쪽도 무사하다고 했어. 그리고—.』

아리사가 심각한 톤으로 말을 이었다.

『뮤데랑 기기라가 마왕화했어. 정확하게는 가짜 마왕이지만.』

유니크 스킬을 가지고 있던 남매다.

아리사에게 들은 이야기를 시간 순서로 정리하면, 마녀 뮤데와 거한 기기라가 세력을 이끌고 왕녀궁을 습격했는데 거기에 린그란데 양과 새로운 용사 두 사람이 개입했다. 전투중에 케라사우네 왕녀들이 다칠 것 같아서, 전투를 감시하고 있던 아리사도 참전했다.

그 다음 갑자기 뮤데와 기기라가 괴로워하기 시작하더니 마왕화, 정확하게는 배덕비 코르세아느와 같은 거짓된 마왕— 위왕이 되었다고 한다. 뭐, 헷갈리니까 마왕이라고 해도 되겠지.

『이 안개는 마왕화한 직후에 거대해진 뮤데가 만들어낸 거야. 환술 같은 거라고 생각하는데, 공간 마법으로 조사해 보니까 이 안개 속 일대가 「이계화」된 것 같아. 수해 미궁의 고유 마법하고도 달라.』

안개가 생긴 직후에 장소가 셔플되었다고 한다. 지금도 공간의 연결이 유동적으로 변화하는 모양이다.

공백의 맵에 비친 아리사나 루루의 광점이 언제나 이동하고 있는 것도 그게 이유겠지.

『우리는 같이 있는데, 린이나 용사들은 따로 떨어져버렸어. 왕녀랑 왕자 두 사람은 방금 발견해서 보호했어. 뮤데랑 기기라의 행방은 불명. 타마가 그림자 감옥에 포박해둔 녀석들도 어디론가 사라져버렸어. 그밖에 왕녀궁에서 전투를 하고 있던 기사나 병사가 있을 거야.』

“일단 합류하자.”

아리사 일행도 그렇지만, 루루와 카리나 양이 있는 곳에 마왕이 나타나면 위험하다.

『그렇네. 루루는 작은 실프가 발견해서— 아, 잠깐. 주인님도 지금 발견했나봐.』

—후옹.

아리사와 대화하는 사이에, 하늘에서 작은 실프가 내려왔다.

『미아가 작은 실프랑 연결돼서 찾을 수 있으니까, 루루랑 주인님이랑 합류하는 건 문제 없어.』

조금의 공백을 끼고 아리사가 말을 이었다.

『작은 실프들끼리도 자기 분신이랑 연결을 추적할 수 있으니까, 루루가 있는 여관에서 합류하자.』

정령끼리 연결된 거면 정령시로 보이지 않을까 생각했는데, 그럴듯한 흔적은 없었다. 물질계가 아니라 정령들의 세계— 정령계 같은 공간을 경유해서 연결된 거겠지.

“알았어—. 부탁한다, 실프.”

—후옹.

나는 실프를 따라 이동했다.

맵으로 검색해보니, 뮤데와 기기라는 별개 행동. 새로운 용사들과 린그란데 양은 함께 행동하는 모양이다. 그밖에 몇 개 있는 광점은 양진영의 기사와 병사들이겠지. 모두 루루나 동료들과 거리가 있지만, 현재 상황에서는 그다지 안심할 수 없다.

아리사에게 말하고, 원거리 통화의 타깃을 루루로 변경하여 말을 걸었다.

"루루, 말 걸어도 괜찮니?"

『주인님!』

루루가 안도한 기색을 담아 말했다.

역시 불안에 짓눌리고 있었나 보군.

공간 마법「멀리 보기」를 맵의 마커를 기준으로 기동하여 루루가 있는 장소를 확인했다. 원거리 통화와 마찬가지로 영상이 안정되지 않지만, 상황 파악에는 문제없다.

카리나 양이나 신도 불안한 기색이지만, 거점 자체는 안전해 보였다. 시점을 거점의 옥상으로 이동시켜 주위를 둘러봤지만 수상한 건 안 보인다.

—후웅.

나를 안내해주는 작은 실프가 정지하여 뭔가를 가리켰다.

잠시 지나자 전투음을 엿듣기 스킬이 포착했고, 급속하게 커졌다.

"오라오라오라오라아아아아아!"

"가볍다, 망할 꼬맹이 용사."

리젠트 용사의 목소리와, 이상한 소리가 섞인 탁한 목소리가 들렸다.

아무래도, 리젠트 용사와 기기라가 싸우고 있는 모양이다. 루루와 대화를 하는 사이에 조우한 거겠지.

"자식아! 죽어!"

안개를 돌파하고, 피투성이 리젠트 용사가 굴렀다.

그것을 따라 나타난 기기라를 돌려 차기로 요격했다.

"맞겠NY아."

—오, 막았어.

모션이 커다란 돌려차기라서 그런지 기기라가 다리로 방어했다.

뭐, 통째로 날려버리면 되지.

기기라가 땅바닥을 굴렀다.

그것을 눈으로 추적하며, 리젠트 용사에게 마법약을 건넸다.

"용사 리쿠, 이걸—."

"미안, 덕분에 살았어."

리젠트 용사가 단숨에 들이키지만, AR표시되는 그의 체력 게이지가 회복되지 않는다.

"역시, 이것도 안 되나……?"

"용사님?"

"마법약을 너무 마셨어."

AR표시를 확인하자, 그가 말한 것처럼 과잉 섭취 상태였다.

동료들은 용량을 지켜서 사용하니까 웬만하면 안 걸리지만, 마법약은 너무 쓰면 게임처럼 쿨 타임이 필요해진단 말이지.

그에게도 자기 치유 스킬이 있으니까 죽지는 않겠지만, 꽤 중상이다. 성갑옷 여기저기가 찌그러졌다.

"또 한 명의 용사님과 린그란데 님은?"

"중간에 떨어졌어."

맵 정보를 보니, 두 사람 다 체력 게이지가 절반 이하가 될 정도의 대미지를 입었다. 리젠트 용사보다는 부상이 가볍군.

“칫, 다리가 부러졌구만. 설마 다리로 방어했는데 통째로 날아갈 줄은 몰랐다.”

일어선 기기라의 다리가 다른 생물처럼 물결치더니, 본래 형태로 돌아갔다. 자기 재생으로 골절을 복원한 모양이군.

방금 전에는 몰랐는데, 마왕화한 기기라의 겉모습이 변했다.

본래도 거한이었는데 다섯 사이즈 정도 더 거대해졌고, 몸과 얼굴이 이형화해서 본래 인간족이었다고 생각하기 어려울 정도다.

“너는 물러나. 이놈은 마왕이야.”

리젠트 용사가 나를 감싸듯 앞으로 나섰다.

중상을 입고서 비틀거리는 상태에서도 그는 타인을 지키기 위해 행동할 수 있나 보군.

과연 파리온 신이 고른 용사다.

“게하하하! 망할 꼬맹이가 훌륭한 용사님 행세냐— 만아맹조!”

손등에 돋은 거대한 손톱이 리젠트 용사를 공격했다.

저건 위험하다. 방어 계통 유니크 스킬이 없는 리젠트 용사에겐 좀 벅차.

나는 축지로 리젠트 용사 앞에 나서서, 방패 팔찌 앞에 만들어낸 자유 방패(플렉시블 실드)로 그것을 받아냈다.

—무거워.

자유 방패가 한순간에 부서졌다.

손등에 마력 갑옷을 순간적으로 전개하여 기기라의 손톱을 받아냈다.

기기라의 손톱과 마력 갑옷이 격렬하게 간섭하여 암자색 빛과

붉은 마력광이 흩어져 눈부시다.

“켁!”

막은 걸 보더니, 기기라가 곧장 돌려차기를 했다.

나는 땅을 차고 뛰어올라, 거목이라도 여유로 부러뜨릴 법한 돌려차기를 회피했다.

기기라의 차기가 중간에 궤도를 바꾸어 공중에 있는 나를 추적했다. 나는 천구를 한순간만 기동하여 기기라의 차기를 피했다.

차기의 풍압이 굉장하군. 보통 옷이었다면 풍압으로도 찢어졌을 것 같다.

“쫄랑거리기는!”

기기라의 등에서 쑥쑥 돋아난 가는 팔이 다가온다. 손가락 끝이 경질화되어 칼날 같다.

나는 요정검을 뽑아서, 등의 팔을 베어냈다.

모두 베어 버릴 셈이었는데, 몇 갠가는 회피해버렸다.

“제법이잖아. 망할 꼬맹이 2호.”

마왕 기기라가 제법 강하군.

같은 레벨일 무렵의 리자에 필적한다.

“그러나— 놀이는 끝이다.”

기기라의 양팔과 양다리의 피부를 파헤치면서 무수한 갈고리 손톱이 덧니가 난 것처럼 불규칙하게 돋아났다.

밴디트 카니발
“만아비제!”

갈고리 손톱이 전동 톱날처럼 움직이고, 팔을 마구잡이로 휘두르는 기기라가 팽이처럼 회전했다.

언뜻 보면 코미컬한 움직임이지만, 예측불능의 궤도로 공격해 오는 펀치나 킥이 상당히 피하기 힘들다.

고무처럼 늘어나는 팔다리도 어우러져서, 여러 번 타격을 받을 뻔했다.

"—앗."

무심코 실수해서 기기라의 목을 베어버렸군.

슝 날아가는 머리를 거친 손이 받아냈다.

기기라다. 머리를 잃은 기기라가 스스로 머리를 받아내서, 본래 위치에 억지로 밀어 넣었다.

"젠장, 이 괴물 자식!"

마왕한테 괴물 소리를 들어버렸네.

"나중에 반드시 죽인다."

기기라가 안개에 섞여 사라졌다.

축지를 쓸 틈도 없는 깔끔한 도주극이다.

"기, 기다려!"

리젠트 용사가 추적하려 했지만, 몇 걸음 가다가 풀썩 쓰러져 버렸다.

출혈이 꽤 심하니까, 빈혈이겠지.

—후웅.

작은 실프가 안개 너머로 보이는 건물을 가리켰다.

그 건물 옥상에서 다른 작은 실프가 손을 흔들고 있었다.

아무래도 목적지에 도착한 모양이군.

나는 리젠트 용사에게 어깨를 빌려주며, 여관을 향해 이동했다.

◆

"주인님!"

바리케이드를 넘어서 여관에 들어서자, 루루가 열렬한 허그로 맞이해 주었다.

아마도 그만큼 불안했던 거겠지.

"루루, 미안하지만 일단 그가 쉴 자리가 필요해."

리젠트 용사가 조용하다 싶더라니, 어느샌가 의식을 잃었다.

"알겠습니다. 이쪽에 눕힐 장소가 있어요."

루루가 선도하여 여관 안쪽으로 갔다.

"사토! 그리고 용사님!"

양손으로 잡은 메이스를 겨누고 있던 카리나 양이 안쪽 방에 있었다. 신도 있군.

"리쿠 선배! 너, 리쿠 선배한테 무슨 짓을 했어!"

"마왕이랑 싸우다 부상을 입었어. 눕힐 거니까 도와라."

착각하며 대드는 신의 오해를 가볍게 풀고, 리젠트 용사를 편한 자세로 눕혔다.

이 틈에 성스러운 갑옷을 벗기고, 고칠 수 있을 법한 부분은 수리하자.

"리쿠 선배! 괜찮으세요!"

"그만둬, 그를 흔들지 마라. 출혈이 심하지만, 상처는 이미 막혔어."

피투성이 리젠트 용사를 흔들려는 신을 제지했다.

"……여기는?"

그 목소리가 시끄러웠는지, 리젠트 용사가 눈을 떴다.

"리쿠 선배! 괜찮아요!"

"그래, 걱정마라."

매달리는 신에게 리젠트 용사가 힘든 목소리로 대답했다.

"여기는 안전한 장소입니다."

나는 리젠트 용사에게 말하고, 다시 한번 잠들도록 권했다.

"이봐, 포션이나 엘릭서 같은 거 없어?!"

"이미 썼다. 더 이상 쓰면 과다 섭취로 부작용이 생겨."

나에게 대드는 신에게 되도록 알기 쉽게 상황을 전달했다.

"그는 우수한『자기 치유』스킬이 있으니까 금방 좋아질 거다."

실제로 리젠트 용사의 상처는 눈으로 봐도 알 만큼 수복되어 있었다.

앞으로 10분 정도 지나면 움직일 수 있을 정도가 될 거야.

나는「멀리 보기」와「멀리 듣기」를 발동하여 아리사의 상태를 보았다.

그쪽도 딱히 문제는 없는 모양이다.

"카이 선배랑 린 씨는 어떻게 된 거야? 리쿠 선배랑 같이 있었을 텐데."

"내가 만났을 때는 그밖에 없었어."

불안에 입을 다물지 못하는지, 신이 나에게 말을 걸었다.

"카이나 교관하고는 기기라하고 전투하는 도중에 떨어졌다."

"리쿠 선배."

"조금 더 자는 편이 좋아요."

체력 게이지는 아직 회복되지 않았다.

리젠트 용사의 말을 들어보면, 세 사람이 있을 때 기기라와 마주쳐 전투가 일어났다고 한다.

루루가 타준 차를 마시고 한숨 돌린 참에, 아리사가 급보를 전하는 원거리 통화를 걸었다.

『주인님. 마왕 뮤데를 발견했어.』

아리사가 가리키는 방향에 「원거리 통화」의 카메라를 돌렸다.

근처에 요워크의 왕성이 보인다. 그 성이 하얀 점액 같은 것에 짓눌려 있었다.

유동하는 하얀 점액에, 여자의 옆모습이 떠올라 있었다.

"—뮤데?"

아무래도, 마왕 뮤데는 상당히 거대한 모양이군.

그러고 보니, 마왕화할 때 거대해졌다고 했지.

『위험해.』

점액에 떠오른 거대한 안구가, 아리사 일행을 발견했다.

『선수필승! —화염지옥(인페르노)!』

아리사가 불의 상급 공격 마법으로 마왕 뮤데를 공격했다.

공간 마법의 효과가 줄어드는 장소니까 불 마법을 선택한 모양이군.

『통과했어?』

『환영?』

발동하고 있는 멀리 듣기로 동료들의 목소리가 들렸다.

분명히 아리사의 불 마법이 효과가 없는 것으로 보인다. 맵 정보로도, 뮤데의 체력은 조금밖에 안 줄었다.

『긴급 회피~?』

『에머젠인 거예요.』

—LYURYU.

하늘에서 점액 덩어리가 떨어졌다.

뮤데의 손이군.

—QZEEEBBBN.

포효와 동시에 무수한 하얀 점액의 손이 뻗었다.

『팔랑크스라고 고합니다.』

『타마도 팔랑크스~?』

『포치도 팔랑크스를 쓰는 거예요!』

—LYURYU.

류류의 브레스가 점액을 태우고, 둘로 갈라진 점액은 세 사람이 쓴 1회용 방어 방패 팔랑크스에 격돌하여 사방으로 튀었다.

『마왕이랑 거리를 벌려!』

바로 옆에 리젠트 용사와 신이 있어서 목소리를 내지 않고 아리사에게 지시를 보냈다.

해일 같은 점액의 질량이 어마어마해서, 가장 바깥쪽에 있는 팔랑크스가 부서져 버렸다.

『황금 갑옷 사용을 허가한다. 필요하면 강화 외장도 써.』

일격을 쏟아낸 점액 뮤데가, 점액의 손을 되돌린 지금이 기회다.

『하지만, 왕녀나 왕자가 보면—.』

『그래도 괜찮아. 모두의 안전이 우선이야.』

우선 순위를 틀려선 안 된다.

그리고 왕녀랑 왕자는 거대한 점액 뮤데를 보고 실신했다.

『알았어! —《진장(眞裝)》!』

아리사가 처음에 등록한 이상한 포즈를 취하며 황금 갑옷으로 변신했다.

동료들도 점액 뮤데가 공세로 나서기 전에 황금 갑옷으로 변경시켰다.

『아리사, 저쪽에서 뭔가 옵니다.』

『거한.』

리자와 미아가 거한— 마왕 기기라를 발견했다.

『뮤데, 내가 왔다!』

—QZEEEBBBN.

뮤데는 기기라와 달리 자아가 붕괴했는지 포효를 지를 뿐이었다.

마왕이 둘 다 저쪽에 모여 있으면, 여기를 비워도 괜찮겠지.

"카리나 님, 아리사 쪽에 마왕이 나타난 모양입니다."

"어머! 큰일이랍니다! 곧장 지원하러 가야죠!"

"그렇습니다. 하지만, 부상을 입은 용사님을 방치할 수도 없어요."

나는 라카에게 눈짓하여 설득의 지원을 의뢰했다.

『카리나 님. 용사의 종자를 목표로 한다면, 용사의 호위는 그 예행연습이 되지 않겠나?』

"라카 씨…… 알겠어요."

"고맙습니다. 용사님이 회복되면 함께 따라와주세요."

마지못한 기색이지만 카리나 양이 물러나 주었다. 둘 있는 작은 실프 중 하나를 표식으로 남기고, 또 하나의 선도로 루루와 함께 뮤데나 기기라와 싸우는 동료들 곁에 달려갔다.

이동하면서 공간 마법으로 마왕들과 동료들의 싸움을 지켜보았다.

중간 크기 실프에게 안긴 아리사가 하늘에서 점액 뮤데를 불 마법으로 공격하고, 나나와 강화 외장을 장비한 아인 소녀들이 기기라와 접근전을 하는 모양이다. 미아는 장애물 뒤에 숨어 왕녀들을 호위하면서, 전위진에게 회복 마법을 걸고 있었다.

아리사의 마법 공격은 여전히 직격하지 않지만, 점액 뮤데에게 주는 대미지는 착실하게 쌓여가고 있었다.

기기라와 싸우는 쪽은 나나가 기기라의 공격을 완전히 막아내고, 아인 소녀들의 연계 기술이 기기라를 압도하고 있었다.

레벨이 낮기는 하지만, 마왕급을 상대로 이만큼 싸울 수 있을 줄은 몰랐군.

—위기 감지.

나는 루루를 안고서 옆으로 뛰었다.

우리가 있던 장소에 하얀 액체가 부착되어, 이상한 냄새를 내면서 걸쭉하게 녹았다.

"주인님. 안개 속에 하얀 슬라임 같은 것이 있어요."

얼굴이 조금 빨개진 루루가, 요정 가방에서 꺼낸 휘염총을 겨누었다.

하얀 슬라임은 점액 뮤데와 아주 비슷했다. 그도 그럴 것이, AR표시를 보니 하얀 슬라임은 뮤데의 분체인가 보다. 맵 검색을 해보니 셋 정도 있는 모양이다.

"마왕의 앞잡이 같아. 레벨 40쯤 되니까 조심해."

내가 말하면서 화염 폭풍(파이어 스톰) 마법으로 가까운 하나를 증발시켰다.

땅이 타서 녹을 정도의 불꽃이 강풍을 일으키면서, 주변의 안개를 날려버리고 주변 시야를 명료하게 만들었다.

"구역의 주인이 거느린 권속급이군요. 노려서— 쏩니다."

루루가 위치가 드러난 분체 하나를 저격했다.

한 발로 쓰러뜨리지 못하고, 합계 다섯 발 정도 필요했다. 휘염총으로는 위력이 조금 부족한 모양이군.

내 화염 폭풍으로는 너무 오버킬이라서, 마지막 하나는 불씨 탄환을 몇 발인가 때려 박아 증발시켰다.

"루루, 우리도 갈아입자."

"네! 《진장》입니다!"

백은 갑옷에서 황금 갑옷으로 변경한 루루의 옆에서, 나도 빨리 갈아입기 스킬을 써서 용사 나나시로 변신했다.

"주인님. 저쪽 안개에 커다란 그림자가!"

"마왕 뮤데의 본체인가 봐."

루루가 발견한 것은 작은 산만한 점액 뮤데의 그림자였다.

아마 광원은 아리사의 불 마법이겠지.

방금 전 전투중에 공간 마법이 풀려버렸지만, 이제 곧 합류할 것 같으니 재사용하지 않고 이동 속도를 올려서 합류를 서둘렀다.

그런 보람이 있었는지, 우리는 곧 동료들과 합류했다.

◆

"쥔님~."

"주인님인 거예요!"

"칫, 적이 늘어났구만."

타마와 포치가 기뻐하고, 마왕 기기라가 투덜댔다.

—어라?

방금 전까지 만신창이였던 기기라가 멀쩡하네.

"섬광 나선 찌르기!"

나는 루루를 내려주고, 발동이 빠른 돌진 필살기로 기기라에게 빈사의 대미지를 입혔다.

반사적으로 용사 하야토의 기술을 흉내 냈는데, 발동이 잘 됐군.

"크아하아아아!"

날아간 기기라가 안개 너머로 사라졌다.

"주인님, 방심하지 마십시오."

"이제 곧 와~?"

리자와 타마가 경계하고, 날아간 곳과 다른 방향에서 기기라가 뛰쳐나왔다.

"—상처가 없어?"

"몇 번을 해도 소용 없다."

"섬광육연격!"

기기라의 손발을 잘라버리고, 머리와 몸체도 두 동강 냈다.

상대는 마왕. 이 정도로는 안 죽는다. 아까 전에도 목을 벴는데 멀쩡하게 재생했으니까.

"역시 재생하나……."

안개에 휘감겼다 싶더라니, 멀쩡한 기기라가 다른 장소에서 나타났다.

"아까부터 치사한 거예요!"

—LYURYU.

분개하는 포치에게, 류류가 끄덕끄덕 고개를 움직이며 동의했다.

"안개가 수상해~?"

"포치도 그렇게 생각하는 거예요! 여자의 감이 삐비빙 빛나는 거예요!"

타마와 포치가 말한 것처럼, 안개가 모든 것의 열쇠라고 생각한다.

"안개, 바람×."

미아가 안개를 바람으로 흩어보려 했지만 안 됐다고 단어로 가르쳐 주었다.

땅바닥을 녹일 정도의 내 화염폭풍이라도 한순간 흩어놨을 뿐이고 금방 본래대로 돌아와 버린다.

"오와와와와!"

실프와 하늘을 나는 아리사에게, 점액 뮤데의 대공 공격이 작렬했다.

이쪽보다 저기가 위험해 보이네.

"주인님. 이쪽은 저희들에게 맡겨 주십시오."

"알았어. 부탁한다."

나는 기기라의 상대를 리자에게 맡기고, 섬구로 아리사 곁에 이동했다.

아리사의 마력이 고갈 직전이라, 「마력 양도」의 마법으로 회복시켜줬다.

"인페르노를 때려 박아도 안돼."

"기기라처럼 재생하는 거야?"

시험 삼아서 불씨 탄환을 쏴봤다.

"역시, 나랑 같아. 그냥 통과해버렸어."

뮤데가 점액의 촉수를 창처럼 뾰족하게 만들어 대공 공격을 하길래, 너무 떨어지지 않는 거리로 회피했다.

"역시, 환술일까?"

"아니, 실체는 저기 있어."

나한테 환술 같은 건 안 통하니까.

"그러고 보니, 주인님. 새로운 용사 하나가 큰 부상을 입었다며? 카리나 님만 있어도 괜찮아?"

"마왕이 둘 다 이쪽에 있으니까 카리나 님과 라카가 있으면 괜찮아."

뮤데의 분체도 그 뒤로 안 늘어났다.

여유가 있는 이 틈에, 공간 마법 「멀리 보기」와 「멀리 듣기」를 재발동하여 카리나 양이 있는 장소에 포인트를 맞춰뒀다.

그쪽에 린그란데 양이 있었다. 내가 떠나고 금방 합류한 모양이군.

리젠트 용사와 마찬가지로 꽤 큰 상처를 입었다.

“어때?”

“린그란데 님이 합류했어.”

“그러면 그쪽은 만전이네.”

이걸로 안심하고 이쪽에 몰두할 수 있다.

“이 안개는 역시 뮤데의 유니크 스킬일까?”

“아닐 거라고 생각해.”

뮤데와 기기라가 가진 유니크 스킬은 「임기응변」이다. 이름을 봐서 재생 스킬은 아닐 것 같아.

“뭔가 원리가…….”

아리사가 생각했다.

—원리라?

그 말이 뇌리에 걸렸다.

—원리, 안개, 결계.

주마등처럼 차례차례 이미지가 떠올랐다.

—환도원, 비보.

“그렇지. 비보야!”

뮤데가 속한 조직의 명칭이 된 신화시대의 비보 「환도원」. 그것은 뮤데의 잠재능력을 끌어올려, 도시 하나 분량의 효과를 발휘하는 위험한 비보다.

나는 내 시야 안에서 맵을 검색했다.

“—찾았다.”

스토리지에서 꺼낸 마력 과잉 충전 성단창을 전력으로 던졌다. 타깃은 점액 뮤데가 내포한 비보「환도원」이다.

레이저 같은 파란 섬광이 점액 뮤데를 관통하고, 내포하고 있던 비보를 소멸시켰다.

마력 과잉 충전 성단창은 너무 오버킬이었는지, 풍선이 터지는 것처럼 점액 뮤데가 안쪽에서 터져버리고, 그 여파에 밀려나듯 안개가 걷혔다.

실프와 함께 강풍에 희롱당할 것 같았지만, 아리사가 공간 마법「입방 격리벽」을 써서 안전권을 확보해준 덕분에 무사하다.

지상의 모두는 나나가 지켜준 모양이군.

"성 한가운데가 날아가 버렸네."

점액 뮤데가 사라진 장소에 깊숙한 커다란 구멍이 뚫렸다.

바닥은 용암이 되었고, 하얀 김이 여기저기서 피어올랐다.

"주인님, 저거 봐!"

바닥에 사람의 모습이 둘 있었다. 하나는 미이라처럼 쭈글쭈글한 노파— 아니, 저건 마왕화한 뮤데군. 점액에서 사람으로 돌아온 건 좋은데, 급격하게 노화해 버렸다. 미녀였던 무렵의 흔적이 전혀 안 남았군.

뮤데 옆에는 만신창이인 기기라가 누워 있었다.

기기라는 하반신을 잃고, 왼팔도 팔꿈치부터 없었다.

아무래도 비보의 소멸과 동시에 완전 회복의 원리도 풀린 모양이다.

"실프. 다들 있는 곳으로 가자."

—후웅.

아리사를 옮기는 실프와 함께, 모두의 곁으로 내려섰다.

"주인님, 마무리를 지을까요?"

리자가 물었다.

"그렇네—."

악인이고, 이대로 쓰러뜨려 버려도 괜찮을 것 같지만, 지금이라면 우울증 마왕 시즈카에게 부탁하여 「신의 조각」을 제거하는 것도 가능하다.

뭐, 시즈카에게 정신적 부담을 주면서까지 구하고 싶은 상대도 아냐.

"GI기Ra."

"뮤데, 죽지 마라."

기기라가 쓰러진 뮤데에게 손을 뻗었다.

일단 이 녀석들이 괜한 짓을 하기 전에 마를 봉하는 덩굴로 묶어두고, 마력을 모두 뽑아두자.

『꺄아아!』

작업하는 내 귀에 카리나 양의 비명이 들렸다.

멀리 보기의 시야에 주의를 옮기자, 벽이 부서지고 여관 안에 뛰어들어온 실눈 용사의 모습이 보였다.

『어라? 리쿠랑 가슴 큰 언니야? 그리고 교관!』

기뻐하는 실눈 용사의 목소리를, 벽이 무너지는 굉음이 지워버렸다.

마왕화한 기기라 급의 거체가 나타났다. 누더기를 걸인 이형이다. 어쩐지 신통찮은 중년 남자 같은 인상이 있다.

『이거, 뭐야?』

『방심하면 안 된대이.』

이형이 냄새를 맡았다.

—SZWABBBBKYE.

포효를 지른 이형이 바닥을 파괴하고 지하의 술 저장고에 파고 들어, 뒤집어쓰듯이 술을 마시기 시작했다.

『……아버지?』

신이 비틀거리며 바닥의 구멍으로 다가갔다.

『신, 물러서!』

린그란데 양이 외치지만, 신은 전혀 안 들리는지 구멍 가장자리에 손을 대고 안을 들여다 보았다.

『신, 떨어지그라! 그 놈은 마왕이래이!』

—마왕?

나는 다급히 맵 검색을 했다.

분명히 마왕, 정확하게는 위왕이다. 게다가, 기기라나 뮤데와 같은 유니크 스킬을 가졌다.

이상해. 오늘 낮에 맵 검색을 했을 때는 기기라와 뮤데 말고 유니크 스킬 「임기응변」을 가진 자가 없었다. 그건 틀림없다.

그러면, 그는 이 짧은 시간 사이에, 무슨 방법으로 유니크 스킬을 얻었다는 것이다.

아니, 내 검색 범위 바깥에서 왔다고 생각하는 게 타당한가?

근처라고 해도 「도시 핵의 방」 같은 곳은 다른 맵이니까.

"주인님, 왜 그래?"

"여관에 다른 마왕이 나타났다."

아리사에게 그쪽 상황을 전했다.

『또 다른 마왕이 있다니…….』

"또 다른 마왕이 있다니……."

린그란데 양의 목소리와 아리사의 목소리가 겹쳤다.

마왕은 뮤데나 기기라와 마찬가지로 유니크 스킬 말고는 전생자나 용사 같은 스킬이 없었다.

『상처를 알코올로 소독하고 있는디 저 괴물이 덤벼들었다 안하나.』

실눈 용사도 마법약의 과잉 섭취 상태라서 미지의 마왕과 싸울 수는 없다고 판단했는지 도망친 모양이다.

『카이라면 유니크 스킬로 따돌릴 수 있지 않았어?』

『무리. 상처가 아파가 유니크 스킬로 가속을 몬한다.』

실눈 용사의 고백에, 린그란데 양이 두통을 참는 것처럼 관자놀이를 눌렀다.

『아버지, 뭐 하는 거야! 그런 모습으로!』

아래를 들여다보던 신이, 험담을 하면서 마왕에게 잔해를 던졌다.

—SZWAB?

마왕이 신에게 반응했다.

몸의 표면에 중년 남자 같은 얼굴이 떠올랐다.

『젠장, 역시 아버지냐.』

『참말이다. 그 얼굴, 기억 난대이.』

『신의 아버지가 마왕에게 흡수된 건가?』

『아이다, 리쿠. 마왕의 이름이 「고로」라 안카나. 분명히 신 파파가 그 이름 아니가?』

실눈 용사의 말을 듣고 리젠트 용사가 신을 보자, 신이 분한 표정으로 작게 고개를 끄덕였다.

『……왜 마왕이 된 거야, 망할 아버지.』

—SZWAB?

탄식하는 신과 마왕의 몸에 떠오른 얼굴이 마주보았다.

칠흑의 점액에 떠오른 마왕의 입이 「신」이라고 중얼거린 것처럼 보였다.

한순간의 간격 직후, 아버지 마왕의 등 뒤에서 무수한 촉수가 신에게 뻗었다.

좌우에서 두 명의 용사와 린그란데 양이 요격하러 달렸다. 실눈 용사의 소성검과 린그란데 양의 마검이 촉수를 몇 갠가 절단하고, 리젠트 용사의 성권이 촉수를 차례차례 날려버렸다.

그러나 어마어마한 촉수의 수에 대응이 늦어서, 용사들이 요격하는 틈을 파고들어 신의 몸에 촉수가 휘감겼다.

『그만해, 아버지!』

—으엑.

신이 아버지 마왕의 몸에 빨려 들어갔다.

아버지 마왕의 어깨에 신의 얼굴이 떠올랐다.

진짜냐…….

"주인님, 무슨 일이야?"

"……그쪽 마왕이 신을 흡수했어."

"진짜로? 용사들이나 린은 뭐 하는 거야!"

신이 함부로 건드린 게 원인인 것 같지만, 그게 신이 아니라 카리나 양이었다고 생각하면 그렇게 말하고 싶어지는 기분도 이해된다.

"뒷일은 부탁한다."

이쪽 마왕 둘은 어느샌가 혼절 상태니까, 감시를 맡겨도 괜찮겠지.

리자와 동료들이라면 반쯤 죽어가는 마왕 둘이 파렴치한 짓을 꾸며도 대처할 수 있을 거야.

◆

『신! 꼭 구출해줄게!』

멀리 듣기가 리젠트 용사의 비통한 소리를 포착했다.

두 명의 용사가 촉수에 고생하면서, 신을 구해내려고 분투했다.

『저, 저도 협력하겠답니다!』

카리나 양이 「마를 봉하는 방울」을 꺼내 흔들며 말했다.

아버지 마왕이 경직되고, 그 틈에 용사들이 촉수를 베어냈다.

『좋아! 그대로 계속해!』

린그란데 양도 촉수 제거에 참가했다.

아버지 마왕의 촉수는 약해서 꽤 빠른 속도로 제거되고 있지만, 미끌거리는 데다가 절제해도 새로운 촉수가 금방 돋아나서 끝이 없다.

—SZWABBBBKYE.

섬구로 여관 상공에 도착한 타이밍에, 아버지 마왕이 소리를 내며 갈색 안개를 뿜어냈다.

『—술 냄새.』

실눈 용사의 목소리와 동시에 여관의 천장이 폭발했다.

『뜨거. 교관, 무모한 짓 하지 마라.』

『화상 정도가 어때서. 그대로였으면 다 함께 죽었어.』

폭풍과 함께 술 냄새나는 공기가 흘러들었다.

아버지 마왕이 분출한 갈색 안개는 고농도 알코올인가 보다. 린그란데 양이 알코올에 인화되는 것을 무릅쓰고 천장을 파괴하여 환기하지 않았다면 모두 급성 알코올 중독으로 다운됐을 가능성이 높아.

실제로 린그란데 양 말고는 술에 취해 비틀거렸다.

"린!"

"용사님은 무사하신가!"

내가 신을 구출하기 위해 상공에서 「투시」 마법으로 그의 상태를 파악하고 있는데, 신관 로레이야와 흑기사가 지원하러 달려왔다.

"이 괴물은 뭔가!"

"방심하지 마, 뤼켄! 그 녀석은 마왕이야!"

신관 로레이야가 영창을 시작하고, 흑기사가 마검을 겨누었다.

"상대로 부족함이 없다!"

흑기사의 살기에 반응하여, 린그란데 양을 추적하던 촉수가 흑기사에게 쇄도했다.

"으그그, 무슨 짓이냐, 네놈!"

민첩성이 낮은 흑기사가 순식간에 붙잡혀, 촉수에 휘감겨 매달렸다.

아저씨의 큿, 죽여라는 보기 싫거든.

그리고 해석이 끝났다.

나는 스토리지에서 꺼낸 성검 듀랑달을 뽑았다.

"—섬광육연격!"

카리나 양이 「마를 봉하는 방울」을 흔들어 아버지 마왕이 경직된 순간을 노렸다.

섬구로 순간이동이나 다름없는 급강하를 해서 아버지 마왕의 눈앞으로 이동하여, 상대가 반응하지 못하는 속도로 아버지 마왕의 몸에서 신을 분리해냈다.

더욱이 「이력의 손」으로 신을 붙잡아 신관 로레이야의 등 뒤로 이동시켰다.

"이번에는 음양사가? 이 이세계 대체 뭐고?"

"알게 뭐야. 신을 구해줬다면 아군이겠지. 그거면 충분해."

실눈 용사가 혼란에 빠지고, 리젠트 용사는 심플한 생각으로 나를 받아들였다.

"……■■■ 폭렬!"

린그란데 양이 곧장 폭렬 마법을 아버지 마왕에게 때려 박았다.

내 참격으로 알맹이가 드러난 아버지 마왕이 폭렬 마법으로 큰 대미지를 입었다.

“잠깐, 교관?”

“저건 신의 아버지야!”

용사 두 사람이 불평했다.

“무슨 물렁한 소리를 해! 저건 마왕이야!”

린그란데 양과 용사 두 사람이 서로 노려보았다.

카리나 양은 주먹을 쥐고 있지만 싸울 수 없어서, 우왕좌왕하고 있었다.

“아무래도 좋아! 그런 녀석, 죽어버리면 돼!”

신관 로레이야가 보살피고 있던 신이 비명 같은 소리를 질렀다.

“그런 식으로 말하면 안돼. 언젠가 자기를 좀먹는 족쇄가 되니까.”

나는 나나시의 어조를 의식하면서 신의 어깨를 두드렸다.

응. 신의 아버지는 무력화해서 시즈카한테 데리고 가자. 뮤데나 기기라는 몰라도, 그는 아직 살인 같은 죄는 안 저질렀으니 가능하다면 갱생의 기회를 주고 싶어.

『주인님, 이쪽 마왕이 죽었어.』

아리사에게 급보가 들어왔다.

『어느 쪽 마왕?』

『둘 다! 비쩍 마른 상태에서 모래처럼 무너졌어.』

마를 봉하는 덩굴로 마력이 회복하지 않도록 한 탓에, 재생하지 못하고 죽어버렸나?

나는 만약을 위해 맵 검색을 하려고, 맵을 열었다.

《조……각.》

검색하려고 한 내 귀에 무슨 말이 희미하게 들렸다.

귀를 기울이려는 타이밍에, 벽이 폭발하듯 부서졌다.

—기기라다.

쓰러뜨렸을 기기라가 나타났다.

과연 가짜라도 마왕. 끈질기기 짝이 없군.

"켁. 다른 마왕이 왔구만."

실눈 용사가 비명 같은 소리를 질렀다.

"찾았다. 남은 조각!"

기기라가 아버지 마왕을 보고 외쳤다.

—QZEEEBBBN.

기기라가 마주본 거울 같은 허상을 몸에 둘렀다.

자세히 보니, 기기라의 어깨에 뮤데의 머리가 붙어 있었다. 허상을 만들어낸 건 뮤데인가 보군.

합체하여 뮤데기기라라도 된 건가?

그런 바보 같은 생각을 하면서도, 내 몸은 이미 움직이고 있었다.

"섬광육연격!"

나는 축지로 접근하여 뮤데기기라를 허상과 함께 갈기갈기 절단했다.

찢어져 날아간 고기 조각이 주위에 흩어지고, 그 중 몇 개가 아버지 마왕에게 떨어졌다.

—위기 감지.

위험해. 그게 뭔지 모르는 채, 나는 아버지 마왕을 향해 얼음 기둥 창을 쏘고 있었다.

아버지 마왕 앞에 있던 용사들에게 피해가 없도록 조준을 살짝 비껴낸 탓에, 얼음기둥 창은 아버지 마왕의 절반만 빙결시켰다.

"물렁한 놈."

찢어진 뮤데기기라의 팔이, 아버지 마왕에게 파고들었다.

마왕들의 표피를 암자색 빛이 감싸고, 만화의 감전 표현처럼 몸 안의 암자색 광원이 보였다.

"잡았다."

아버지 마왕의 중심에 있던 암자색 광원을 움켜쥔 것처럼 빛이 축소되고, 그에 반비례하여 뮤데기기라의 팔에 있던 암자색 광원의 크기가 늘어났다.

""이걸로 완전체다.""

뮤데와 기기라의 목소리가 겹쳤다.

팔이 부풀어 오르고, 뮤데기기라의 몸을 순식간에 재생시켰다.

그것에 반비례하여 아버지 마왕의 몸이 무너지고, 철푸덕 검은 물웅덩이로 바뀌었다.

"수L…… 시N…… 수우L사와RA아."

뮤데와 반대쪽 어깨에 아버지 마왕의 얼굴이 떠오르고, 불명료한 잠꼬대 같은 말을 흘리기 시작했다.

"뭐가 술 사와라야! 너는 그 지경이 돼서도 술이 마시고 싶냐!"

신은 그 말의 내용을 알아들은 모양이다.

신처럼 구해낼 수 없을까 「투시」를 해봤지만, 얼굴 뒤편에 신의 아버지 몸은 없었다.

"신, 미안하대이. 이제 구해낼 수가 읎겠다."

"신, 괴로우면 눈을 감아라. 이제 우리가 끝을 내주마."

실눈 용사가 사과하고, 리젠트 용사가 분노를 기기라에게 쏟았다.

"빌어먹을 꼬맹이 용사가 잘난 듯이! 너희들이 당하는 쪽이다아!"

용사들을 쓸어버리고자 하는 뮤데기기라를, 축지로 접근하여 걷어차 날려버렸다.

조금 진심으로 차서 그런지, 뮤데기기라가 여관의 벽을 부수고 힘차게 바깥에 굴러나갔다.

이걸로 여관이 무너지는 걸 신경 쓰지 않고 싸울 수 있겠어.

"용사들, 주의해. 상대는 아까보다 훨씬 강해. 레벨은 60. 칭호도 위왕에서 마왕으로 바뀌었어— 상대는 진짜 마왕이야."

아까 기기라들이 말했던 완전체라는 것이, 거짓이 아닌 진짜 마왕이 된다는 거였겠지.

그렇지만, 아까부터 느껴지는 이 위기감은 뭐지?

"거짓은 진실, 환상은 현실."

마왕의 어깨에 떠오른 뮤데의 얼굴이 말했다.

그러고 보니 어느샌가 뮤데의 자아가 부활했군.

"자아, 환도원으로 가자."

—QZEEEBBBN.

안개가 넘치고, 거울에 비친 것처럼 마왕이 늘어났다.

"거짓말이재."

"약한 소리 하지 마라. 전부 쓰러뜨리면 된다."

표정이 경직된 실눈 용사에게, 리젠트 용사가 허세를 부렸다.

"나도 동감이야, 용사 리쿠. —섬광육연격!"

나는 마왕 하나를 갈기갈기 절단하고, 파란빛으로 태워버렸다.

"하나로 이길 수 없다면, 수로 압도해주마."

사방팔방에서 마왕들이 덤벼들었다.

"죽어라아아아아! 만아천락(밴디트 폴)!"

나는 파고들지 않고, 마왕들의 필살기를 지켜보았다.

왜냐하면—.

"그렇게는 못해!"

한여름의 태양 같은 열량을 가진 앳된 목소리가 전장에 울려 퍼졌다.

"—차원 말뚝(디멘젼 파일), 난무!"

보이지 않는 말뚝이 마왕들을 공중에 속박했다.

"뭐라고오오오오?"

거미줄에 붙잡힌 벌레처럼, 마왕들이 몸부림쳤다.

강인한 차원 말뚝이라지만 마왕의 힘에 저항하지 못해서 부서지기 시작했다.

마왕을 속박할 수 있는 건 1초 정도. 하지만 그거면 충분하다.

"발사!"

『이그니션!』

파란 광선 같은 가속포가, 여러 마왕을 파헤치고 하나를 현실에서 환상으로 환원했다.

안개 너머에 떠올라 있던 거대한 그림자에서, 초상의 기술이 마왕에게 날아왔다.

"응, 천재지변(디재스터)."

뇌격의 비가 마왕들에게 쏟아져 내리고, 땅이 갈라지며 솟아오른 용암이 마왕을 삼켰다.

나는 자유 방패를 최대의 수로 전개해, 아군의 공격에서 용사들을 지켰다.

"이이이즈엉도로오오오."

다른 마왕을 발판 삼아서, 셋 정도의 마왕이 만신창이로 살아남았다.

마왕이라지만 방어 유니크 스킬이 없는 상대라면 대미지가 잘 먹히네.

"웬 놈이냐!"

기기라가 의문의 공격자를 향해 외쳤다.

"용사 나나시 님의 종자! 황금 기사단 등장!"

안개를 날려버리고, 황금빛으로 둘러싸인 소녀들이 나타났다.

꽤 화려한 등장이군.

"우후후. 쓰러뜨려도, 소용없어."

—QZEEEBBBN.

뮤데가 포효를 지르자, 줄어든 마왕이 늘어나고 상처 입은 마왕도 본래 모습으로 돌아왔다.

"흐흥, 재생한다면 재생 못 할 때까지 쓰러뜨리면 되지!"

"맞습니다."

오렌지색 망토를 나부끼며, 한 줄기 바람이 마왕 앞에 불었다.

"마창용퇴격(드래그 버스터)!"

파란빛을 끌면서, 리자의 용창이 마왕 하나를 찔렀다.

"그렇겐 못하지!"

마왕이 반사적으로 굵은 팔로 방어했지만, 그 팔과 함께 꿰뚫었다.

"용창 앞에서 방어는 무의미합니다."

―QZEEEBBBN.

뮤데의 얼굴이 포효를 지르고, 마왕의 몸에 환술의 장갑을 덮었다.

블래스트 포트
"방어는 파괴하는 거라고 해설합니다― 마인봉새."

하얀 망토를 나부끼는 나나의 필살기가, 뮤데가 친 환술 장갑을 파괴했다.

그리고 그 틈을 놓칠 동료들이 아니다.

보팔 섀도우바이터
"마인영아~?"

파란빛을 띤 타마의 쌍검이 마왕을 베어내고, 그림자의 칼날이 마왕의 몸을 꿰어서 고정했다.

뱅퀴시 슬라이서
"마인선풍인 거예요!"

강화 외장을 장비한 포치가, 장대한 마도로 마왕을 일도양단했다.

―LYURYU.

고기 조각에서 재생하려는 마왕을, 황금룡 모드가 된 류류의 브레스가 태워버렸다.

"이것이, 용사 나나시의 황금 기사단?"

"굉장하네요~. 모두가 성스러운 무기를 쓰고 있어요~."

여관에 뚫린 벽의 구멍에서 관전하고 있던 린그란데 양과 신관 로레이아가 놀린 소리를 흘렸다.

"진짜가? 마왕이 잔챙이코롬 쓰러지는구만."

"우리도 가자. 저 녀석들만 차지하도록 놔둘 수는 없지."

"이 뤼켄도 함께 하겠습니다!"

"기다려! 유니크 스킬을 잊지마! 로레이야, 가능한 강화하자!"

"네~, 알았어요~."

린그란데 양과 신관 로레이야가 용사들에게 지원마법을 영창하고, 흑기사도 자기강화 마법을 썼다.

"절대불굴, 무투유희!"

리젠트 용사의 몸을 짙은 청색 빛이 흘렀다.

"천하포무."

그는 유니크 스킬 사용이 익숙하지 못한 건지, 세 번째 유니크 스킬을 쓰자 먼저 쓴 둘이 해제되어 버렸다.

"용사 리쿠, 순서를 바꿔봐."

"뭐라고?"

나는 마왕의 수를 줄이면서 리젠트 용사에게 조언했다.

게임 같은 거에서는, 발동할 때 다른 스킬이 해제되는 것도 꽤 많단 말이지.

"속았다고 생각하고, 다시 한번, 이번엔 무투유희를 처음에 써봐."

"—뭐, 좋아. 무투유희!"

리젠트 용사가 내 말대로 유니크 스킬을 썼다.

“절대불굴, 천하포무!”

응, 제대로 된 것 같다.

“우왓. 리쿠 몸에서 만화의 전투 종족처럼 파란빛이 솟아오른대이.”

실눈 용사 말처럼, 리젠트 용사가 하이퍼 모드에 돌입한 것 같은 이펙트를 몸에 둘렀다.

AR표시되는 강화도도 어마어마하다.

본래의 두 배를 훨씬 넘어서, 열 배 가까운 강화다.

“말도 안돼? 지금까지 성공한 적 없었는데…….”

리젠트 용사가 몸의 강화를 내려다보며 놀라고 있었다.

“……■ 유신 무용.”

그런 리젠트 용사를 신관 로레이야의 강화 마법이 감쌌다.

분명히 지금의 그는 전능감이 가득할 게 틀림없어.

“강화 마법이 끝났어! 가도 돼, 용사 리쿠!”

“좋았어!”

주먹을 마주치면서 리젠트 용사가 마왕에게 뛰어들었다.

“망할 꼬맹이 용사가! 깔보지 마라아아!”

“오라오라오라오라아아아아아!”

—굉장하군.

용사의 주먹이 닿을 때마다 마왕의 몸이 패이면서 피와 살이 터져나간다.

다른 마왕이 연속공격을 뿜어 교착 상태인 리젠트 용사의 등 뒤에 돌아갔다.

"리쿠 선배, 뒤!"

"괘안타— 순족천보!"

파란빛을 띈 실눈 용사가 순간이동 같은 속도로 그 마왕의 측면에 돌아가 전력으로 몸통박치기를 했다.

"치이이잇. 빠르기만한 망할 꼬맹이가아아아!"

"몬한다— 신사자재!"

자신을 쓸어버리려는 마왕의 팔을 실눈 용사가 조종하는 강사가 휘감았다.

"잘 했다, 카이!"

하나의 처리를 끝낸 리젠트 용사가, 강사로 얽은 마왕에게 연타를 때려 박았다.

격이 더 높은 마왕을 상대한다고 생각하기 어려운 무쌍이군.

"저도 돕겠습니다!"

"우쭐대지 마라 잔챙이!"

—SZWABBBBKYE.

필살기를 뿜어내려고 한 흑기사에게, 아버지 마왕의 얼굴이 갈색 브레스를 뿜었다.

"으오오오오오오."

"뤼켄!"

브레스를 제대로 맞은 흑기사가 땅에 넘어졌다.

갑옷이 스치면서 불똥이 튀었는지 인화된 갈색 안개가 흑기사를 불덩어리로 만들었다.

"■■■■■ 비."

미아가 정령 마법으로 만들어낸 비가 흑기사의 불을 껐다.

"……인질을."

『카리나 님, 뒤다!』

마왕 하나가 신을 인질로 잡고자 여관 안에 숨어들었다.

"앵화백열섬이랍니다!"

"……■ 파열."

카리나 양이 「마를 봉하는 방울」을 흔들면서 견제의 연속 공격을 하고, 린그란데 양의 폭렬 마법이 마왕을 밀어냈다.

"이 정도는, 소용없다!"

마왕이 폭연을 빠져 나왔다.

도우러 가고 싶지만, 나는 나대로 마왕이 제일 많은 장소를 섬멸중이라 손을 뗄 수가 없다.

하다못해 지원을 하고자 「유도 화살」을 곡사 궤도로 쏘아댔다.

"치잇, 망할 잔챙이가 방해하지 마라."

마왕의 일격이 「라카의 수호」와 함께 카리나 양을 날려버렸다.

린그란데 양이 추가 공격을 막고자 커버했다.

"올 거라고 생각했다— 만아비제!"

마왕이 린그란데 양에게 연속 공격을 했다.

린그란데 양은 행사가 빠른 마법과 검으로 그것을 처리했지만, 금방 한계가 왔다.

"카리나 너크으으으으으으으을!"

카리나 양의 돌진 기술을, 마왕이 아무렇게나 받아냈다.

"방해된다아!"

마왕이 카리나 양을 걷어찼다.

"꺄아."

라카가 반사적으로 장벽을 쳐 지켰지만, 카리나 양이 날아가 땅을 굴렀다.

"이걸로 끝이다아아, 만아천락."

연속 기술로 검이 튕겨나간 린그란데 양의 머리 위에 추가 일격이 쏟아져 내렸다.

"유신 성순!"

신관 로레이야가 대기하고 있던 방어 마법으로 마왕의 추가 공격을 막았다.

"선풍산화랍니다!"

움직임이 멈춘 마왕에게 카리나 양이 차기 필살기를 뿜었지만, 마왕에게 전혀 통하지 않고 날벌레를 떨쳐내는 것처럼 날아가 버렸다.

『과연 마왕. 어중간한 공격은 안 통하는 모양이다.』

"그때처럼, 이 수왕장구만 쓸 수 있다면……."

카리나 양이 수왕장구를 보았다.

"발목 깎기~."

"귀찮다."

신관 로레이야가 긴 지팡이로 마왕의 발치를 공격하려 했지만 간단히 짓밟혔다.

조금 위험해 보이네. 린그란데 양은 벽에서 축 늘어져 있고, 신관 로레이야의 남은 마력이 적다.

나는 추가로 「유도 화살」을 연속 발동하여, 마왕을 그 자리에 고정했다.

『명견지수였던가? 그것을 재현할 수 있다면—.』

“그랬답니다. 포치가 가르쳐준 사무라이의 극의— 명견지수.”

카리나 양이 잘못된 단어로 명경지수에 도달하려고 집중을 시작했다.

소리가 나고, 카리나 양의 수왕장구가 홍색의 빛을 띠었다. 어쩐지 조금 팽창한 것처럼 보인다.

“됐답니다! 제1봉인을 해제한 수왕장구의 진가, 그 몸으로 맛보도록 하시어요.”

카리나 양이 활에 메긴 화살처럼 주먹을 뒤로 당겼다.

“지금, 필살의— 카리나 너크으으으을!”

홍련의 빛을 끌면서, 카리나 양의 주먹이 유도 화살의 비를 맞아 움직임이 멈춘 마왕에게 박혔다.

마왕은 반사적으로 팔을 크로스해서 방어했지만, 카리나 양의 일격은 마왕의 가드를 때려 해제시켰다.

“빌어먹을 계집이!”

마왕이 카리나 양을 하늘 높이 차올렸다.

라카가 방어장벽을 쳐서 카리나 양에게 대미지는 없었다.

포물선의 정점에 이른 카리나 양이, 2단 점프의 요령으로 꺼낸 발판을 차고 반전했다.

카리나 양은 특기인 차기를 쓰려는 거겠지만, 그건 안 좋아.

마왕이 하늘을 올려다 보며 카리나 양을 기다리고 있으니까.

벼랑 끝에 몰린 상황을, 예상 밖의 인물이 뒤집었다.

로즈 인클로저
"가시 장미 포위."

흑기사의 필살기가 마왕의 허를 찔렀다.

"카리나 키이이이이이이이이이이익!"

홍색의 빛을 띤 카리나 양의 필살 차기가, 가시 장미 포위로 구속된 마왕에게 작렬했다.

마왕의 장벽을 파헤치고, 수왕장구에 휩싸인 카리나 양의 뒤꿈치가 마왕의 장갑을 부수었다.

"으오오오오오오오오오!"

마왕이 가시덤불을 찢어내고, 카리나 양을 튕겨냈다.

한 걸음 닿기는 했지만, 양산형 마왕이라 해도 레벨 40대의 카리나 양이 레벨 60을 상대하는 건 조금 무리가 있었나 보군.

데스로즈 가든
"요란멸살진!"

흑기사가 그 틈을 챙기려 했지만, 그의 필살기는 마왕의 표층만 파헤치고 끝났다.

"……■ 연쇄 폭렬."

벽에 기댄 채, 린그란데 양이 상급 공격 마법을 뿜었다.

무수한 폭발이 연쇄되어, 마왕과 함께 여관을 날려버렸다.

"크하아아아!"

가까이 있던 흑기사가 폭풍에 날아가 버렸다.

꽤 일을 잘했는데, 취급이 조금 불쌍하군.

《조각.》

오싹하는 한기가 등에 흘렀다.

“타마! 전장에서 멈추면 안 되는 거예요!”

포치가 타마의 틈을 커버했다.

“……네잉.”

타마도 이 오한을 느낀 모양이다.

나는 시선을 움직였다.

이 두려움은 어디서 오지?

《어디.》

불룩 기포가 올라오는 것처럼, 어디선가 사념이 흘러 들었다.

“마왕이 사라졌어?”

내 눈앞에 있던 마왕이 사라졌다.

눈앞에 있는 녀석뿐이 아니다. 그렇게 잔뜩 있던 마왕이 사라졌다.

“술법이 풀렸다고?”

“기기라, 조심해.”

기기라와 뮤데의 목소리가 들렸다.

장소는 여관 앞, 방금 전까지 카리나 양과 싸우고 있던 마왕이다.

“일격을 더—.”

린그란데 양이 검을 겨누었다.

앵화일섬의 자세군.

“앵화일섬—.”

“리인, 안돼애애애!”

필살기를 쓰려던 린그란데 양을, 옆에서 달려온 척후 세이나가 태클했다.

"세이나? ―저건!"

린그란데 양이 파고들려고 한 곳에 있던, 검은 응어리에 거품이 떠올랐다.

저건 아버지 마왕의 시체가 만든 검은 물웅덩이다.

"쥔님!"

타마의 외침과 내 위기 감지가 동시에 알려주었다.

오한의 정체는, 저 물웅덩이다.

《어디.》

소리도 없이 물웅덩이가 퍼졌다.

《조각.》

물웅덩이 끄트머리가 마왕의 발끝에 닿았다.

《찾았다.》

물웅덩이가 안쪽에서 솟아올라, 칠흑의 이형을 만들었다.

짐승이면서 짐승이 아니고, 용이면서 용이 아니고, 사람이면서 사람이 아니다. 유동하는 이형이, 생물이 할 수 없는 거동으로 고개를 돌렸다.

AR표시에 나타난 이형의 정체는「정체불명」.

그렇게 표시되는 상대는 한정적이다.

《찾았다, 조각.》

마왕이 순동 같은 빠르기로 후퇴했다.

《사랑스런, 사람의, 조각.》

그러나, 이형이 그것의 배는 되는 속도로 마왕을 삼켰다.

뼈가 부서지고, 고기를 씹는 소리가 안개에 휩싸인 대지에 울렸다.

SAN치가 깎여 나갈 법한 호러 소리가 그치고, 정적에 휩싸였다.

《아직, 있어.》

이형의 표면에 비좁게 여러 개의 눈이 나타나고, 용사들과 아리사를 보았다.

나는 축지로 아리사를 지키는 위치에 섰다.

"나나, 캐슬이다."

"예스 마스터. 『불락성(캐슬)』 전개라고 고합니다."

나나의 발동어와 동시에 황금 갑옷이 변형되어, 주색과 홍색의 빛이 플래쉬처럼 반짝였다. 장벽이 생기고 강인한 돔 모양의 적층 장벽을 만들어냈다.

《사랑스런, 사람의, 방울.》

이형의 눈이 나나를 포착했다.

그렇군. 「신의 조각」을 가진 전생자나 용사들뿐 아니라, 신석을 조합한 나나의 황금 갑옷도 놈의 타깃인가 보군.

"저 녀석은, 뭐야?'

"위험하대이, 리쿠. 저는 억수로 위험하대이."

용사 두 사람이 이형에서 물러섰다.

『주인님, 저거 혹시?』

아리사가 원거리 통화로 비밀 이야기를 걸었다.

"그래, 저건 『따르지 않는 것』이야."

과거에 자이크온 중앙신전이 있는 피아로오크 왕국에서, 신들과 공투한 무시무시한 적이다.

"어째서, 저런 괴물이 여기에?"

"아마 왕성 지하에 있던 에르데오크 대왕 시대의 유적에 신들이 봉인했던 녀석일 거야."

린그란데 양의 말에, 척후 세이나가 대답했다.

그런 위험한 유적의 존재는 얼른 공유를 해줬으면 좋았는데.

어쩌면 점액 마왕 뮤데를 쓰러뜨린 성단창의 일격으로 봉인이 풀렸을지도 모른다.

"내가 시간을 벌게. 용사들은 전력으로 비공정까지 도망쳐."

"여자한테 맡기고 도망칠 수 있겠냐!"

"하모. 그런 알 없는 자슥은 될 수가 읎다. 뭣보다도—."

실눈 용사가 **따르지 않는 것**에 시선을 보냈다.

"—저가 노리는 기, 우리들 용사 같지 않나."

"어이, 거기 가면. 너라면 저 녀석 이길 수 있냐?"

리젠트 용사가 예상 밖의 말을 했다.

"아마도."

나는 정령광을 전개했다.

놈이 뿌리는 독기를 조금이라도 정화를 안 하면, 왕도 교외에 피난한 사람들도 피해를 입을 것 같다.

《누구?》

따르지 않는 것의 시선이 처음으로 나를 보았다.

《알아? 몰라?》

나는 칭호를 「신살자」로 바꾸었다.

《알고 있어! 사랑스런 사람!》

스토리지에서 칠흑의 신검을 꺼내는 것과 동시에, 축지로 **따르지 않는 것**의 품으로 뛰어들었다.

발바닥부터 찌르는 것 같은 격통과 마음이 썩어 문들어질 것 같은 부정적인 감정의 탁류가 침식해온다.

나는 이를 악물고 그것을 견디며, 신검으로 **따르지 않는 것**을 일도양단했다.

《무서운 사람! 사랑스런, 무서운 사람!》

두 동강이 난 **따르지 않는 것**이, 물웅덩이 안으로 들어갔다.

나는 스토리지에 신검을 되돌리고, 언제든지 뽑을 수 있도록 자세를 잡았다.

"우왓!"

《인질. 무서운 사람, 유효.》

신의 발치까지 퍼진 물웅덩이에서 **따르지 않는 것**이 나타나, 순식간에 신의 몸에 점액 같은 촉수를 얽었다.

나는 축지로 이동해 신과 **따르지 않는 것**을 측면에서 포착하여, 신검으로 절단했다.

재빨리 신을 차서 날려버리고, **따르지 않는 것**의 본체를 다져버렸다.

"키아아아아아, 이거놔아아아아."

유동하는 칠흑의 팔 속에서, 신이 하얀 연기를 피우면서 괴로움에 몸부림치고 있었다.

신에게 엉킨 **따르지 않는 것**의 조직이, 증식하여 본체급 사이즈가 되어 신을 감싸듯 구속했다.

"신!"

"어이! 신을 놔라!"

용사들이 증식체를 향해 외쳤다.

나도 신을 해방하고자 축지로 달려갔지만, **따르지 않는 것**의 본체가 그것을 막았다.

"나랑 정면으로 승부다! 무투유희, 절대불굴, 천하포무."

리젠트 용사가 유니크 스킬을 다시 발동했다.

"정면 승부는 안된다. 내도 같이 간다— 순족천보."

"안돼! 저것에 다가가면 안돼—."

용사들이 두 사람을 말리려는 린그란데 양을 떨쳐내고 증식체에게 다가갔다.

"그만둬, 용사!"

용사들에게 경고하는 것이 늦었다.

"오라오라오라오라아아아아!"

리젠트 용사가 증식체의 품에 파고들어 특기인 연타를 뿜어냈지만, 그 모든 공격이 칠흑의 몸을 통과하여 허망하게 허공을 갈랐다.

"그기 뭐고!"

실눈 용사가 절묘한 타이밍에 측면에 나타나서 소성검으로 신을 해방하고자 움직였지만, 그 소성검도 칠흑의 피부를 통과해 버렸다.

《사랑스런, 사람의, 조각!》

두 사람의 용사를 흡수하려고, 증식체의 피부에서 칠흑의 촉수가 무수히 솟았다.

—그럼 안되지?

축지로 끼어들어, 두 사람을 촉수의 영역 밖으로 차서 날렸다.

나를 붙잡으려는 촉수를 신검으로 베어내고, 그 기세로 신을 해방하고자 했지만 그 정도의 틈이 없다.

《인질. 뜯는, 다?》

"끄아아아아아아아아아아아아아!"

증식체의 칠흑의 손가락이 신의 귀를 뜯어냈다.

《다음은, 목?》

신의 머리를 칠흑의 손가락이 아무렇게나 붙잡았다.

놈은 신의 목숨을 아무렇지도 않게 생각한다. 머리를 뜯어내 죽여도, 아무 감각도 없이 다른 사람을 인질로 잡겠지.

《아니면, 눈알?》

"그만둬어어어어어어어!"

신이 공포에 절규했다.

《좋은 음색.》

증식체와 본체가 융합했다.

『……인.』

어디선가 목소리가 들렸다.

유동하는 **따르지 않는 것**의 피부에 기포가 생겼다.

"살려줘, 리쿠 선배! 카이 선배! 아버지이이이이이이!"

그토록 싫어했던 아버지에게 매달릴 만큼, 신은 궁지에 몰려 있었다.

나는「멀리 보기」의 카메라를 움직여 신중하게 신을 구출할 수 있는 각도를 찾았다.

『……시……인.』

한 칼에 해방할 수 있는 장소는 없다.

"싫어어어어어, 아버지— 아빠아아아아아아아아아아!"

울부짖는 신에게 호응하여, 칠흑의 피부에 떠오르는 기포가 늘었다.

—뭐지?

"아빠 살려줘어어어어어!"

『내 아들에GE, 무슨 짓을 HA는 거냐아아아아아아아아아.』

칠흑의 피부가 아버지 마왕의 얼굴이 되어, 안쪽에서 **따르지 않는 것**을 붙들었다.

《찌꺼기? 필요 없어.》

따르지 않는 것이 아버지 마왕을 떼어냈다.

『내 아들을, 내놔라아아아아아아.』

아버지 마왕이 떼어지기 직전에, 신을 **따르지 않는 것**에서 빼앗았다.

"카이!"

"알고 있대이."

실눈 용사가 아버지 마왕에게서 받아낸 신을 안전권으로 옮겼다.

—지금이다.

『아리사!』

『오케이!』

찰떡같은 호흡으로 아리사의 공간 마법이 발동하여, 나와 **따르지 않는 것** 말고 다른 자들을 전이시켰다.

《사랑스런 사람, 어디?》

따르지 않는 것이 기묘한 움직임으로 두리번거리며 주위를 살폈다.

이제 주변 피해를 신경 쓸 필요도 없지.

나는 그 말을 고했다.

"—《멸망을》."

신검의 성구가 진정한 어둠을 현현시켰다.

《무서워, 무서워, 무서운 사람.》

따르지 않는 것이 물웅덩이에 가라앉았다.

—소용없어.

땅바닥에 박힌 신검이, 이어진 이계까지 통째로 물웅덩이를 멸했다.

《누구? 사랑스런, 무서운 사람, 아니야.》

지상으로 끌려 나온 **따르지 않는 것**이, 싫다는 몸짓으로 물러난다.

"체크—."

멸망을 두른 신검이 **따르지 않는 것**을 진정한 어둠의 바닥에 가라앉혔다.

"—메이트다."

주위에 흩어진 **따르지 않는 것**의 잔재가, 신검의 도신에 빨려 들어갔다.

나는 신검을 칼집에 넣고, 스토리지에 수납했다.

멸망을 두른 신검은 무적을 자랑하지만, 사용한 뒤에 어마어마한 피로감이 찾아온다.

"후우, 지쳤다."

나는 중얼거리고, 구름 하나 없어진 하늘을 봤다.

"오늘은 신월이군—."

—달이 없는 밤을 조심해라.

내 뇌리에 협박 같았던 헤랄르온 신의 신탁이 되살아났다.

……신이시여.

신탁은 좀더 알기 쉽게 전해주시죠.

나는 더욱 피로감을 느끼면서, 신월의 하늘을 올려다보며 원망의 말을 중얼거렸다.

에필로그

"사토입니다. 부모하고는 어리광 때문에 충돌하는 일도 있습니다만, 되도록 그 날 안으로 사과하고 화해하려고 합니다. 효도하고 싶을 때 부모님이 없다라고들 하니까요."

"어서와, 주인님."

"고마워, 아리사. 아까는 살았다."

사전 의논도 없이, 내가 바란 행동을 해준 아리사에게 감사 인사를 했다.

"그러면 용사들이랑 합류할까?"

"그래, 그럴 셈이었는데……."

동료들 칭호에 「마왕 살해자」가 있다.

용사의 칭호도 얻었나 했는데, 유감이지만 그건 없었다.

"역시 안 좋을까?"

"마음 편하게 관광을 할 수가 없게 될 정도로는."

이미 내가 「마왕 살해자」 취급을 받고 있지만, 겉으로는 드러내지 않았으니까 조만간에 진정될 거라 생각한다.

"그러면, 바꿔버리자."

"괜찮겠어?"

"히어로는 정체를 숨기는 게 약속이잖아?"

모두에게 이미 허가를 받았다고 아리사가 말하더니, 칭호를 「광룡급 모험가」로 바꾸어 버렸다.

"어떻게 바꾼 거야?"

"스킬 트리에 『칭호 변경』이라는 스킬이 있어서 획득했지."

지금까지는 스킬 포인트가 없어서 습득을 안 했다고 한다.

우리는 백은 갑옷으로 바꿔 입은 다음, 왕녀와 용사의 종자들 생존자를 회수하여 용사들과 합류했다.

◆

"……아버지."

신이 고개 숙인 채 울먹이고 있었다.

그렇게 매도하던 아버지가 몸을 던져 감싸준 것이 그의 심금을 울린 모양이군.

"마왕 살해자."

리젠트 용사가 내 쪽으로 왔다.

"사토라고 하셔도 됩니다."

"그러면, 사토. 이번엔 신세졌다. 나는 사가 제국에서 단련하고 오지. 괴물 같은 용사 나나시까지는 못 되겠지만, 유니크 스킬 없이 당신들 정도로는 강해지겠어."

동일인물이라고 말할 수는 없으니, 인사치레를 해뒀다.

"마왕을 쓰러뜨렸는데, 고향에는 돌아가지 않는 건가요?"

"신을 두고 갈 수는 없지."

"그라재~, 신 외로움 타는 아니까."

용사 두 사람은 「마왕 살해자: 인조 마왕」과 「진정한 용사」 칭호를 얻었다.

종자들은 「마왕 살해자」의 칭호가 안 붙는지, 린그란데 양이나 흑기사도 칭호는 붙지 않았다. 신에게 칭호가 없는 거야 당연하다 치고, 카리나 양도 「마왕 살해자」의 칭호는 없었다. 이쪽은 대미지 량의 문제가 아닌가 싶네.

"방울을 찾을 수가 없답니다."

"괜찮으이~."

"그런 거예요. 포치는 물건 찾기의 프로인 거예요!"

카리나 양은 전투중에 「마를 봉하는 방울」을 잃어버렸는지, 타마랑 포치와 함께 필사적인 표정으로 잔해 아래를 찾고 있었다.

어쩐지 중간부터 「마를 봉하는 방울」을 안 쓰더라니.

"다음에 만나면, 나와 싸워줘. 이번에야말로 당신한테 한 판 따주지."

"몇 번이든 상대하겠습니다."

리젠트 용사의 말에, 리자가 새침한 표정으로 대답했다.

그와 싸우는 것이 즐거웠는지, 리자의 꼬리가 유쾌하게 흔들리고 있었다.

"또 만나자카이~. 특히 루루 양은 또 만나고 싶대이~."

실눈 용사가 농담인지 진심인지 모를 표정으로 말하고, 신의 등을 밀면서 비공정에 탔다.

"사토, 정말로 바래다주지 않아도 돼?"

린그란데 양이 나를 보았다.

"네. 기왕 여기까지 왔으니, 아리사의 고향이나 세류 시에 들르고 돌아갈 겁니다."

둘 다 요워크 왕국 옆이니까.

"알았어. 나는 얼마간 용사들의 교육을 담당하니까, 끝나기 전에 사가 제국에 와야된다!"

린그란데 양이 그렇게 못을 박고 비공정에 탔다.

"사토, 이거 줄게. 내가 주는 고마움의 표시야."

척후 세이나가 서류를 주었다.

가볍게 훑어보니, 요워크 왕국의 마왕 소동에 관한 보고서였다.

"괜찮으세요?"

"응. 기밀 정보는 안 들었어. 시가 왕국의 높은 사람이랑 공유해."

나는 세이나에게 인사를 하고, 보고서를 격납 가방에 수납했다.

사가 제국으로 귀국하는 비공정에 손을 흔들고, 우리도 여행을 떠나고자 마차 쪽으로 걸어가는데, 그곳에 요워크 왕국의 케라사우네 왕녀와 동생인 왕자가 기다리고 있었다.

용사의 배웅을 하고 돌아가는 거겠지만, 명백하게 우리들한테 용건이 있어 보이는 분위기다.

"뭔가 용건이 있나요?"

내가 스스럼없이 물어보자, 왕녀가 그 자리에 엎드렸다.

사죄의 정석 같은 포즈다.

그녀의 시종과 시녀들이 황급히 막으려 했지만, 왕녀는 그 자세에서 전혀 움직이지 않았다.

"—왕녀 전하?"

하다못해 이유를 설명해주세요.

"요워크 왕국의 죄는 제가 지겠습니다. 그러니! 동생의 목숨은 살려주세요."

갑자기 목숨을 구걸하네. 창백한 표정으로 떨고 있으니 농담을 하는 건 아닌가 본데.

나는 짚이는 게 없으니까 부하들은 날 노려보지 마세요.

"부탁입니다, 아리사 왕녀!"

나를 포함하여 주변 시선이 아리사에게 모였다.

"저는 산 채로 불타도 상관없습니다. 그러니 동생과 왕도를 잿더미로 만드는 것은 용서해주세요."

"잠깐~ 이상한 소문 내지 마~."

아리사가 입으로 「부~ 부~」하면서 부잉을 했다.

농담 같은 태도라도 왕녀의 떨림은 멈추지 않고, 「부디」 하고 반복할 뿐이다.

"왜 아리사가, 그런 일을 할 거라고 생각한 건가요?"

왕녀의 귓가에 속삭이자 흠칫 몸을 떨었다.

"저, 저는, 보고 말았습니다."

"봤어?"

아리사도 쓱 다가오고, 바람을 의심한 미아도 다가왔다.

무슨 놀이라고 생각했는지 타마와 포치가 같은 일을 하자, 어린 용 류류와 나나까지 흥미를 가지고 모였다.

눈이 동그래진 왕녀에게는 미안하지만 이야기를 재촉했다.

"그래서, 왕녀님은 뭘 보신 건가요?"

"아, 아리사 왕녀가 작은 산만한 거대한 마왕을 화형에 처하는 모습입니다."

왕녀가 아리사를 힐끔거리며 말을 이었다.

"아~, 인페르노를 연발하는 걸 봐버렸구나~."

아리사가 이마를 찰싹 두드리며, 「나도 참 조심성이 없었어」라고 말했다.

"증인도 잿더미로 만들면—."

"죄송합니다죄송합니다죄송합니다."

아리사가 농담처럼 말한 순간, 왕녀가 땅바닥에 이마를 비비면서 겁을 먹었다.

"그만해라."

"네~에."

인간에게는 농담을 못 받아들이는 순간이 있으니까.

"자, 왕녀님. 당신에게는 선택지가 둘 있습니다."

아리사가 진지한 어조로 말하자, 왕녀가 매달리는 시선을 보냈다.

"하나는 요워크 왕국과 함께 잿더미가 되는 것— 아우."

농담을 계속하려고 하길래, 머리를 찰싹 두드려 말렸다.

"또 하나는 내가 마왕을 불태운 이야기를 무덤까지 가져가고, 아무에게도 말하지 않는 것."

아리사가 말하고, 왕녀의 눈동자를 보았다.

"당신은 어느 쪽을 고를 건가요?"

“무덤까지 가져가겠습니다! 절대 아무에게도 말하지 않아요! 요워크 왕국은 쿠보크 왕국의 속국으로서, 미래에 영원히 봉사하겠습니다!”

“그건 됐어.”

“—에?”

“쿠보크 왕국은 이 나라가 신종하는 걸 바라지 않는다는 거야.”

왕녀가 믿을 수 없다는 표정으로 아리사를 보았다.

“서로서로, 불간섭으로 가자. 그게 제일 평화로워.”

“알겠습니다! 요워크 왕국은 결코 쿠보크 왕국의 국경을 넘지 않는다고 맹세합니다!”

왕녀가 고개를 숙이며 맹세했다.

“그러면 돼. 자, 일어서. 이제 엎드릴 필요 없어.”

아리사가 말하며 왕녀의 손을 잡아 일으켜 세웠다.

손을 잡았을 때 왕녀가 흠칫 떤 것은 어쩔 수 없는 일이군.

이 모습을 보면, 그녀가 살아있는 동안에 쿠보크 왕국에 전쟁을 거는 일은 없겠다.

◆

“후우……. 이제 왕족이 아닌데 말이야.”

아리사가 조금 쓸쓸한 표정으로 투덜거렸다.

“아리사.”

“정말~, 아리사의 넘치는 고귀함 때문일까? 난처한걸~.”

미아가 배려하는 시선을 보내자, 아리사가 장난스럽게 얼버무렸다.

그녀의 오빠인 엘루스 군이 국왕에 즉위하는데 방해가 되기 싫다는 아리사의 마음을 존중하여, 그녀가 왕위계승권이나 왕족의 지위를 버리는 것에 찬성했지만—.

"에이~, 아무것도 아니라니까. 미아가 너무 깊게 생각하는 거야."

"우웅."

억지로 기운을 내는 아리사를 보고 있으니, 그녀를 쿠보크 왕국의 왕녀로 돌려주고 싶어진다.

지금 당장은 무리지만, 엘루스 군의 입장이 반석에 오르면, 아리사의 지위 회복에 대해 상담을 해보자. 엘루스 군이라면 분명히 찬성해줄 거야.

"주인님, 쿠보크 왕국에 마차로 갈 거야?"

"마차로 갈 수 있는 길은 깊은 계곡과 긴 벽으로 봉쇄했으니까, 중간부터 하늘로 가자."

쿠보크 왕국이 부흥할 때까지 요워크 왕국이 괜한 참견을 안 하도록 막았단 말이지.

우리는 실프들의 도움으로 하늘을 날아, 쿠보크 왕국의 영토 안으로 숏컷을 했다.

종점은 쿠보크 왕도가 멀리 보이는 산 하나다.

"뉴?"

"저건 뭘까요?"

"검은 지면이 꿈틀대는 것처럼 보인다고 고합니다."

타마가 깨닫고, 리자와 나나가 왕도 방면의 이상을 지적했다.

"저건 마물의 무리예요!"

"아주아주 큰일인 거예요!"

눈이 좋은 루루와 포치가 정체를 간파했다.

대지를 가득 메운 마물의 무리가 쿠보크 왕도를 향해 가고 있는 모양이다.

맵 정보에 따르면, 마물은 대부분이 저레벨이고 레벨 30급은 드물다. 레벨 40을 넘는 녀석은 없군.

"어째서, 이렇게 잔뜩 마물이……."

"요워크 왕국에서 마왕이 발생한 것에 맞춰『환도원』녀석들이 일으킨 걸지도 몰라."

환도원의 아지트에서 본 계획서를 보면 실행 시기가 미정이었을 텐데, 누군가 새치기를 해서 계획을 실행한 모양이군.

"다행히 주변의 주민은 왕도에 피난을 한 모양이야."

엘루스 군이 꽤 우수한가 보다.

"그러면 사양할 거 없네. 이 정도의 적이라면 아리사 님의 광범위 불 마법으로 일망타진이야!"

아리사가 팔을 걷어붙이고 지팡이를 겨누었다.

"기다려, 아리사."

일석이조의 묘안이 떠올랐다.

◆

"엘루스 님! 주변 농촌에 사는 자들을 모두 왕도 안에 수용했습니다."

쿠보크 왕도의 정문 위에 있는 누각에서, 소년왕 엘루스 군이 기사 한 명에게 보고를 받았다.

"이쪽에 접근하는 건 수만 마리가 넘는 마물의 대군입니다."

"수만! 트, 틀림없는 거냐?"

"아니요. 이 수는 가장 적게 잡은 경우입니다."

엘루스 군이 절망에 잠긴 표정을 지었다.

"아마도 요워크 왕국에 현현했다는 마왕의 소행이겠지요."

"마왕이……."

재상의 말에 엘루스 군이 주먹을 쥐었다.

"아리사, 한심한 오라비를 용서해다오. 오늘 이 나라는 멸망한다."

"그렇게 두지는 않아."

아리사가 투명 망토를 벗고 엘루스 군 앞에 모습을 드러냈다.

오늘은 신분이 들키지 않도록, 머리에서 발끝까지 모두 가리는 외투를 입고 있었다.

그 외투와 후드를, 엘루스 군만 볼 수 있도록 들추고 말을 걸었다.

"아리사?"

"이 정도는 아무것도 아냐. 나한테 맡겨둬."

아리사가 지팡이를 겨누고, 평원을 가득 메운 데미 고블린의 무리를 노려보았다.

"『폭염 공주』 아리사의 엄청난 기술을 보여줄게!"

그렇게 말하고 아리사가 크게 숨을 들이쉬었다.

"자동 추적 무한 화탄(멀티플 파이어 샷 체이서)!"

내가 만든 이 마법은 일격으로 아리사의 마력을 전부 소비한다—기보다, 마력이 있는 한 자동으로 추적하는 화탄을 계속 쏘는 광범위 공격 마법이었다.

무수한 화탄이 하늘 높이 솟아올라, 마물을 발견한 화탄이 자동으로 추적 대상을 록온해서 명중한다. 내 맵이랑 연동되는 마법이라 내가 옆에 없으면 못 쓴다는 결점이 있단 말이지.

"착탄까지, 앞으로, 3, 2, 1—."

원견통을 들여다보는 루루가 착탄을 관측했다.

"—지금."

그 목소리와 동시에, 화탄이 명중하여 데미 고블린들이 차례차례 불덩이가 됐다.

평원 곳곳에 불기둥이 솟아오르는 것이 제법 장관이군.

"괴, 굉장하군."

엘루스 군이 놀라운 광경에 말을 잃었다.

"리로드 완료."

마력 양도가 끝난 것을 아리사에게 말했다.

"오케이~! 팍팍 간다!"

아리사가 광범위 공격 마법을 연속으로 행사했다.

아무리 나라도 중간에 마력이 다해서, 마력 배터리 삼은 마검에서 보충했다.

"아리사! 커다란 마물이 돌파해왔다!"

엘루스 군이 폭연 너머에서 빠져나온 마물을 가리켰다.

"괜찮아. 루루!"

"응, 아리사. 노려서— 쏩니다."

스나이퍼 루루의 헤드샷이 적중하여, 마지막 마물도 땅에 쓰러졌다.

"봤지? 낙승이지?"

아리사가 루루의 팔을 끌어안고 웃었다.

"과연 아리사다."

엘루스 군이 아리사를 손짓해 불러, 그녀의 외투 잠금쇠를 풀었다.

"엘루스 오라버니?"

당황하는 아리사의 어깨를 끌어안고, 엘루스 군이 소리를 높였다.

"들어라! 왕도의 백성들이여! 내 신하들이여! 지금 이곳에서 왕국의 위기가 물러갔다!"

바람 마법사가 그의 목소리를 왕도 전체에 전달했다.

"왕국을 구한 것은 바로! 내 여동생이며 『지혜의 신에게 사랑받는 소녀』나 『부국의 숨겨진 공주』라고 불린 왕매 아리사 쿠보크로다!"

엘루스 군이 선언하고, 정식으로 아리사를 왕족으로 복권시킨다고 국민에게 소개하면서 나라를 되찾은 것도 아리사와 우리들의 협력 덕분이라고 말했다.

“고마워, 엘루스 오라버니. 나도 한 마디.”

아리사가 엘루스 군이 수긍한 것을 확인하고서 말을 이었다.

“나, 아리사는 쿠보크 왕국의 왕위계승권을 영원히 포기합니다!”

“……아리사.”

“시시한 후계자 다툼 같은 건 사양이야.”

아리사가 말하고 웃었다.

“그러나, 아리사.”

“괜찮아. 나라가 필요해지면 주인님한테 부탁해서 새로운 나라를 건국해버릴 거야.”

그렇게 말하고 아리사가 나를 보길래 어깨를 으쓱거렸다.

뭐, 장악하고 있는 도시 핵도 잔뜩 있으니까 대사막을 녹지화하면 시가 왕국 수준의 대국도 만들 수 있겠지만.

그 날은 쿠보크 왕성에 숙박하게 되어서, 쿠로의 모습으로 변신하여 인간으로 되돌린 키메라 병사들을 쿠보크 왕국으로 이동시켰다.

일부의 키메라 병사들은 본래 모습으로 돌아가는 것을 거부하고, 그대로 쿠보크 왕국을 그림자 속에서 지탱할 것을 택했다. 그들의 의지를 존중하여 그 모습 그대로 쿠보크 왕국에 돌려주었다. 물론 마음이 바뀌면 언제든지 되돌려준다고 약속했으니 사양하지 말고 연락해주면 좋겠다.

“우리들만 놀고 있어요 되는 걸까요?”

“괜~찮아. 충분히 일했으니까 다음은 지역 사람들에게 맡겨야지."

일한 다음날은 아리사나 루루와 함께, 루루의 생가나 자란 거리를 구경하러 다녔다.

물론 카리나 양과 다른 아이들도 함께다.

"떠들썩~?"

"건배 소리가 즐거워 보이는 거예요."

"우후후. 테이블 위에서 춤추는 연인들도 있답니다."

주점은 무사한 것을 축하하는 사람들로 떠들썩했다.

뭐, 국가 존망의 위기였으니까 소란을 피우고 싶은 기분은 이해한다.

"—우왓."

주점에서 싸움이라도 났는지, 내 앞에 검은 머리 소년이 굴러나왔다.

"괜찮니?"

"네, 괜찮습—."

도와서 일으켜주는데, 눈을 가릴 정도로 앞머리가 긴 얼굴이 나를 가만히 보았다.

"왜 그러지?"

"스즈키 선배!"

검은 머리 소년이 앞 머리를 쓸어 올려 자기 얼굴을 나에게 보였다.

"혹시, 너는—."

내 앞에 나타난 검은 머리 소년— 아니, 청년은 내가 아는 인물이었다.

이세계로 오기 전에, 데스마치를 하게 된 원인.

"—후배 씨?"

실종된 회사의 후배가, 이세계에 있었다.

◆

내가 후배 씨와 예상 밖의 재회를 하고 있을 무렵, 요워크 왕국의 국경 근처에서 하나의 사건이 일어나고 있었다.

"스승님, 이제 곧 국경입니다."

현자 솔리제로의 제자 파사 이스코와 그를 스승으로 받드는 자들이 시가 왕국의 세류 백작령과 국경에 맞닿은 마물의 영역을 나아가고 있었다.

"그건 그렇고, 공명연쇄에 의한 마왕화는 참으로 근사했습니다."

"네. 가설이 그렇게까지 들어맞으니 연구자로서 기쁘군요."

실험을 위해 요워크 왕국을 붕괴 직전까지 몰아넣었으면서, 이 사제 중에 죄책감을 품는 자는 없었다.

"다음은 드디어 모판부터군요."

"네. 모판을 확보하러 간 그가 제대로 입수해오는 것을 바랄 따름입니다."

"괜찮습니다, 스승님. 녀석이라면 확실하게 사명을 이룰 겁니다."

필두 제자는 동방 소국군으로 먼저 떠난 제자를 신뢰하고 있었다.

"그리고 다른 제자들에게, 마왕주를 세류 시의 문전 여관까지 보내도록 의뢰했습니다. 이걸로 진짜와 가짜의 대비 실험도 할 수 있군요."

가슴 벅찬 표정의 스승이 뒤숭숭한 소리를 중얼거렸다.

그는 마왕주를 이용한 거짓된 마왕과, 모판— 전생자를 이용한 진짜 마왕을 비교한다고 했다.

"……또, 가짜를 만들 셈이가?"

어디선가 들려온 사투리가 섞인 말에, 제자들이 스승을 지키듯 원진을 짰다.

"누구냐!"

"그런 가짜는 안되재."

필두 제자가 외쳐서 묻자, 덤불 하나에서 고블린 같은 작은 남자가 나타났다.

"너는!"

"마왕주와 『연옥 저주』로 분명히 마왕화했을 텐데!"

제자들이 작은 남자를 노려보았다.

어떤 관계가 있는 건지, 남자의 얼굴은 사제가 마왕화시킨 신의 아버지와 매우 닮았다.

"누군가랑 착각한 거 아니가? 내는 니들이랑 처음 본다."

"문답무용!"

필두 제자가 벼락 지팡이에서 전격을 뿜어내고, 다른 제자들도 얼음 지팡이나 바람 지팡이로 남자를 공격했다.

그러나 모두 남자의 눈앞에서 사라져 버렸다.

"일 읎다. 그런 장난감."

남자가 훌훌 손을 흔들었다.

파직 소리와, 양다리에 위화감을 느낀 필두 제자가 시선을 아래로 내렸다.

"석화? 말도 안돼! 나는 상태이상이 안 통할 텐데!"

"안 통한다케도, 지대로 통하고 있다 아이가?"

"있을 수 없다! 인류 최강인 현자님의 상태이상 마법조차 레지스트 했는데, 이런 수상쩍은 남자의 석화를 막을 수 없을 리 없어!"

"사실을 인정해야 하는 기다. 그라고—."

석화 해제의 영창을 시작하는 다른 제자를 힐끔 보면서, 그것을 방해하지 않고 남자는 말을 이었다.

"글타케도, 솔리제로 씨는 레벨 99아이가? 내가 더 강한 기라."

"레벨 99를 넘는 작은 남자—."

뭔가 떠오른 스승이 아연한 목소리로 중얼거렸다.

작은 남자가 씨익 웃고서, 짧은 송곳니와 모자에 숨겨진 뿔을 보였다.

"—고블린의 마왕."

"정답이래이."

절망과 공포를 품은 채 제자들이 머리까지 완전히 석화됐다.

"어째서입니까?"

목까지 석화된 스승이 아쉬운 기색으로 물었다.

"뭐고?"

"당신은 스승의 맹우였을 겁니다. 어째서, 이런 참혹한 짓을."

"니가 그래 말을 하나?"

작은 남자는 요워크 왕도 방향을 힐끔 보며 웃었다.

실험을 위해 무고한 백성을 수천 명이나 죽게 만든 네가 하는 말이냐고.

"이유를! 우리를 죽이는 이유를 알고 싶다."

"그래가 필사적이지 않아도 가르쳐주께."

작은 남자는 석화된 필두 제자의 상을 허리 높이에서 절단하고, 그것을 의자 삼아 앉았다.

"그카지만, 처음에 말 안 했나? 『가짜』는 곤란하다꼬."

"가짜— 마왕주로 만들어낸 인조 마왕을 말하는 겁니까?"

"하모."

남자가 수긍했다.

"마왕은 공포의 상징이라 안카나. 그래가 약한 가짜 마왕 같은 게 퍼져가, 『마왕 별거 아이다』하고 소문이 나믄 마왕업계 대타격 인기다."

"그, 그러면, 앞으로 두 번 다시 마왕주를 이용한 마왕화를 하지 않는다고 맹세합니다."

"딱히 맹세 안 해도 된대이."

작은 남자가 에둘러 「너는 여기서 죽는다」라고 스승에게 말했다.

"저는, 아니, 저라면 강력하기 짝이 없는 마왕을 육성할 수 있습니다! 귀인왕 폐하나 『황금의 저왕』 같은 위대한 대마왕을—."

"—싸물라."

스승의 입을 거대화한 작은 남자의 손이 얼굴째로 막았다.

"니 따구가, 마왕을 말하지 마라."

우득우득 소리가 나면서, 남자의 손가락이 스승의 두개골에 파고들었다.

"아쿠야. 이라믄 안 되재. 아직 죽이면 안 되는 기다."

거품을 물고 기절한 스승에게서 손을 떼고, 자조했다.

"완전히 죽어뿌면, 이계의 바다로 사라져 버린다 안카나—《열려라》."

작은 남자가 아이템 박스를 열었다.

자신의 것이 아니라, 사제들의 아이템 박스를.

"연구자료밖에 없구마. 구슬은 없고, 현자의 돌만 몇 개, 오염의 병도 읎네. 귀중품을 아낌 없이도 썼대이. 참말로 몬살긌다."

작은 남자는 자신에게 필요한 몇 가지를 회수하고, 강제적으로 연 타인의 아이템 박스를 닫았다.

"이거면 되긌나. 석화도 끝났고, 그만 가야긌다."

아이템 박스의 회수가 끝날 무렵에는, 중간에 멈춰둔 스승의 석화도 끝나 있었다.

"아쿠야. 뒤처리를 해야재."

석화된 사제의 석상이 한순간에 먼지가 되어 바람에 흩어졌다.

공간 마법 「공간소멸」을 이용한 완전파괴다.

"인제 만에 하나라도 부활은 몬할 기다."

마족은 가끔 무모한 짓을 한다고 남일처럼 중얼거렸다.

"고마, 돌아가자."

작은 남자는 그 자리에 「전이문」을 열고서, 어딘가로 돌아갔다.

게이트가 닫힌 다음에는, 정적과 안도와 우자의 먼지만 조용히 떠돌았다.

■작가 후기

안녕하세요? 아이나나 히로입니다.

이번에 「데스마치에서 시작되는 이세계 광상곡」 26권을 구매해 주셔서 정말로 감사합니다!

이렇게 무사히 권수를 거듭할 수 있는 것도, 응원해주시는 독자 여러분 덕입니다.

앞으로도 지금까지 이상의 재미를 탐구할 테니, 부디 앞으로도 변함없는 지원을 부탁드립니다.

자 그러면 후기를 읽고 살까 정하는 분을 위해, 본권의 볼거리를 말해보죠.

본권에서는 전부터 말이 나왔는데도 불구하고, 거듭되는 소동 탓에 밀리고 밀린 무노 백작령 이민이 드디어 실행됩니다. 이야~, 길었어요.

무노 백작령이나 중계지가 된 공도에서 그리운 사람들과 재회하고, 예상 밖의 이벤트가 사토 일행을 기다리고 있습니다. 어둠의 옥션에서 만난 그 사람들과 재회하기도 하고. 무노 성에서는 지금까지 WEB 연재에서도 이야기가 없었던 무노 백작부인에 대해 밝혀집니다. 여러 가지 의미로 카리나의 모친이라고 실감할 수 있는 인물이니, 기대해 주세요!

물론 만남뿐 아니라, 본권의 커버에서 카리나가 장비하고 있는 심홍의 건틀렛과 그리브 같은 새로운 장비를 입수하는 에피소드도 신규로 집필했습니다. 역시 새로운 장비는 기믹이 필요하죠. 아리사도 작가도 그런 걸 아주 좋아합니다.

전반의 훈훈한 파트와 반대로, 후반은 노호의 전개가 기다립니다. 전권의 마지막에 린그란데와 함께 나타난 신 군의 에피소드를 WEB판하고는 바꿔버려서, 위왕 신을 좋아했던 분은 부디 용서해주세요.

신 군이 사가 제국의 소환에 말려들어 온 것으로 바뀌어 버린 탓에, 르모크 왕국에서 소환된 여덟 명째는 뜻밖의 인물이 배당되었습니다. 어떤 인물이 배당됐는지, 상상해 보세요. EX 에피소드에서 등장한 새로운 용사들과 공투도 있습니다~.

그런 느낌으로 90% 이상의 에피소드가 신규 집필이니, WEB판을 이미 읽으신 분도 즐길 수 있는 내용입니다.

너무 많이 쓰면 스포일러로 돌입해 버리니까 볼거리 이야기는 이쯤에서 마무리하죠.

그러면 늘 하는 인사입니다!

담당 편집자 I 씨와 A 씨 두 사람에게는 아무리 감사를 해도 부족합니다. 적절한 지적이나 개고 어드바이스뿐 아니라, 작가가 놓친 모순점이나 설정 착각 등을 적절하게 발견하여 커버해주시는 덕분에 대단히 도움을 받고 있습니다. 앞으로도 오래도록 지도편달을 부탁 드립니다.

멋진 일러스트로 데스마치 세계를 선명하게 채색하여 띄워주시는 shri 씨에게 아무리 감사를 해도 부족합니다. 카리나의 약동감 있는 표지는 최고입니다.

그리고 카도카와 BOOKS 편집부 여러분을 비롯하여, 이 책의 출판과 유통, 판매, 선전, 미디어믹스에 연관된 모든 분께 감사드립니다.

마지막으로 독자 여러분에게 최상급의 감사를!!

본 작품을 마지막까지 읽어주셔서 감사합니다!

그러면 다음 권, 데스마치 27권 「세류 백작령, 재방문 편」에서 만나요!

아이나나 히로

■역자 후기

안녕하세요? 불초 역자입니다.

이번에도 후기 시간이 돌아왔습니다. 집에 틀어박혀 일과 게임과 애니메이션 감상밖에 안 하는 재미 없는 역자다 보니 언제나 후기를 써야 할 때면 참으로 고민스럽습니다.

그러니까 이번에도 애니메이션 이야기가 나오는 건 어쩔 수가 없는 겁니다! 하하하하!

후기를 쓰고 있는 현시점에서 아직 완결이 나지 않은 시리즈입니다만 최근에는 모 로봇 애니메이션을 관심 있게 보고 있습니다. 매주 일요일마다 어느 튜브에서 공개해버리고 있는 그거요. 최근 2기가 방영중이죠.

솔직히 역자는 해당 작품의 골수 팬은 아닙니다. 우주 세기 시리즈도 전체 줄거리나 이해에 필요한 설정들 정도는 파악하고 있지만 사실 제대로 본 적이 없어요. 처음부터 끝까지 본 시리즈라고 하면 마침 타이밍이 맞았던 무력개입 이노베이터밖에 없습니다. 그 전에 씨앗이 데스티니 하는 것도 그다지 관심이 없었어요.

다만 이번에는 전과는 다른 풍미의 배경 설정 등이 눈길을 끌어서 보기 시작했어요. 게다가 타이틀 자체가 최소한 평타 이상은 해주는 작품 아니겠습니까? 가볍게 시작을 한다고 하니 가볍게 0화 프롤로그부터…….

해피 버스데이~ 투~ 유~.

음. 익숙한 풍미로군. 역시 건끼야아아아아아아악입니다. 뭐 시작은 그랬습니다만 그래도 초반에는 그야말로 청춘 학원물다운 전개를 보여주고 있더군요. 하긴 그래야 새로운 시청자들이 유입되…….

해피 버스데이~ 투~ 유~.

……이 인간들이?

아무튼 그 이후로도 역자는 재미있게 보고 있습니다. 알아보니까 시나리오 담당자가 총 맞을 각오해야 하는 그 시리즈의 시나리오도 담당했더군요. 어쩐지 주말 드라마 같은 흡입력을 보여준다 했어요. 역자는 특히 처음에 밉상이었던 모 캐릭터의 서사가 참 마음에 들었습니다. 밉상이었던 캐릭터를 호감 캐릭터로 쭉 밀어 올리려면 이 정도는 해줘야 하는 법이라니까요. 할 일을 확실하게 해주면서도 이면의 디테일까지 확실하게 챙기고 있습니다. 감탄했어요. 스토리 텔링에 대해서도 참 배울 점이 많았습니다. 지난 후기에서 언급했던 작품도 그렇고 이렇게 짜임새 있는 작품들이 나오니 참 좋아요.

다만 최근에는 게임도 재미있는 것들이 나와서 애니를 많이 못 챙겨 봅니다. 일하고 남는 시간을 게임과 애니로 나눠야 하다 보니 그만. 일을 더 열심히 해서 노는 시간을 늘려야 하는데…….
쉽지 않아요.

그럼, 다음에 또 뵙겠습니다!

데스마치에서 시작되는 이세계 광상곡 26

초판 1쇄 발행 2023년 8월 10일

지은이_ Hiro Ainana
일러스트_ shri
옮긴이_ 박경용

발행인_ 최원영
편집장_ 김승신
편집진행_ 권세라 · 최혁수 · 김경민 · 최정민
편집디자인_ 양우연
관리 · 영업_ 김민원

펴낸곳_ (주)디앤씨미디어
등록_ 2002년 4월 25일 제20-260호
주소_ 서울시 구로구 디지털로 26길 111 JnK디지털타워 503호
전화_ 02-333-2513(대표)
팩시밀리_ 02-333-2514
이메일_ lnovellove@naver.com
L노벨 공식 카페_ http://cafe.naver.com/lnovel11

ISBN 979-11-278-6981-6 04830
ISBN 979-11-278-4247-5 (세트)

값 11,000원